Le Seigneur de la Nuit

SUSAN WIGGS

Le renégat	*J'ai lu* 3944/**K**
Le lys et le léopard	*J'ai lu* 4022/**K**
Le mercenaire amoureux	*J'ai lu* 4194/**I**
La voleuse de chevaux	*J'ai lu* 4400/**J**
Le seigneur du crépuscule	*J'ai lu* 5020/**J**
Le Seigneur de la Nuit	*J'ai lu* 5582/**J**

Susan Wiggs

Le Seigneur de la Nuit

Traduit de l'américain
par Elizabeth Clarens

Éditions J'ai lu

Titre original :

LORD OF THE NIGHT
HarperPaperbacks,
a division of HarperCollinsPublishers

1

République de Venise
Février 1531

La journée de Sandro Cavalli commençait mal. En entrant dans le vaste atelier lumineux, il ne s'était pas attendu à trouver une femme nue. Bien qu'il ne fût pas du genre à lorgner des femmes dévêtues à leur insu, il en oublia les affaires urgentes qu'il avait à traiter avec l'artiste Titien. Retenant son souffle, il se tint immobile sous la voûte en marbre.

Sandro s'était comporté en parfait gentilhomme pendant trente-neuf années d'existence. Il savait ce que lui dictait sa conscience : il devait s'annoncer, puis détourner pudiquement les yeux, le temps qu'elle se drape dans le vêtement posé sur le divan auprès d'elle.

Or, pour la première fois de sa vie, Sandro Cavalli se trouvait entièrement à la merci de ses sens…

La jeune femme se croyait seule. L'air rêveur, elle regardait par la fenêtre les hautes cheminées, les coupoles en forme de bulbes et les tuiles rouges des toits vénitiens. Sa main caressait les coussins d'un mouvement distrait mais sensuel.

Sandro était hypnotisé par ce spectacle voluptueux. Elle était auréolée par le doux soleil hivernal qui entrait par la verrière. L'une de ses jambes était étendue, l'autre repliée ; elle avait posé un poignet sur un genou et ses doigts s'ouvraient tels les pétales d'un lis immaculé. L'intimité de son corps était voilée par un tissu transparent, qui magnifiait le charme de sa nudité.

La couleur de ses cheveux était surprenante. Alors que les Vénitiens considéraient les chevelures blondes comme le comble de la beauté, l'inconnue arborait une cascade de cheveux noirs dont les boucles soyeuses s'éparpillaient sur ses épaules et frôlaient ses reins. Une longue mèche égarée s'enroulait autour d'un sein, posant une touche finale à ce tableau enchanteur.

Le regard de Sandro s'attarda sur les rondeurs ivoire d'une perfection absolue, sur les pointes des seins d'un rose exquis, sur une jambe fuselée, interminable, couronnée par le galbe des fesses.

Elle était un rêve devenu chair, une déesse surgie des dédales du temps pour ensorceler les simples mortels...

Des gouttes de sueur perlaient sur le front de Sandro. Le capitaine des Seigneurs de la Nuit n'avait pourtant pas l'habitude de s'enflammer pour une inconnue. Il était si troublé qu'il ne se souvenait même plus pourquoi il était venu chez le maître Titien. L'allure mystérieuse de cette femme lui rappelait qu'il avait été autrefois un homme jeune et rêveur. Aussitôt, des idées insensées affleurèrent dans son esprit. Agacé, il toussota.

— Où est passé le maître ? grogna-t-il.

La femme se tourna lentement vers lui. Son visage était jeune, délicat, et curieusement vulnérable. Sans manifester de gêne ni de surprise, ses grands yeux bleus aux reflets violets l'observèrent avec curiosité.

— Il est parti chercher une colombe, dit-elle en déployant son corps élancé.

Ses courbes parfaites attisèrent le désir de Sandro. De plus en plus furieux, il lui jeta un regard noir alors qu'elle enfilait un peignoir de soie bleue. Elle remarqua son expression impatiente et confuse.

— Vous, vous n'avez sûrement jamais acheté une colombe…

— Pourquoi est-ce que je… ? Non, bien sûr que non.

De façon absurde, Sandro se sentait fautif.

— C'est pour le portrait, expliqua-t-elle en indiquant le chevalet.

Sandro retira son chapeau de velours noir et lissa ses cheveux vers l'arrière. Il posa le couvre-chef et sa cape sombre doublée d'écarlate sur une chaise, puis contempla le tableau. À son avis, il ne manquait rien à cette peinture… excepté un peu de pudeur.

Le talent de coloriste de Titien éclatait sur la toile. Son jeu d'ombre et de lumière nimbait la femme allongée d'un éclat scintillant. Telle une fleur gorgée de sève, elle reposait sur des étoffes vaporeuses, dans une loggia ouverte sur le ciel d'où tombait une pluie d'or.

— Danaé, dit Sandro, la gorge nouée, en reconnaissant le personnage mythique.

— Oui. La princesse vierge offerte aux dieux. Elle vous plaît ?

— Si j'étais un dieu, certainement.

Sandro était fasciné par la peinture. À première vue, on était frappé par l'attitude lascive de la jeune femme, mais en examinant son visage, on découvrait une étrange intensité dans son regard. Cette Danaé avait une double personnalité, l'innocence d'une jeune fille et la sagesse d'une courtisane.

— Vous vous demandez à quoi elle pense ?

Sans bruit, la femme s'était approchée de lui. Son souffle lui effleurait la joue.

Sandro se raidit. Il feignit d'examiner les nuages peints en arrière-plan, alors que son regard s'attardait sur la poitrine généreuse de la déesse.

— Je ne connais rien aux choses artistiques, dit-il enfin, se tournant vers elle.

Elle était trop proche, beaucoup trop proche, avec son regard bleu-violet, sa bouche pulpeuse, ses cheveux qui frisottaient sur ses tempes.

— Je vois. Souhaitez-vous attendre le retour du maître, messire... ? hésita-t-elle, mordillant sa lèvre inférieure.

— Cavalli. Sandro Cavalli, précisa-t-il.

— Vous êtes le célèbre Seigneur de la Nuit !

— Oui, répondit-il, un léger sourire aux lèvres. Et vous, vous êtes... ?

— Laura Bandello.

« Le même prénom que la Laure de Pétrarque », songea-t-il. Elle était digne, elle aussi, d'inspirer des poèmes. « Mais il faudrait un autre homme que moi », se corrigea-t-il.

Elle le dévisageait comme si un halo lui avait brusquement poussé autour de la tête.

— Le Seigneur de la Nuit, répéta-t-elle. On m'a raconté tant de choses merveilleuses sur vous. Vous avez sauvé un bateau de femmes qui allaient être livrées aux Turcs. Vous avez défendu les salines de Ravenne qui risquaient de tomber aux mains des Français. Vous avez empêché les lansquenets allemands de fermer l'orphelinat...

Son admiration excessive l'indisposait. Sandro esquissa une grimace.

— Certes, mais je n'ai pas encore maîtrisé l'art de marcher sur les eaux.

Elle éclata de rire. On aurait dit des perles de cristal oscillant dans la brise. Cette créature éthérée, incarnation de la gaieté et de la lumière, semblait aussi insaisissable que les brumes sur la lagune.

— Le maître sera bientôt de retour. Désirez-vous un peu de vin en l'attendant ?

Sandro repensa au corps mutilé qu'il avait découvert à l'aube. Non, vraiment, il n'avait pas de temps à perdre avec une femme trop belle, trop désirable...

— J'en prendrai volontiers, s'entendit-il répondre malgré lui.

Avec un mouvement gracieux, elle glissa vers une armoire, esquivant les pots de peinture et les chiffons qui jonchaient le sol de l'atelier. Lorsqu'elle se pencha pour examiner des paniers en osier, le peignoir en soie épousa ses formes exquises. Sandro se rappela qu'il était un bon chrétien, un défenseur de la vertu féminine. Son corps, en revanche, claironnait qu'il était un homme au sang chaud, qu'une simple étincelle suffisait à embraser.

— Qu'aimeriez-vous ? demanda-t-elle.

« *Vous !* » songea-t-il. Il serra les dents, incapable d'articuler un mot.

— Nous avons un excellent marsala, poursuivit-elle d'un ton enjoué. La meilleure cuvée depuis quatre-vingts ans. Ou encore ce vin aux raisins. C'est un cadeau au maître d'un marchand de Smyrne.

— Cela n'a aucune importance. Tous les vins ont le même goût pour moi.

Elle se redressa, ses seins ondoyant sous le tissu du peignoir.

— Vous prétendez ne rien connaître à la peinture ni au vin ? Je croyais que tous les gentilshommes de cette ville étaient de fins connaisseurs en vin, en littérature, en arts et en sciences.

— Pas moi, rétorqua sèchement Sandro.

— Voyons, messire, comment un homme de notre temps peut-il se permettre d'ignorer des bienfaits essentiels comme le vin ? Goûtons donc celui aux raisins, suggéra-t-elle en remplissant deux verres.

Elle lui tendit son verre avant de prendre une gorgée. Elle ferma les yeux, entrouvrit ses lèvres luisantes. On aurait dit Danaé attendant son amant Zeus, le dieu des dieux.

Quand elle rouvrit les yeux, Sandro eut l'impression de s'y noyer.

— Le maître le trouve liquoreux, mais selon moi, un vin n'est jamais trop doux, dit-elle en faisant tinter le bord de son verre contre le sien. *Salute,* messire !

— *Salute !* répondit-il en le vidant d'un trait.

Bon sang, c'était aussi sirupeux que du miel ! Pas du tout à son goût. Pourtant, il lui tendit le verre pour qu'elle le remplisse à nouveau.

— Buvez plus lentement cette fois-ci, le taquina-t-elle. Comme tous les plaisirs de la vie, le vin doit être savouré…

Voilà longtemps que Sandro n'avait rien savouré, hormis cette excitation mauvaise qu'il ressentait lorsqu'il arrêtait des criminels ou des aristocrates corrompus.

— Êtes-vous venu pour des raisons officielles, messire ?

— Oui.

— D'après la brièveté de votre réponse, je devine que vous ne tenez pas à en discuter.

Sandro s'aperçut qu'elle ne restait jamais en place mais bougeait constamment, lissant une mèche derrière son oreille, ajustant les plis du peignoir, effleurant d'un doigt le rebord de la fenêtre. Se tenait-elle tranquille lorsque Titien essayait de la peindre ?

— Un homme dans ma position se doit d'être discret.

— Discret…

Elle goûta le mot comme si c'était un élixir. Une main sur la hanche, elle le considéra.

— Mais une femme dans ma position ignore tout de la discrétion ! plaisanta-t-elle. Pourtant, sœur Lucie m'y exhortait sans cesse.

Sandro se dit que la vie de cette jeune femme ne le regardait pas, mais il était subjugué par son charme, et il voulait en savoir davantage.

— Sœur Lucie ?

— La sœur Lucie du couvent de Sainte-Marie-Céleste.

Elle se tourna vers la fenêtre. Le canal était encombré de gondoles conduisant des marchands et des aristocrates affairés. Des *caorlini* jaunes transportaient les victuailles qui arrivaient du continent. En face de l'atelier de Titien s'élevaient des palais imposants aux façades taillées dans la pierre d'Istrie.

— J'ai grandi au couvent, expliqua-t-elle en se frottant les bras comme si elle avait soudain froid. Je n'ai jamais connu mon père.

— Et votre mère ?

— Elle m'a donnée au couvent. Vendue, plus précisément, ajouta-t-elle d'un ton détaché.

— Vendue ? s'exclama Sandro.

Bien qu'elle fît de son mieux pour le cacher, Laura semblait triste et terriblement vulnérable.

— Nous n'avions pas un sou, pas de maison. Les sœurs cherchaient des petites pour travailler. Ma mère a utilisé l'argent pour fuir Venise. Elle avait promis de m'envoyer chercher, mais… (Elle haussa les épaules.) Je n'ai plus eu de nouvelles depuis l'âge de sept ans.

Sandro frotta sa mâchoire crispée. Il imaginait la petite fille effrayée, abandonnée par sa mère aux mains d'étrangères. Quelle honte !

— Vous avez choisi de ne pas prononcer vos vœux, constata-t-il.

— Ce n'était pas une décision difficile à prendre, répliqua-t-elle en prenant une pomme dans une corbeille de fruits pour l'offrir à Sandro.

Il hésita avant d'accepter. Une nouvelle Ève, songea-t-il, tandis qu'elle se lovait parmi les coussins du divan.

— Je n'ai jamais pensé devenir religieuse. J'ai l'intention d'être un grand peintre.

Interloqué, Sandro interrompit son geste alors qu'il portait la pomme à sa bouche. Devant son air ahuri, Laura éclata de rire. Ce son joyeux était plus agréable que le chant des oiseaux.

— Messire, vous me regardez comme si je voulais conduire un chariot jusqu'en enfer ! Est-ce si étrange pour une femme de vouloir devenir peintre ?

— Je trouve cela... inconvenant.

— Vous me décevez. J'aurais espéré qu'un homme chargé de maintenir l'ordre à Venise se montrerait plus large d'esprit. Les femmes n'ont que trois alternatives : devenir une épouse, une religieuse ou une catin. Me reprochez-vous de vouloir élargir mes horizons ?

— Je me demande si vous auriez la force d'endurer les chagrins et les difficultés d'une carrière artistique, fit-il en croquant la pomme.

— Puisque vous en doutez, venez voir si mon travail mérite d'être poursuivi.

Elle se leva d'un bond et lui tendit la main. Sandro ne voulait surtout pas la toucher, mais il ne put résister. Sa peau était douce, ses os fragiles comme ceux d'un oiseau. Il respira le parfum de ses cheveux, une senteur de jasmin si subtile et envoûtante qu'il avait envie de fermer les yeux pour mieux s'en pénétrer.

Elle le guida vers une alcôve. La lumière grise de la mer, ce halo brumeux propre à Venise, pénétrait par les fenêtres. Au centre du petit espace se trouvait un chevalet.

Il lui lâcha la main pour examiner la peinture. C'était une scène étrange, ni sacrée ni mythologique comme la plupart des peintures de l'époque. Elle représentait une famille. Chaque touche de l'artiste reflétait l'amour qu'elle vouait à son sujet. La famille était réunie dans un jardin qui ressemblait à ceux des luxueuses propriétés de l'aristocratie qui bordaient la Brenta. La femme était assise sur l'herbe encore humide de rosée, sa robe blanche se déployait en corolle autour d'elle. Elle tenait sur son giron un livre aux pages ornées d'un fil d'or. Allongé près d'elle, un petit garçon ressemblait à un chérubin espiègle. Derrière elle, jouant avec une boucle de ses cheveux, se dressait un gentilhomme vêtu avec l'apparat d'un condottiere. Ils étaient si véridiques que Sandro aurait aimé entendre l'histoire que lisait la dame.

Le quatrième personnage de la toile était plus insolite. Vêtue de noir, une femme se tenait à l'écart, à l'ombre d'un châtaignier en fleur. On ne voyait que son profil, qui se découpait dans la pénombre. On la devinait tendue, prête à s'enfuir. Son désarroi était si réaliste que Sandro sentit son cœur se serrer.

— C'est merveilleux, murmura-t-il.

— Je devrais me réjouir du compliment, mais puisque vous prétendez ne rien connaître à l'art…

Bien qu'elle le taquinât, il devina que le compliment lui avait fait plaisir. Ses joues s'étaient légèrement, délicieusement empourprées.

— J'étais un piètre étudiant, très peu doué pour les arts, expliqua-t-il. Cependant, je sais quand quelque chose me touche.

Spontanément, elle lui saisit la main et la serra sur sa poitrine. Son cœur battait à tout rompre, sa peau était chaude sous la soie du peignoir.

— Messire, vous êtes soit un séducteur sans scrupules, soit quelqu'un de particulièrement gentil et sensible.

Il lui arracha sa main.

— Je ne flatte jamais les gens. Cela équivaut à un mensonge et je méprise les menteurs. Et croyez-moi, je ne suis ni gentil ni sensible. Certaines personnes vous riraient au nez en vous entendant. Simplement, je dis ce que je pense : vous êtes une artiste de grand talent.

— Non, vous confondez le talent et l'habileté. Je dois me perfectionner, c'est pourquoi je travaille avec maître Titien. Il me donne des cours en échange de mes heures de pose. (Une ombre voila son regard lumineux.) Cela coûte cher de peindre, et je ne peux pas vendre mes œuvres avant d'avoir été reconnue par l'Académie. Ce qui semble malheureusement peu probable, puisqu'on n'y accepte pas les femmes. (Elle lui indiqua sa toile.) Vous avez remarqué que j'avais placé l'homme derrière la femme ?

— Afin de la mettre en valeur ?

Elle sourit.

— Hélas, non. C'est parce que je ne sais pas bien peindre les hommes. Comme je suis une femme, on m'a interdit d'assister aux cours où posent des modèles dénudés.

— Je suis heureux de vous l'entendre dire.

— Voilà bien une réaction masculine ! C'est très frustrant, ajouta-t-elle en prenant un carnet à dessin sur une étagère. Sa tunique, par exemple. On dirait qu'elle vient d'être retirée d'une malle. J'ai des difficultés avec l'anatomie masculine, mais aussi avec la perspective, et ma composition n'est pas…

— Laissez-moi voir vos croquis pendant que vous énumérez vos lacunes.

Elle avait dessiné un jeune amandier, un petit chien figé dans une pose ludique, une lavandière portant un lourd panier en osier, les cheminées renversées particulières à Venise, et une Orientale altière. Il fut frappé par la justesse du regard de Laura : elle savait capter le moindre mouvement, l'émotion la plus subtile, pour donner vie à ses sujets.

Il admira plus particulièrement le dessin d'une jeune femme bossue penchée sur un bureau, une plume à la main. En dépit des souffrances qu'on devinait à son visage crispé, elle semblait rayonner de l'intérieur. Laura l'avait dessinée avec naturel et compassion, évitant tout sentimentalisme.

— C'est Magdalena, expliqua-t-elle. Une postulante au couvent. Nous avons grandi ensemble.

Elle souleva une page pour lui montrer le portrait d'une femme plus âgée en habit de religieuse :

— Voici sa mère, Célestina.

— Elle est donc veuve ?

— Je l'ignore. Elle n'a jamais révélé le nom du père de Magdalena. Certains disent que c'était son confesseur.

— Que représentent toutes ces bouteilles en verre devant elle ?

— Elle s'en sert pour son travail. Sœur Célestina est une alchimiste.

— C'est plutôt inattendu pour une religieuse.

— Vous n'aimez pas ce qui sort de l'ordinaire, n'est-ce pas, messire ? Célestina prépare des pigments pour le maître Titien. Parfois, elle invente des mélanges très bizarres. Il lui est arrivé de provoquer une explosion qui a mis le feu à une aile du couvent. Elle aurait dû être renvoyée, mais elle a un protecteur anonyme qui soutient financièrement le couvent.

— Quand avez-vous quitté le couvent, Laura ?

— Il y a six mois. Le moment était venu. J'avais fait des fresques partout où c'était possible, et la plupart des manuscrits avaient été enluminés par mes soins. La mère abbesse commençait à se plaindre du coût des fournitures dont j'avais besoin, et les thèmes sacrés finissaient par m'ennuyer.

— Vous avez peint tout le couvent ?

Elle hocha la tête.

— Quand j'ai eu dix ans, elles m'ont donné des manuscrits à enluminer. L'un de mes livres d'heures a été envoyé à Sa Sainteté le pape, qui l'a apprécié. Les sœurs ont donc décidé de me fournir en peinture. Je me suis occupée des autels, des triptyques, des fresques. J'ai passé une année entière à travailler un chemin de croix.

— Drôle d'apprentissage, murmura Sandro.

Elle acquiesça.

— Maintenant, j'ai passé l'âge.

— C'est pourquoi vous êtes partie.

Elle détourna les yeux, ce qui déplut à Sandro.

— Que me cachez-vous, mademoiselle ?

— Pourquoi croyez-vous que je vous cache quelque chose ?

— Votre talent réside dans la peinture. Le mien est de découvrir la vérité. Quelle est la vraie raison de votre départ ?

— Je… je ne voulais pas être complice de certaines activités qui se passaient au couvent.

Sandro fronça les sourcils.

— Vous n'aimiez pas les messes, les jeûnes, tout cela ?

Elle poussa un soupir.

— Vous ne me lâcherez pas avant que je vous l'aie avoué, n'est-ce pas ? Quelques-unes des sœurs avaient des relations malsaines avec les prêtres. L'un d'entre eux, Fra Luigi, avait un goût prononcé pour les jeunes postulantes. Tout ce qu'il a obtenu de moi, c'est un coup de genou bien placé. Bref, je n'ai pas voulu me soumettre.

— Bravo ! s'écria Sandro qui prévoyait déjà un long pèlerinage à Jérusalem pour ce père Luigi, à bord du pire bateau qu'il pourrait trouver.

Elle lui sourit.

— Je crois fermement qu'une femme ne doit se donner à un homme que pour...

— L'amour, l'interrompit Sandro d'un air satisfait. Vous avez parfaitement raison.

— Un sentiment très noble, messire. Mais je pensais plutôt à l'argent.

Sandro se figea. Il referma le carnet à croquis d'un geste sec et regagna l'atelier principal. Qu'elle aille au diable ! Il avait perdu ses illusions depuis longtemps, mais, pendant quelques instants, cette jeune femme lui avait rendu le goût de l'innocence. « Je ne dois pas me mettre en colère, s'admonesta-t-il. Elle a été élevée par des femmes qui ne connaissaient rien à l'honneur ni à l'amour... »

Laura le rejoignit d'un pas léger. Elle était sereine, ce qui étonna Sandro. Une fois qu'ils avaient été confrontés à sa légendaire colère, peu de personnes parvenaient encore à sourire.

— Messire, je vous ai contrarié. Et si nous parlions un peu de vous ?

— Je n'ai nulle envie de parler de moi.

— Je vais vous y forcer, le défia-t-elle, rejetant en arrière sa chevelure noire aux reflets bleutés.

Admiratif, Sandro glissa un doigt sous son col de batiste.

— Ma fille Adriana vient d'épouser l'héritier du *capo* du Conseil des Dix.

— Le fils aîné du président du Conseil ? s'exclama-t-elle, laissant échapper un sifflement. Je suis très impressionnée.

Elle se moquait de lui.

— Mon fils, Marc Antonio, s'occupe de nos affaires maritimes. Il aura bientôt une place au Sénat.

— Vous devez être très fier d'eux…

Elle n'était plus moqueuse, mais mélancolique. Sandro se demanda si elle pensait à ses parents qu'elle n'avait pas connus.

— Et votre épouse, messire ?

— Elle est morte.

— Je suis désolée… Vous l'aimiez beaucoup ?

— Nous avons été mariés à l'âge de quinze ans. Ce fut un mariage arrangé, bien entendu. J'ai épousé ses épices de Perse, et elle a épousé mon verre de Murano.

Il fit une grimace. Dans sa vie, tous ses choix avaient été faits d'abord par sa famille, ensuite par sa propre notion du devoir.

— Êtes-vous seul depuis longtemps ?

— Elle est morte il y a vingt ans, précisa-t-il, embarrassé. Je ne sais pas pourquoi je vous raconte tout ça…

— Tout le monde a besoin de dire ce qu'il a sur le cœur.

— Je n'ai pas de cœur, mademoiselle.

Elle eut un petit rire inquiet.

— Quelle parole étrange !… De quoi est-elle morte ?

— Vous voulez savoir si elle est morte en couches, d'alcoolisme ou si elle s'est suicidée ? rétorqua-t-il d'un ton amer. Parce que j'ai été trop avare ou infidèle ?

— Messire, si vous ne désirez pas en parler…

— Elle est morte dans l'explosion de l'Arsenal en 1512. Quelqu'un a mis le feu à l'entrepôt de poudre près du chantier naval.

Parfois, lorsqu'il regardait vers l'est, il devinait les bâtiments de l'Arsenal. Il éprouvait alors un sentiment de panique et d'horreur, un profond désarroi lui serrait le cœur.

— Je ne comprends pas. Que faisait une aristocrate dans un quartier malfamé comme l'Arsenal ?

— Elle était partie rejoindre son amant, un *galleoto*.

— Elle avait pris un rameur de galère comme amant ? s'étonna Laura.

— Vous semblez choquée, mademoiselle. J'imagine que c'est désagréable d'être confrontée à la traîtrise d'une femme, lâcha-t-il d'un ton acide.

— Au contraire, je me demandais en quoi vous n'aviez pas été à la hauteur, messire, rétorqua-t-elle sèchement.

Furieux, Sandro serra les dents.

— Pourquoi pensez-vous que j'étais fautif ?

— Votre femme a dû avoir une bonne raison pour chercher du réconfort dans les bras d'un autre.

Sandro était si choqué qu'il resta abasourdi. Jamais personne n'avait osé suggérer une chose pareille. Cependant, dans le secret de son cœur, il s'était parfois posé la même question. Irrité par cet interrogatoire, impatient de voir Titien, il refusa de répondre.

— Pardonnez-moi d'être aussi indiscrète, soupira-t-elle.

Sans se départir de sa bonne humeur, elle changea de sujet :

— J'aimerais que vous me parliez de votre enquête.

— Pourquoi ?

— En tant qu'artiste, je m'intéresse à toutes les facettes de l'humanité. Je ne peux pas peindre fidèlement mes modèles si je ne comprends pas leurs sentiments. Alors, ce crime... ?

Sandro leva la main d'un geste autoritaire.

— Non. Si je vous racontais, vous ne resteriez pas aussi jeune et belle.

Comme elle reversait du vin dans les verres, elle suspendit son geste. C'était la première fois qu'il la voyait immobile, telle la créature magnifique sur le tableau de Titien. Elle posa la bouteille, se précipita vers lui et avant qu'il pût l'en empêcher, elle se pendit à son cou, dressée sur la pointe des pieds, pour déposer un baiser sur ses lèvres.

La réaction de Sandro fut aussi primaire et violente qu'un éclair. Un désir intense l'enflamma. Seule sa volonté implacable, affûtée par des années de discipline, l'empêcha de succomber à la tentation. Il la repoussa, la tenant à bout de bras.

— Messire, pardonnez-moi... je me suis laissé emporter.

— Il me semble, en effet, renchérit-il en la lâchant.

— C'est la première fois qu'un homme s'intéresse à ce que je ressens. J'ai été touchée. Vous êtes bon et...

— Cessez de dire des bêtises ! J'aime surtout travailler sans être ennuyé par des jeunes femmes frivoles.

— Toujours aussi galant, Sandro ! lança une voix enjouée. Décidément, vous avez l'art de courtiser les femmes.

Sandro se tourna vers le nouveau venu et vint serrer la main de Tiziano Vecellio, l'artiste le plus renommé de Venise.

— Maître, je vous attendais.

— Je vois que vous avez fait la connaissance de Laura.

— Je vois que vous avez pris l'habitude d'assiéger les couvents pour vous fournir en modèles.

— Sa seigneurie me racontait le décès de sa malheureuse épouse, dit Laura.

Titien eut l'air étonné. L'artiste savait que Sandro était un homme plutôt réservé. Celui-ci regrettait déjà les confidences qu'il avait faites à la belle inconnue, et se demandait par quel sortilège elle l'avait poussé à se confier.

Laura demanda au maître s'il avait trouvé la colombe. Titien lui adressa un mystérieux sourire.

— Pas tout à fait.

Avec ses cheveux noirs, sa barbe en pointe et son physique imposant, on aurait dit un satyre contemplant sa proie.

Il frappa dans ses mains en appelant l'un de ses apprentis. Un garçon joufflu d'une douzaine d'années s'avança dans l'atelier. Il portait un petit chien brun sous le bras.

— Comme il est adorable ! s'exclama Laura, s'agenouillant et tapotant ses genoux.

L'animal se débattit dans les bras du garçon jusqu'à ce que celui-ci le lâche, puis il trottina vers Laura en agitant la queue. Il sauta dans ses bras et se mit à lui lécher le visage.

— Je crois que j'ai un nouvel amoureux !

Sandro, irrité, détourna les yeux, mais Laura lui enjoignit de venir le caresser. Bien qu'il n'eût jamais dorloté un animal de sa vie, Sandro s'avança de quelques pas. Aussitôt, le chien échappa à l'étreinte de Laura et vint planter ses crocs dans sa botte. Les dents pointues percèrent le cuir souple de Cordoue.

— Sale bâtard ! jura Sandro, agitant la jambe, mais le chien ne lâcha pas prise, grondant de manière menaçante. Bonté divine, qu'on me débarrasse de cette bête !

— Ne lui faites pas mal, implora Laura.

— Vous voulez rire ! C'est lui qui me fait mal !

— Laissez-moi faire.

Lui parlant comme à un bébé, Laura attrapa le petit animal et lui fit lâcher la botte. Le chien trottina alors jusqu'à la cape de Sandro, leva une patte et urina sur la doublure en soie écarlate.

— Je savais que cette journée s'annonçait mal, fit-il, levant les yeux au ciel d'un air exaspéré.

Titien pleurait de rire.

— Écoutez, maître, poursuivit Sandro qui ressentait les débuts d'un mal de crâne. Je dois discuter avec vous de choses sérieuses.

— Allons dans le salon, proposa Titien. Prendrez-vous un peu de vin ?

— Volontiers. J'apprécie le vin doux aux raisins.

— Je croyais que vous n'étiez pas un connaisseur, s'étonna l'artiste alors qu'ils traversaient le vestibule.

— Comment un homme de notre époque peut-il se permettre de négliger un bienfait comme le vin ?

Debout dans l'embrasure de la porte, un sourire aux lèvres, Laura les regarda s'éloigner. Sandro Cavalli était un homme conformiste, mais intéressant. À dire vrai, terriblement séduisant...

— Garde le chien avec toi, Vito, ordonna-t-elle au jeune apprenti. Ne le laisse surtout pas me suivre.

Vito la scrutait avec ce regard plein d'admiration qui avait le don de l'agacer.

— Où vas-tu ? demanda-t-il.

— Je vais les suivre, et je ne veux pas que le chien me trahisse.

Il blêmit.

— Laura ! C'est mal d'écouter aux portes.

La jeune femme l'ignora. Sans un bruit, elle traversa le vestibule et colla son oreille à la porte du salon.

— Je n'arrivais pas à croire ce qu'ils racontaient ! s'exclama Laura, encore stupéfaite et horrifiée.

— Prends un verre avant de me raconter.

Yasmina versa une coupelle de vin et la tendit à Laura. Puis, la jeune musulmane se prépara un verre d'eau sucrée au miel.

Elles avaient rejoint la terrasse aménagée sur le toit de la maison. Assise sur le banc de cuir, ses genoux ramenés vers elle, Laura contemplait son amie d'un air fasciné. La taille élancée de Yasmina, sa grâce toute naturelle et la perfection de ses traits lui donnaient une allure presque intimidante. Son visage était un rêve pour un coloriste : il était d'un acajou brillant, rehaussé de reflets dorés.

Laura sirota son verre en contemplant les autres femmes qui se trouvaient sur l'*altana*. La douceur de cet après-midi hivernal incitait à l'indolence. Les femmes se réchauffaient au soleil, mais pour préserver la blancheur de leur peau, certaines avaient protégé leurs visages avec des tranches de veau crues trempées dans du lait. D'autres mordillaient des *buccheri*, la dernière nouveauté portugaise qui faisait fureur. Laura fit une grimace. Elle n'appréciait pas du tout ces morceaux d'argile parfumés. Les femmes portaient des chapeaux de paille avec de larges bords mais sans calotte, afin de laisser blondir leurs cheveux. Laura restait tête nue, puisque ni le soleil ni la teinture ne pouvaient altérer le noir de ses cheveux.

— Alors ? reprit Yasmina.

Laura pianotait sur le rebord de la balustrade en pierre. Elle baissa la voix.

— Il enquête sur un meurtre qui a été commis hier, dans la nuit.

— Pourquoi es-tu étonnée ? C'est le métier du Seigneur de la Nuit et de ses hommes.

— Je sais, mais c'est plus terrible qu'un meurtre banal.

Laura se rappela en frémissant la description détaillée de Sandro Cavalli, racontée d'un ton monocorde.

— La victime a été poignardée en plein cœur. Sandro dit que le meurtrier a utilisé un poignard empoisonné.

— Sandro ? Tu l'appelles par son prénom ?

— Pas devant lui ! S'il m'entendait, il me jetterait dans les donjons de la Gabbia... Mais l'assassin ne s'est pas contenté de tuer. Il a émasculé sa victime.

Yasmina resta impassible.

— Comme c'est intéressant. Je connais plusieurs hommes que j'aimerais présenter à notre assassin.

— Voyons, Yasmina, tu plaisantes !

— Crois-tu ?

Avec la grâce d'une panthère, elle se mit à arpenter l'*altana*, jetant un coup d'œil dans le jardin où déambulait un trio de musiciens, invités de Mme della Rubia.

— Regarde-moi, Laura. Des hommes m'ont kidnappée dans mon pays natal. Ils m'ont vendue comme esclave à Mme della Rubia. Six nuits par semaine, des inconnus viennent partager ma couche... Ai-je des raisons de les apprécier ?

— Je comprends ton amertume, Yasmina, soupira son amie.

— Que sais-tu d'autre à propos de ce meurtre ?
— La victime était le secrétaire particulier du doge. C'est pourquoi Sandro est aussi préoccupé. Il s'appelait Daniele Moro.

Le masque impassible de Yasmina se fendilla. Ses yeux s'écarquillèrent et son long corps tressaillit.

— Qu'y a-t-il ? s'écria Laura en l'observant. Le nom te dit quelque chose ?

Les doigts de Yasmina se crispèrent dans les plis de son caftan en soie. Mme della Rubia, une maquerelle de haute volée, ne lésinait pas lorsqu'il s'agissait d'empaqueter ses marchandises.

Yasmina inspira profondément.

— Daniele Moro était ici, Laura. Hier soir.

2

D'un pas alerte, Laura se frayait un chemin parmi la foule qui se pressait sur le pont du Rialto. Le Grand Canal était encombré de gondoles drapées de soie, de lourds chalands chargés d'eau potable, de pain et de légumes, de bateaux de pêche qui s'apprêtaient à sortir vers la lagune, de barques à fond plat remplies de marchandises.

Les échoppes et le spectacle de la rue donnaient envie à Laura de flâner. Ses doigts la démangeaient : elle aurait aimé dessiner l'élégante comtesse qui soupesait un damas de soie, le marchand flamand qui examinait un bijou.

Accroupie sur un tabouret, une mendiante tendait une main sale pour recueillir quelques piécettes. Comme elle n'avait pas d'argent, Laura dénoua son fichu en dentelle pour le lui donner. « C'est le troisième ce mois-ci », songea-t-elle, avec un sourire pour la vieille femme qui la remerciait. Mme della Rubia lui ferait des reproches et elle devait déjà une somme conséquente à sa patronne.

De jeunes galants insolents, leur chapeau rouge incliné de manière désinvolte sur le crâne, plaisantaient en essayant de la pincer. Elle esquiva leurs jeux de mains en riant.

Laura n'avait jamais quitté Venise, mais les étrangers prétendaient qu'aucune ville au monde ne pouvait rivaliser avec la Sérénissime. Elle en était persuadée. Elle adorait sa ville natale.

Mais comme beaucoup de grandes beautés, cette ville d'eau et de lumière, de verre et de dentelle avait aussi son côté sombre, des ruelles obscures où rôdaient des bandes de *bravi* armés de poignards et de stylets. Dieu merci, des hommes comme Sandro Cavalli s'étaient dévoués pour combattre le crime !

Frissonnant dans la bise de février, elle repensa à la conversation entre Sandro et Titien. Bien qu'il fût secrétaire du doge, Daniele Moro avait été assassiné. Ce jour-là, il aurait dû déposer des documents chez un imprimeur concernant le Sposalizio del Mare, la cérémonie annuelle qui célébrait les noces symboliques de Venise avec la mer. Après son entrevue avec l'imprimeur, Moro aurait dû se rendre chez Titien afin de discuter des séances de pose du doge Andrea Gritti, dont le maître allait peindre le portrait.

Le secrétaire n'avait respecté aucun de ses engagements. Sandro Cavalli pensait que le doge avait été la dernière personne à voir Moro en vie. Or Laura savait que Sandro se trompait. Il était de son devoir de lui transmettre les confidences de Yasmina.

Délaissant le quartier animé des commerçants, elle se dirigea vers le Fondaco Cavalli. C'était un imposant palais aux piliers de marbre blanc. Une fresque de Bellini ornait la porte d'entrée qui donnait sur la rue. Elle reconnut aussi le travail de Sansovino, qui avait sculpté les piliers et les fenêtres.

Le cœur battant, elle s'approcha. Elle savait que le Seigneur de la Nuit était un homme riche, mais elle était impressionnée par la demeure. Son œil d'artiste admira les hautes colonnes et les cheminées cannelées. Des gargouilles grimaçaient sur les corniches.

Vêtu d'une cape bleu foncé, une épée sur la hanche, un policier montait la garde devant la porte.

— Je suis venue voir messire Sandro Cavalli, annonça-t-elle.

— Je ne savais pas que le maître appréciait des filles aussi jeunes, se rembrunit le *zaffo*.

Laura s'était habituée à ne pas s'offusquer lorsqu'on lui adressait des remarques grossières. Elle rejeta les épaules en arrière.

— Il s'agit d'une enquête. C'est très urgent.

— Je vais devoir vous fouiller, au cas où vous auriez une arme cachée sur vous.

— Voyons, ce n'est pas nécessaire ! lança-t-elle, agacée.

— On n'est jamais trop prudent, mademoiselle, ricana le garde en passant une main sur son épaule. On a vu des assassins de toutes sortes, ajouta-t-il en descendant vers sa taille.

Laura resta aussi immobile que possible. De toute façon, elle serait bientôt obligée d'endurer les attouchements d'un homme, et même si elle ne les appréciait pas, elle devrait faire semblant.

Pourtant, quand le *zaffo* lui caressa les hanches et qu'elle sentit son souffle tiède sur son visage, elle décida de remettre l'expérience à plus tard. Il n'était qu'un homme du peuple, après tout, et ses amants seraient des gentilshommes.

— Cher monsieur, dit-elle avec son plus grand sourire. J'avoue que je me pose une question...

— Quoi ? grommela le garde, le visage crispé par le désir.

— Messire Sandro approuverait-il votre zèle ?

Il la relâcha comme si elle avait été un charbon ardent.

— C'est par là, grogna-t-il en lui montrant la porte.

En pénétrant sous la voûte, Laura fut heureuse d'avoir deviné juste : Sandro Cavalli traitait les femmes avec respect, et il en attendait de même de ses subordonnés.

Le court passage déboucha dans un jardin traversé par un chemin de dalles en mosaïque. Un ordre impeccable régnait dans la demeure. L'eau gargouillait joyeusement dans une fontaine ornée d'une statue de Neptune. Autour du patio, on avait placé des myrtes taillés en forme de sphère. Même le lierre sur les murs était domestiqué. Laura se dit que les poissons devaient nager de manière synchronisée dans le bassin de la fontaine !

À sa droite, un autre passage devait mener aux entrepôts, car les marchands de Venise stockaient les marchandises sous leurs habitations. À sa gauche, à travers les fenêtres, elle voyait des employés penchés sur leurs bureaux inclinés.

La porte centrale, flanquée de deux vases grecs, s'ouvrit. Un homme apparut. Il était d'une si grande beauté que Laura en resta abasourdie. Elle n'avait jamais vu la célèbre sculpture de David par Donatello, mais elle se demanda si l'œuvre d'art florentine s'était mystérieusement incarnée en ce jeune homme qui lui souriait.

— Bienvenue. Que me vaut cet honneur ? demanda-t-il.

— Je suis Laura Bandello. Je suis venue voir messire Sandro Cavalli.

— Mon père vous attend-il ?

— Non... Messire Cavalli est votre père ?

Elle ne voyait aucune ressemblance entre les deux hommes. Les traits de Sandro étaient marqués par la maturité, l'expérience, la sagesse et la lassitude. Le père avait du caractère, se dit-elle. Tandis que le fils, en dépit de sa beauté physique, n'avait que cela... Si on lui avait donné le choix de peindre l'un des deux hommes, Laura n'aurait pas hésité.

— Vous devez être Marc Antonio, dit-elle en esquissant une révérence.

— Il vous a parlé de moi ? C'est curieux. Mon père parle rarement de sa famille.

Il agita ses beaux cheveux châtains. Sandro avait une chevelure plus foncée, parsemée de mèches argentées.

— Je crains de ne pas lui avoir donné le choix, plaisanta Laura.

Marc Antonio la soumit à un long regard paresseux. Il avait placé une main négligemment sur sa hanche, attirant l'attention sur la braguette en soie attachée par des liens dorés à ses hauts-de-chausses. Son attitude et son expression déçurent Laura. Elle aurait aimé qu'un homme d'une pareille beauté fût aussi quelqu'un de droit et d'intelligent. Mais dans les yeux de Marc Antonio, il n'y avait que de la convoitise.

— Je vous en prie, puis-je voir votre père ? Je dois lui parler d'une affaire urgente.

Il eut un mouvement arrogant de la tête et lui fit signe de le suivre. Il la précéda le long d'un escalier de marbre qui sentait la citronnelle. Ils débouchèrent dans une vaste pièce où trônaient de magnifiques tableaux. Laura regretta de ne pas avoir le temps d'admirer ces chefs-d'œuvre. Pour quelqu'un qui prétendait ne rien connaître à la peinture, Sandro Cavalli avait une collection impressionnante !

Marc Antonio frappa à une porte au fond de la pièce, puis il la poussa sans attendre de réponse.

Étouffant un juron, Sandro leva les yeux de son bureau. Son irritation se transforma en étonnement lorsqu'il reconnut Laura Bandello. Le sourire radieux de la jeune femme l'éblouit. Elle avait changé depuis la veille. Vêtue d'une robe marron, avec ses manches blanches et son tablier, on aurait dit une écolière. Ses beaux cheveux étaient tressés en deux nattes.

— Je ne pensais pas vous revoir, mademoiselle Bandello, dit Sandro en se levant.

Il remarqua qu'elle examinait les piles de documents sur la table. Pas un papier ne dépassait. Sandro aimait que les choses fussent parfaitement ordonnées, mais en présence de Laura, il avait l'impression d'être un vieux garçon tatillon.

— C'est votre jour de chance, plaisanta-t-elle. J'espère que vous ne m'en voulez pas.

— Laura a quelque chose d'important à vous dire, déclara Marc Antonio, l'encourageant à avancer d'une main dans le dos.

Sandro n'aimait pas entendre son fils appeler Laura par son prénom, et il n'aimait pas qu'il la touche. « Comme je suis mesquin ! » se dit-il, mais sa voix resta sévère lorsqu'il demanda à Marc Antonio de se retirer.

Le jeune homme sembla mécontent de ce congé. Il s'inclina sèchement.

— De toute manière, je dois me préparer pour ma visite nocturne au Ponte di Tetti.

Sandro ravala sa colère. Marc Antonio aimait provoquer son père en se vantant de ses turpitudes. Le Ponte di Tetti était le lieu de rendez-vous des prostituées les plus communes de la ville.

Lorsque la porte claqua derrière lui, Sandro poussa un soupir de soulagement. La tension entre son fils et lui était parfois insupportable.

Il indiqua à Laura une paire de fauteuils qui flanquaient la cheminée.

— Puis-je parler librement, messire ? demanda-t-elle. Je dois vous entretenir d'une affaire concernant les Seigneurs de la Nuit.

— Mais bien sûr, la rassura-t-il. Voici mon secrétaire particulier, Jamal.

Sandro s'amusa de l'étonnement de la jeune femme tandis que Jamal se levait pour la saluer. Avec sa superbe peau d'ébène et son corps d'athlète, Jamal était un homme impressionnant. Il portait un large pantalon de coton égyptien et, malgré le temps frais, une veste brodée sans manches. Un lourd bracelet d'or lui enserrait le haut du bras, et une boucle d'oreille scintillait à son oreille gauche.

Il s'inclina, puis jeta un regard à son ami.

Laura lui souriait, attendant ses salutations.

— Il ne peut pas parler, intervint Sandro.

— Messire Jamal, comme c'est affreux pour vous ! s'exclama-t-elle, horrifiée.

Jamal ouvrit ses mains dans un geste d'impuissance, et montra sa bouche.

— Les Turcs lui ont coupé la langue, expliqua Sandro.

— Seigneur ! Mais pourquoi ?

— Il était esclave. Le sultan voulait s'assurer de sa loyauté.

— Comment vous êtes-vous rencontrés ?

Sandro avait l'habitude d'esquiver les questions personnelles, mais pour une raison étrange, il ne pouvait rien cacher à cette femme.

— J'avais une affaire à conclure avec le sultan, il y a quelques années. J'ai pris Jamal comme une partie du paiement.

— En d'autres termes, messire Jamal est passé d'un esclavage à un autre, constata Laura d'un air mécontent.

Jamal secoua vivement la tête. Ses yeux d'onyx se tournèrent à nouveau vers Sandro.

— Je lui ai rendu sa liberté et je lui ai proposé de l'argent pour retourner dans son pays natal. Il a choisi de demeurer avec moi... Vous pouvez parler librement devant lui, reprit-il. Je n'ai aucun secret pour lui.

Laura s'assit près de la cheminée où le feu crépitait joyeusement.

— Avez-vous des ennuis avec la loi, mademoiselle ?

— Bien sûr que non ! J'ai des informations à vous communiquer concernant Daniele Moro.

Sandro était stupéfait. Son incrédulité le rendit agressif.

— Comment savez-vous ce qui est arrivé à Moro ?

Nerveuse, elle humecta ses lèvres, attirant le regard de Sandro sur sa bouche.

— Je dois vous avouer quelque chose, messire... Je vous ai entendu parler de Moro avec maître Titien. Pardonnez-moi, mais j'étais si curieuse... D'ailleurs, j'ai bien fait de vous écouter. Je peux probablement vous aider à résoudre cette énigme.

Sans réfléchir, il la saisit brutalement par les épaules et la força à se lever. Elle sentait le sel marin et le jasmin ; des flammes brillaient dans ses yeux.

— Vous n'avez pas à vous mêler des affaires des Seigneurs de la Nuit, siffla-t-il, les dents serrées.

La colère et l'étreinte furieuse de Sandro la laissaient indifférente. Elle releva le menton d'un geste de défi.

— J'en suis consciente, messire, mais je vous l'ai dit : je suis curieuse.

— Je n'ai pas besoin de l'aide d'une femme, curieuse ou non !

Elle appuya ses paumes contre son torse.

— Vous me faites mal, messire.

Il la relâcha aussitôt, avec un grognement d'excuse.

— Maître Titien se poserait des questions, s'il découvrait des bleus sur mon corps lors de nos séances de pose.

Non sans amertume, Sandro imagina Laura allongée sur le divan de l'artiste, souple et sensuelle comme une déesse, tandis que Titien célébrait sa beauté sur une toile… Bon sang, était-il jaloux ?

— Ainsi, une femme n'est d'aucune utilité pour vous, messire ? plaisanta-t-elle. C'est étrange, surtout lorsqu'on est aussi bel homme.

Sandro pensa à ses quatre maîtresses. Barbara, Arnetta, Gioia et Alicia étaient aussi différentes et complémentaires que les quatre saisons. Depuis des années, elles satisfaisaient ses désirs avec discrétion et retenue, ainsi qu'il l'exigeait. En contrepartie, il logeait chacune dans une luxueuse maison.

— C'est un choix personnel, dit-il d'un air pincé, devinant que Jamal s'amusait beaucoup de sa déconfiture.

— Je suis persuadée que mes informations peuvent vous être utiles.

Elle le regardait à la dérobée. Même la modeste robe marron ne parvenait pas à cacher ses courbes délicieuses. Elle souriait avec cet air engageant et charmant qui tissait un piège sensuel autour de Sandro.

— Je vous écoute, concéda-t-il.

— J'ai parlé de l'assassinat de Daniele Moro à mon amie Yasmina…

— Crénom de Dieu ! C'est une affaire extrêmement délicate. Vous ne pouvez pas vous amuser à raconter ce meurtre dans toute la ville !

— Mais je n'en ai parlé qu'à une seule personne, protesta-t-elle, indignée.

— Vous risquez de vous mettre en danger, mademoiselle. Le meurtrier court toujours.

— Je n'ai pas l'habitude qu'on s'inquiète pour moi, murmura-t-elle, touchée par cette sollicitude.

Il grimaça.

— Je veille au bien-être de tous les citoyens de la République, c'est ma vocation.

— Oublions tout cela, s'impatienta-t-elle. J'ai trouvé quelqu'un qui a vu Daniele Moro la nuit de son assassinat.

— Quoi ? s'exclama Sandro.

— Je propose de vous emmener auprès de cette personne, messire.

Il la considéra un instant, puis soupira.

— Si vous dites la vérité, j'arriverai peut-être à vous pardonner vos indiscrétions…

Sandro se tenait debout dans la gondole qui tanguait sur les eaux agitées du canal. Le gondolier enfonça sa perche pour s'approcher des marches.

— Votre témoin habite un bordel ? s'écria Sandro.

Laura avait savouré le voyage dans la luxueuse gondole du gentilhomme. Elle donna la main au gondolier et atterrit d'un bond sur les marches de la demeure de Mme della Rubia, qui avait la réputation d'être la plus belle maison du *sestiere* de Castelletto.

Elle attendit près de la porte que Sandro et son secrétaire la rejoignent. Lorsque le valet de pied en livrée les pria d'entrer, elle eut des papillons dans l'estomac car elle savait que Madame ne serait pas contente. L'opulent vestibule était décoré de marbre rose et de statues d'albâtre. Des vitraux ambre et pourpre coloraient les fenêtres. Dans le jardin intérieur, on entendait résonner des rires et de la musique.

Laura tira sur le cordon et fit tinter la cloche en verre pour annoncer leur présence.

Très vite, Mme della Rubia émergea d'une porte dissimulée derrière une tenture dorée. Son sourire de bienvenue s'effaça quand elle reconnut Laura.

— Mon enfant, ne me dis pas que tu as encore égaré ton fichu ! Et tu sais très bien que je ne veux pas que tu entres par la porte principale…

Elle se calma en voyant Sandro et Jamal. Son visage se détendit. La *ruffiana* la plus célèbre de Venise, qui s'occupait de deux douzaines de courtisanes, considérait qu'il était de son devoir de reconnaître tous les patriciens de la République. Un sourire effleura ses lèvres cramoisies et, d'une main, elle tapota ses cheveux blonds.

— Messire, bienvenue… Qu'y a-t-il pour votre plaisir ?

À la grande joie de Laura, Sandro s'empourpra. « Décidément, c'est fou ce que cet homme est attachant ! » songea-t-elle.

— Il s'agit d'une affaire de police, madame, déclara Sandro. Je suis venu pour interroger l'une de vos… de vos… pensionnaires.

Les sourcils épilés de Mme della Rubia s'élevèrent en accents circonflexes.

— Mes filles et moi-même respectons la loi, messire, et nous payons nos taxes. Croyez-moi, nous n'avons rien à nous reprocher.

Laura la fixait avec l'œil averti d'une artiste. Elle avait commencé un portrait de sa bienfaitrice, et elle était heureuse de découvrir une nouvelle facette de sa personnalité. Si la peinture lui plaisait, Mme della Rubia effacerait peut-être quelques dettes de la jeune femme.

— J'en suis persuadé, madame, reprit Sandro. Je voudrais seulement poser quelques questions. (D'une main, il effleura la bourse en cuir accrochée à sa ceinture.) Je sais que votre temps est compté, madame…

— Qui voulez-vous voir ? demanda-t-elle à Laura.

— Florio, répondit la jeune femme. Je vais leur montrer le chemin.

Soulagée, Laura se félicita d'avoir franchi l'obstacle. Plus tard, elle aurait à s'expliquer, ce qui serait pénible, mais Mme della Rubia ne la jetterait pas à la rue. D'autant que son portrait n'était pas terminé…

Tandis que Laura le précédait dans l'étroit escalier, Sandro regardait les hanches de la jeune femme. En sa présence, il perdait sa maîtrise de soi ; il en oubliait son code de droiture et d'honneur. Cette perspective l'effrayait.

« Comment diable connaît-elle ces gens ? » se demanda-t-il. On lui avait probablement commandé un portrait. Puisqu'elle débutait, Laura ne pouvait pas se permettre de refuser des clients. « Mais elle semble bien connaître la maison », se dit-il encore.

Lorsqu'ils arrivèrent à l'étage des chambres privées, elle frappa à une porte. Une voix mélodieuse leur donna la permission d'entrer. Jamal resta dans le corridor, les bras croisés, regardant droit devant lui.

La petite pièce proprette embaumait le parfum de gardénias. Sur une table se trouvaient un luth et une flûte. Une silhouette drapée dans une cape noire se tenait près de la fenêtre, un chapeau sombre posé sur de longs cheveux blonds.

— Florio, nous sommes désolés de te déranger… dit Laura.

La silhouette se retourna. Le rebord du chapeau lui dissimulait le visage.

— Oui ?

La voix grave surprit Sandro. Un homme qui habitait un bordel ? Bien qu'il fût indigné, il n'en laissa rien paraître.

— Je suis Sandro Cavalli, des Seigneurs de la Nuit. Je suis venu vous interroger au sujet de Daniele Moro.

Florio retira son chapeau. S'il n'avait été déguisé en femme, il aurait été un homme séduisant avec son menton déterminé, ses pommettes, sa bouche bien dessinées.

— Que désirez-vous savoir ?

Sandro croisa le regard de Laura et lui fit signe de sortir. Ignorant l'ordre du policier, elle s'assit sur une délicate chaise toscane.

— Laura est mon amie, expliqua Florio. Je vis un moment très difficile et j'ai besoin de sa présence. Nous n'avons pas de secrets l'un pour l'autre.

— Je dois insister, reprit Sandro.

— Si elle ne reste pas, je ne vous dirai rien, s'énerva Florio.

Sandro serra les dents. Laura le perturbait, alors qu'il devait se concentrer sur Florio, étudier sa gestuelle, son regard aux paupières tombantes, au cas où ce jeune homme mentirait. Tant pis ! se dit-il. Il avait déjà interrogé des suspects et obtenu des aveux dans des circonstances plus difficiles.

— Il paraît que Moro est venu vous voir, la nuit de sa mort.

— C'est vrai, répondit Florio. Écoutez, messire, je vais vous épargner les questions et tout vous raconter d'emblée. Mon rôle officiel dans cette maison est d'être un *mezzano*. Je divertis les clients par mes chansons, et j'écris des lettres d'amour pour des soupirants illettrés.

— Si c'est là votre rôle « officiel », vous en avez donc un autre ? demanda Sandro.

Florio laissa échapper un soupir.

— Daniele était mon amant. Au début, ce n'était qu'un client, mais avec le temps, nous avons éprouvé de véritables sentiments l'un pour l'autre. Nous avions peu l'occasion de nous voir, car le doge prenait beaucoup de son temps. Je... je l'aimais, avoua-t-il d'un air de défi, tandis que Laura l'observait avec compassion. Avant-hier, Daniele avait une commission à faire pour le doge, mais il est venu me voir en premier. Il avait promis de demander au doge la permission que je chante une barcarolle le jour de l'Ascension.

— Florio est un excellent chanteur, intervint Laura. S'il chante lors de la Sposalizio del Mare, il sera envié par tous les musiciens de Venise.

— Je ne mets pas son talent en doute, s'impatienta Sandro. Quelle fut la réponse du doge à la demande de Moro ?

Florio eut un sourire malgré sa tristesse.

— Il m'a invité à chanter à bord de son navire pendant la cérémonie.

— C'est formidable, Florio ! s'exclama Laura en frappant dans ses mains. C'est ton rêve depuis toujours !

Il lui caressa la joue. Devant ce geste tendre, Sandro sentit son cœur se serrer.

— Mais il y a toujours un prix à payer, n'est-ce pas, *bellissima* ? murmura Florio. Daniele ne sera pas là pour voir mon triomphe...

Sandro se rappela que cet homme était un baladin, un homme de jeu et de théâtre qui savait duper son monde. Florio et Daniele Moro auraient pu se disputer. Florio, tourmenté, aurait pu être saisi d'une impulsion malsaine. Il aurait pu aller jusqu'à émasculer son amant.

— Je devine ce que vous pensez ! s'écria soudain Laura. Vous avez tort. Florio ne ferait jamais de mal à quiconque. Je le connais, messire, affirma-t-elle en saisissant la main du jeune homme.

Florio lui baisa la main.

— Sois calme, ma colombe. Il ne fait que son métier.

Agacé par leur complicité, Sandro continua son interrogatoire. Florio lui donna l'heure d'arrivée de son ami, expliqua qu'ils étaient aussitôt montés dans cette chambre. Ils avaient partagé une bouteille de vin et avaient bavardé pendant deux heures, puis Moro était reparti, emportant son porte-documents avec lui.

— Quel porte-documents ? demanda Sandro, car on n'avait rien trouvé près du corps. Vous êtes certain de ce détail ?

— Absolument. Il était en cuir travaillé, frappé d'un sceau officiel. Celui du lion ailé de saint Marc, je crois.

Sandro aurait pu arrêter ce suspect et l'incarcérer à la Gabbia, mais il hésitait à prendre une telle décision alors qu'il manquait de preuves. Et puis, il y avait cette tendresse qui l'unissait à Laura. Était-il un homme innocent aux mœurs singulières, ou un assassin pervers qui cachait son jeu d'une manière diabolique ? Pourquoi Laura l'appréciait-elle ?

Frustré, Sandro en eut assez. Il quitta la chambre. Dans le couloir, Laura poussa un cri.

— Yasmina, attends !

Sandro reconnut la magnifique Orientale que la jeune femme avait dessinée. Bien que Laura fût grande, Yasmina la dominait d'une tête. Alors que la jeune artiste ne cessait de s'agiter, Yasmina se tenait parfaitement immobile, le visage impassible, ses yeux noirs scrutant les étrangers.

— Je voudrais te présenter messire Sandro et Jamal, dit Laura en prenant son amie par la main.

Sandro regarda Jamal. Son secrétaire semblait tétanisé. Il contemplait Yasmina avec un regard plein de désir… et de panique. Jamal porta les mains à son cou, et son visage se tordit de souffrance. Sandro comprit qu'il aurait souhaité pouvoir parler.

— Viens, mon ami, allons rencontrer cette dame, murmura-t-il.

Yasmina les salua comme un chat, son nez fronçant délicatement, le visage dédaigneux. Ses yeux perçants trahissaient une vive intelligence. Il sembla à Sandro qu'elle l'avait jaugé d'un seul coup d'œil.

— Comment allez-vous ? demanda-t-elle poliment.

Elle avait une voix veloutée et mélodieuse, qui rappelait son Afrique natale.

— Jamal ne peut pas parler, expliqua Laura. Il a été au service du sultan.

— Un homme silencieux ? Voilà une qualité rare, se moqua Yasmina.

Elle posa une main sur le bras du secrétaire. Jamal sembla effrayé, mais le regard serein de la jeune femme le rassura. Entre eux, l'air crépitait comme lors d'un orage.

— Pourquoi ne pas leur montrer ton jardin, Yasmina ? proposa Laura. Yasmina a des plantes incroyables, messire. Du jasmin, de l'aloès, des épices insolites… Elle a convaincu Mme della Rubia d'importer des graines des pays orientaux.

Sandro songea au travail qui l'attendait, mais il succomba à la tentation de passer encore un peu de temps en sa compagnie. Ils descendirent au rez-de-chaussée. Yasmina les précéda, son caftan de velours brodé oscillant derrière elle. Elle les conduisit dans une vaste cour intérieure où se trouvait un cloître. Des oiseaux pépiaient dans des cages en osier, tandis qu'un petit singe se recroquevillait sur son perchoir, souffrant visiblement du froid.

Assise sur un tabouret, une femme jouait du luth. Son compagnon, un sénateur que Sandro reconnut, mangeait des figues sèches disposées dans une coupelle en argent. Installés autour d'une table en fer, deux hommes jouaient aux cartes avec deux courtisanes. Les occupants de la cour les saluèrent discrètement. D'ici quelques heures, tout Venise saurait que le Seigneur de la Nuit avait été aperçu dans une maison close, mais Sandro n'en avait cure. Il savait qu'il était un homme honorable, et il savait pourquoi il se trouvait dans ce lieu.

Il était agacé que Laura fréquente des personnes d'une moralité aussi douteuse. Quelqu'un devrait lui trouver des protecteurs dignes d'elle...

Yasmina passa sous une arche qui donnait dans un jardin. Une profusion de vignes, d'herbes et d'arbustes y poussaient.

— En hiver, il y a moins de choses à voir, s'excusa-t-elle en prenant le bras de Jamal. Je vais vous montrer mon muscadier. Je sais que c'est illégal, ajouta-t-elle, mais je ne vends pas mes épices.

Alors que les deux Orientaux les précédaient, Laura sourit à Sandro.

— Je savais que Yasmina l'apprécierait.

— Savez-vous le mal que cela va lui causer ? murmura-t-il.

— Quel mal y a-t-il à lui présenter une femme de son pays ? s'étonna-t-elle, voyant que Sandro était en colère.

— Depuis qu'il a été martyrisé par les Turcs, Jamal ne veut plus rien avoir à faire avec son pays. Il préfère l'exil. Moi, son handicap ne me gêne pas, mais, à ses yeux, c'est une tare indélébile. Et voilà que vous agitez cette tare sous le nez d'une femme incroyablement belle. Une femme qu'il ne pourra jamais conquérir.

— En êtes-vous certain ? lança Laura en regardant Yasmina montrer à Jamal les bourgeons d'une branche de cassier.

Visiblement, il était beaucoup plus fasciné par la femme que par les plantes.

— Ne soyez pas naïve, grommela Sandro. Bien sûr qu'elle ne sera jamais à lui. Le malheureux est muet.

Laura leva les yeux sur Sandro. Il était si sage, avec son visage buriné et arrogant, ses yeux d'une redoutable intelligence. Pourtant, par certains aspects, il était aussi candide qu'un enfant.

— Messire, parfois les choses les plus essentielles se passent de paroles, dit-elle, posant une main sur son avant-bras.

Il se dégagea aussitôt, et s'assit sur un banc en marbre.

— C'est ridicule, lança-t-il.

— J'ai tenu à les présenter parce que je pensais que ce serait bien pour Jamal, mais aussi pour Yasmina. Elle déteste les hom…

Laura s'interrompit brusquement, se maudissant de son idiotie. Sandro Cavalli n'avait confiance en personne. Il soupçonnerait sa propre mère.

— Yasmina déteste les hommes ? releva-t-il d'un air intéressé.

— Ça suffit ! Elle n'a rien à voir avec le meurtre. C'est grâce à elle que vous avez pu rencontrer Florio. Rien ne l'obligeait à me confier que la victime était venue ici le soir du crime. C'est grâce à elle que vous avez appris qu'il avait un porte-documents. (Laura s'amusa de son regard surpris.) J'ai vu l'étonnement sur votre visage quand Florio vous en a parlé. C'est important, n'est-ce pas ?

— Cela ne vous regarde pas.

Partagé entre l'énervement et l'attirance qu'il éprouvait pour cette jeune femme, Sandro se passa une main dans les cheveux. D'emblée, il avait su que le mobile du crime n'était pas l'argent. Le cadavre n'avait pas été dépouillé de sa chaîne en or de fonction, ni du saphir que le doge Gritti lui avait donné. Puisque Florio était certain que Moro avait emporté une sacoche, l'assassin l'avait certainement dérobée. Mais pourquoi ? Que contenait-elle ?

Impatient de poursuivre son enquête, il jeta un regard à Jamal : celui-ci était littéralement suspendu aux lèvres de Yasmina. Sandro se dit qu'il pouvait bien patienter quelques minutes avant de prendre congé. Il étudia les différentes plantes et s'étonna de voir une racine qui séchait sur une table. Cette plante, l'aconit, donnait un poison. Or la lame qui avait tué Moro avait été enduite de poison…

— C'est gentil de leur laisser encore un peu de temps, dit Laura.

Sandro s'agaça qu'elle pût lire aussi facilement dans ses pensées.

— J'aimerais que vous cessiez de m'accuser d'être gentil.

— J'aimerais que vous cessiez de nier que vous l'êtes.

— Où désirez-vous aller, lorsque nous partirons d'ici ?

— Je ne comprends pas, messire.

— Je suis un gentilhomme. Il m'est impossible de vous laisser seule dans cet endroit.

Laura éclata d'un rire joyeux. « Seigneur, comme elle est exquise ! » songea Sandro. Venise comptait d'innombrables femmes de grande beauté, mais Laura avait une qualité particulière. Son allure avait quelque chose de magique. Elle personnifiait l'innocence.

— J'habite ici, messire.

Il eut l'impression qu'un étau se refermait sur ses entrailles. Elle se mordit la lèvre et ajouta :

— Pardonnez-moi, j'aurais dû vous expliquer plus tôt...

— Vous êtes ici pour peindre des portraits, insista-t-il comme pour s'en convaincre.

— Bien sûr. Je travaille sur un portrait de Mme della Rubia, et j'ai une foule de sujets à dessiner. Mais je ne peux pas accepter d'argent pour mes peintures avant d'avoir été élue à l'Académie. La corporation l'interdit. Et après le carnaval, j'aurai moins de temps à consacrer à mon art.

— Pourquoi ?

— Je serai occupée à divertir mes clients.

Il fronça les sourcils.

— Des clients qui viendront poser pour des portraits, vous voulez dire ?

— J'espère qu'à la longue, il en sera ainsi. Messire, je vois bien que cette idée vous déplaît, mais il faut admettre la vérité : je suis une courtisane.

Sandro ressentit soudain un grand froid. Il savait qu'il avait refusé de voir la réalité : la jeune, magnifique, talentueuse Laura vendait son corps à des inconnus. Elle provoquait chez lui un sentiment de possession qui n'avait rien à voir avec le devoir. Une autre vérité se cachait en lui plus profondément encore : il était furieusement jaloux des hommes qu'elle recevait dans son lit.

— Je vous déçois, constata-t-elle, attristée.

— Votre légèreté me déçoit, en effet. Vous avez beaucoup de talent. Pourquoi succomber à ce commerce dégradant ? N'avez-vous pas honte ?

Elle avait rougi. Elle se mit à arpenter le jardin.

— Cela coûte cher d'être une artiste. Mme della Rubia me demande cent *scudi* par mois pour ma chambre et ma nourriture. Je dois acheter des pigments, des toiles...

— Eh bien, vous n'avez qu'à trouver un autre moyen pour financer votre carrière.

— Que me reste-t-il ? Les femmes qui cousent des voiles à l'Arsenal gagnent moitié moins que les hommes pour le même travail. Ah, mais je pourrais devenir blanchisseuse ! railla-t-elle en claquant des doigts comme si elle avait eu une subite inspiration. Lorsque je serai vieille, j'aurai gagné suffisamment pour acheter quelques toiles, mais pas de pinceaux ni de pigments... Vous voyez bien, messire, je n'ai pas le choix.

— Je déteste le métier que vous envisagez, poursuivit-il. La plupart de mes enquêtes criminelles aboutissent dans des endroits comme celui-ci.

— Si vous interdisez la prostitution, où les hommes trouveront-ils leur plaisir ? Comment faites-vous, personnellement ?

— Je ne recherche pas le plaisir, mentit-il. Vous avez tort de penser que si nous retirions les égouts, toute la ville serait polluée.

— Votre exemple est un peu grossier, messire. C'est plutôt comme les brouillards de Venise. Vous pouvez les maudire, mais ils ne partiront pas pour autant.

Il serra son chapeau entre ses doigts.

— Vous pourriez vous marier, Laura.

— Merci bien ! Épouser un rustre qui me donnerait un bébé tous les ans ? Avec un peu de chance, je trouverais quelques minutes pour travailler à mon art entre deux tétées.

— Pourquoi songez-vous forcément à un homme du peuple ? Vous êtes très belle. Vous pourriez épouser un…

— Votre fils, par exemple, messire ? lança-t-elle d'un air accusateur.

Il resta interdit, le visage blême.

— Je vois ! fit-elle avec un rire amer. Vous avez certains critères pour votre illustre famille.

Il fut blessé par ce cynisme, qui détruisait l'illusion d'innocence dans laquelle il l'avait drapée. Il se souvint d'un vers de Pétrarque : « Rares sont les rencontres entre la grande beauté et la grande vertu. »

— Si votre idée de la vertu, c'est d'épouser un marchand prétentieux, vous pouvez la garder ! s'enflamma-t-elle. Et je n'ai que faire de vos préjugés de gentilhomme.

— Je ne fais qu'appliquer les règles. Un patricien qui épouse une roturière se voit retirer ses titres de noblesse et sa position au Grand Conseil.

— Quelle horreur ! ironisa Laura.

Il la saisit par les épaules, la força à le regarder.

— La noblesse d'un homme compte autant pour lui que la peinture pour vous. Voulez-vous qu'il y renonce ?

— Non. Bien sûr que non, souffla-t-elle, vaincue.

— Trouvez-vous un quelconque marchand, Laura.

— Pourquoi ? Et en quoi est-ce que cela vous regarde ?

« Parce que je vous désire, moi… »

— Je m'inquiète pour vous. Quel âge avez-vous ?

— Dix-huit ans.

— L'âge de ma fille, Adriana. Voilà pourquoi je me sens responsable de vous.

— C'est inutile. Je sais exactement ce que je fais.

— Ah ? Vous êtes donc au courant du danger de cette profession et des terribles maladies ? Lorsque votre jeunesse se sera envolée, que ferez-vous ?

— Si cela peut vous rassurer, sachez que je n'ai pas l'intention de m'y consacrer toute ma vie. Seulement le temps de vivre de ma peinture.

— Comment pouvez-vous être une artiste, si vous ne vous respectez pas ? accusa-t-il. (Elle frémit comme s'il l'avait frappée.) Qu'éprouvez-vous lorsque vous êtes allongée sous un inconnu qui se sert de vous ?

— Je ne sais pas encore, bredouilla-t-elle.

— Que voulez-vous dire ?

— Les clients de Mme della Rubia exigent des courtisanes d'un grand raffinement. Je dois encore beaucoup apprendre avant de pouvoir les divertir. Ma carrière commencera la veille du carême. Madame organise toujours une grande fête costumée, ce soir-là.

Soulagé, Sandro se dit qu'il avait encore un peu de temps. Le temps de lui apprendre à mesurer la valeur de son innocence et le respect de son corps. Le temps de la détourner de ce chemin périlleux. Et puis surtout, le temps de comprendre pourquoi Laura lui donnait l'impression d'être un adolescent maladroit confronté à sa première conquête...

3

Le lendemain, alors qu'elle se trouvait au couvent de Sainte-Marie-Céleste, Laura se sentait toujours aussi troublée. Maudit soit ce Sandro Cavalli ! De quel droit la jugeait-il ? Comment osait-il la faire douter de ses projets ? Elle était prête à tout sacrifier pour son art.

Elle chassa de son esprit cet homme arrogant, et frappa à la porte de la cellule de Magdalena.

Son amie sourit en la voyant. Elle avait un visage doux et timide ; quelques cheveux roux s'étaient échappés de la guimpe. Ses yeux tristes avaient la couleur de la pluie à Venise. La jeune fille se dressa sur la pointe des pieds pour l'embrasser sur la joue.

— Je ne t'avais pas vue depuis longtemps.

— J'ai eu beaucoup de choses à faire ces derniers temps. Les cours, mes heures de pose... Et puis, une autre affaire. Puis-je entrer ?

— Bien sûr !

Les autres postulantes partageaient un dortoir, mais Magdalena avait le privilège de disposer d'une chambre grâce à la générosité d'un protecteur anonyme. La petite pièce n'avait cependant rien de luxueux. Elle était même dépourvue de fenêtre. Une bougie allumée éclairait la table de travail. Il y avait un lit, une armoire et un brasero. Une odeur de cire et d'humidité flottait dans l'air.

— Comment peux-tu travailler dans des conditions pareilles ? soupira Laura en s'asseyant sur le lit. Je ne pourrais pas vivre sans la lumière du soleil.

— C'est ta nature, répondit Magdalena, un sourire aux lèvres. Ma lumière est ici, ajouta-t-elle en effleurant sa tempe.

— Si tu le lui demandais, messire Aldus te permettrait sûrement d'occuper une pièce dans son imprimerie.

— Nous en avons déjà parlé, Laura. C'est ici que je veux vivre. Je m'y sens en sécurité.

Laura ressentit un élan de compassion pour la jeune fille. Dans la pénombre de sa cellule, Magdalena était à l'abri des regards cruels. Ici, personne ne pouvait se moquer de son infirmité, de la bosse qui lui déformait le dos et qu'aucun vêtement ne pouvait dissimuler. Certains prétendaient même que cette malformation était la marque de Satan.

— Quand j'aurai été acceptée à l'Académie, j'achèterai une maison convenable. Tu pourras venir y habiter avec moi.

Un bref instant, le regard de Magdalena s'illumina, puis, avec un soupir résigné, elle empila les feuilles du manuscrit qu'elle corrigeait pour Aldus.

— Ne t'en fais pas pour moi. Je suis satisfaite de ma vie.

— Je m'inquiète toujours pour toi, protesta Laura.

Quoique Magdalena fût d'un an son aînée, Laura avait toujours protégé son amie. Elle l'avait consolée quand les autres postulantes s'étaient moquées de sa bosse, elle l'avait encouragée quand Magdalena avait émis le désir de travailler chez un imprimeur, et elle avait fêté son succès quand Aldus lui avait confié un premier manuscrit à corriger.

— Désormais, tu as ton métier de peintre et ta vie chez Mme della Rubia, reprit Magdalena d'un ton de reproche.

— Tu ne vas pas t'y mettre, toi aussi ! Les gens ne pensent plus qu'à sauver mon âme ! s'emporta Laura. Parlons d'autre chose. Quelles sont les nouvelles ?

Magdalena ajusta la ceinture en corde, nouée autour de sa taille.

— Fra Luigi est parti en pèlerinage à Jérusalem.

— Tant mieux !

Laura se rappela qu'elle avait parlé du prêtre pervers à Sandro. Le Seigneur de la Nuit aurait-il... ? Elle secoua légèrement la tête. Mais non, c'était une idée saugrenue.

— À quoi travailles-tu ? demanda-t-elle.

Alors qu'elle voulait regarder la première feuille du manuscrit, Magdalena la saisit et la retourna.

— Ce n'est pas encore fini. Les idées de l'auteur sont admirables, mais il écrit comme un cochon.

Elle plaça le manuscrit dans l'armoire, sur une pile de feuilles aux bords irréguliers.

— Je te le montrerai quand j'aurai terminé de le corriger. Le maître Titien a-t-il fini la peinture de Danaé ?

— Presque. Pourquoi ne viens-tu pas la voir ?

— Je la vois dans mon imagination.

— Tu es incorrigible ! Ce sera la dernière fois que je poserai avant de commencer à travailler pour Mme della Rubia.

— Je déteste cette idée, Laura. Toi, une courtisane !

— Tais-toi. Je croirais entendre Sandro Cavalli.

— Tu connais le Seigneur de la Nuit ? s'exclama son amie, interloquée.

— J'ai été aussi surprise que toi lorsqu'il est entré dans l'atelier de Titien, s'amusa Laura, ne voyant aucun mal à raconter ses aventures à son amie qui ne fréquentait personne hormis sa mère, sœur Célestina. Il enquête sur un meurtre horrible. Le malheureux a été poignardé en plein cœur, puis mutilé...

Magdalena blêmit.

— Que veux-tu dire ?

— Il paraît qu'il a été émasculé, murmura Laura, le rouge aux joues.

La bouteille d'encre que triturait Magdalena lui échappa des mains et se fracassa par terre. La jeune fille était blanche comme un linge.

— Quelle horreur ! Mais pourquoi Sandro Cavalli voulait-il interroger Titien ?

— Le maître connaissait la victime. Mais je t'en ai déjà trop raconté.

Maussade, Magdalena alla prendre un balai dans un coin de la pièce.

— Laisse-moi t'aider, proposa Laura.

— Je ne suis pas une invalide, s'agaça son amie.

— Ce n'est qu'une bouteille cassée. Pourquoi te mets-tu dans des états pareils ?

Magdalena se pencha pour ramasser les morceaux de verre avec un papier.

— Aïe ! s'écria-t-elle, et une goutte de sang perla sur son doigt.

— Je vais prendre un pansement dans l'armoire.

— Non ! cria Magdalena.

— Mais enfin...

— Reste en dehors de tout ça, Laura. Cette histoire de meurtre est dangereuse, et elle ne te regarde pas.

L'agitation de son amie étonnait Laura.

— De quel danger veux-tu parler ?

La porte de la chambre s'ouvrit. Célestina entra, sa longue jupe noire frôlant le sol. Laura remarqua que Magdalena retenait son souffle, comme si elle avait peur.

— J'ai entendu du bruit, s'inquiéta Célestina. Quelque chose s'est cassé ?

— Ce n'était qu'une bouteille d'encre, la rassura Laura. Comment allez-vous, ma sœur ?

Célestina avait la beauté hautaine d'une reine. Son sourire lumineux était presque condescendant. Habituée depuis l'enfance à la froideur de la religieuse, Laura ne s'en offusquait pas.

— Je vais bien, merci, dit-elle, croisant les mains devant elle. Je dois bientôt rendre visite à maître Titien. J'ai créé un pigment ocre qui ne devrait pas lui déplaire. (Elle remarqua le doigt ensanglanté de Magdalena.) Tu t'es coupée ! s'écria-t-elle en saisissant le poignet de sa fille.

— Maman, ce n'est rien…

— Il faut appliquer une pommade pour que la blessure ne s'infecte pas.

Alors qu'elle entraînait sa fille hors de la pièce, elle eut un sourire crispé pour Laura.

— On se verra plus tranquillement une prochaine fois.

— Si vous le désirez, ma sœur, soupira Laura d'un air perplexe.

Dans le palais des Doges, Sandro ferma les yeux et se pinça l'arête du nez. La salle du Grand Conseil était vide. Quelques instants auparavant, la pièce en marbre blanc et or avait accueilli la foule des sénateurs, des prélats et des Seigneurs de la Nuit. Sandro savourait le silence retrouvé. Il pouvait réfléchir aux éléments que ses hommes avaient réunis concernant le meurtre de Daniele Moro.

Malheureusement, ses réflexions ne le menaient nulle part. Fatigué, il passa les doigts dans ses cheveux. Une mèche grise lui glissa sur le front, et Sandro la rejeta en arrière d'un air furieux. Il n'aimait pas vieillir.

Il s'appuya contre le dossier de son fauteuil. Il ne devait pas perdre son temps alors qu'un assassin courait en liberté dans la ville.

Premier élément : une équipe de *zaffi* suivait Florio depuis deux jours. Jusqu'à maintenant, le *mezzano* n'avait quitté la maison close que pour se rendre à l'église San Rocco, où il avait allumé un cierge et pleuré à chaudes larmes avant de revenir chez lui. Yasmina, qu'on surveillait aussi, n'avait pas quitté la demeure de Mme della Rubia.

Deuxième élément : les assistants de Sandro avaient étudié l'arme du crime. Sur l'île voisine de

Murano, où se trouvait le cœur de la création du verre vénitien, on fabriquait des stylets de verre par milliers. On avait retrouvé des échardes d'ambre dans la poitrine de la victime, une couleur très courante.

Troisième élément : le doge Andrea Gritti ne se rappelait pas avec certitude le contenu du porte-documents. Ce jour-là, il avait donné plusieurs messages à son secrétaire, certains destinés à l'Arsenal où était amarré le *Bucentaure*, le prestigieux navire de la République, d'autres pour l'imprimeur qui préparait les programmes et les invitations pour la cérémonie du jour de l'Ascension, et un mot pour Titien qui devait réaliser son portrait. Il était possible que le secrétaire eût transporté d'autres papiers encore.

Sandro soupira. Les indices étaient minces, les possibilités innombrables. Qu'une personne proche du doge fût mêlée à une affaire aussi sordide le perturbait. D'instinct, ayant servi la République depuis de longues années, il craignait qu'un complot ne vise la tête suprême de Venise.

Le dernier élément qui le faisait réfléchir n'avait rien à voir avec le meurtre : il s'agissait de Laura Bandello...

Comme une mélodie obsédante, des images de la jeune femme venaient le hanter jour et nuit, aux moments les plus inopportuns. Pendant l'audience avec le doge, il avait soudain repensé à leur première rencontre, la revoyant allongée nue sur le divan. Quand il s'était rendu chez l'archevêque pour exiger le bannissement de Fra Luigi, il avait revu sa chevelure, d'un noir qui défiait la mode, une rivière d'onyx parfumée au jasmin. Lors de son dîner avec Marc Antonio, il s'était rappelé la fraîcheur de son rire, l'éclat de ses yeux et sa démarche gracieuse.

Si Sandro ne se connaissait pas mieux, il se serait dit obsédé par la jeune femme. Quelle absurdité ! Chacun savait que Sandro Cavalli n'était obsédé que par une chose : son métier.

Pourtant, Laura le hantait comme un parfum embaume une pièce après le départ de la personne qui le portait. Elle était si jeune, pleine de promesses. Il ne voulait pas la voir entraînée vers les bas-fonds, ni l'imaginer dans les bras d'inconnus…

— Suffit ! s'admonesta-t-il à voix haute.

Elle prétendait avoir besoin d'argent. Très bien, il lui donnerait de l'argent ! Des patriciens aisés devenaient souvent les mécènes d'artistes prometteurs.

Un sentiment de satisfaction effaça les rides sur son front. L'argent était une solution simple et nette. Laura apprécierait ce geste généreux…

— Messire Cavalli ?

Sandro se redressa. Il regarda autour de lui. Il était seul.

— Écoutez attentivement, messire, car je ne me répéterai pas.

Il se leva d'un bond. La voix provenait de la gueule du lion sculpté sur le mur. On avait imaginé ce stratagème pour permettre à des citoyens anonymes de dénoncer des crimes contre l'État. Maintenant que Venise jouissait d'une période de paix et de prospérité, on utilisait moins souvent la *bocca di leone*. D'ordinaire, les gens déposaient une lettre dans la gueule ouverte, mais les informateurs les plus prudents parlaient dans l'orifice pour ne laisser aucune trace de leur passage.

Sandro s'approcha du bas-relief. Il se pencha vers l'ouverture.

— Je vous écoute.

— Vous devez surveiller Laura Bandello. Elle est en danger.

— Que voulez-vous dire ? s'inquiéta Sandro.

— C'est une question de vie ou de mort. Veillez sur elle, messire. Il faut la protéger.

— Votre message est trop vague…

— Prenez garde, messire. Je ne peux rien vous dire de plus. Adieu.

— Attendez !

Sans perdre de temps, Sandro courut vers le fond de la salle, et sortit dans la ruelle où se trouvait la *bocca di leone.*

La ruelle était déserte. Il dévala les marches de pierre étroites et déboucha sur la place Saint-Marc. De nombreux passants flânaient sous les arcades, traversaient la place dominée par les bulbes dorés des dômes byzantins. Sandro repéra un juge dans sa robe noire, des religieuses affairées, un vieillard enroulé dans une cape, une courtisane toute de rouge vêtue qui se dandinait sur ses *chopines…* N'importe lequel d'entre eux pouvait être le mystérieux messager.

Furieux, il partit à la recherche de Jamal. Il donnerait l'ordre à ses lieutenants de surveiller Laura.

Son cœur se serra soudain. Et s'il était déjà trop tard ?

Une nouvelle fois, Laura s'était trop attardée. Elle le devinait au soleil qui se couchait lentement à l'horizon. Mme della Rubia ne manquerait pas de la réprimander, mais au point où elle en était, cela lui était égal. Son excursion avait été un échec.

Elle serra le carnet à dessin contre sa poitrine. Les flacons de pigments et de térébenthine qu'elle était allée chercher chez sœur Célestina s'entrechoquaient dans un sac de toile.

Laura avait passé sa journée au Lido, espérant s'exercer à dessiner des hommes, la grande faiblesse de son art. Là-bas, où les eaux de la lagune rejoignaient la mer Adriatique, des ouvriers travaillaient à créer une grande arche. Le jour de la fête de l'Ascension, lorsque la Sérénissime renouerait son alliance avec la mer, le doge et son entourage passeraient sous cette arche symbolique.

Toute la journée, des charpentiers et des maçons avaient érigé des échafaudages, sans prêter attention à la jeune femme. Elle les avait étudiés attentivement, mais n'avait rien appris de plus sur le corps masculin. Comme il faisait froid en ce jour de février, ils portaient des vêtements de travail usés avec des manches longues et des pantalons larges. Frustrée, Laura n'avait esquissé que quelques traits de crayon sans intérêt.

Quelle ironie du sort ! Elle habitait une maison où les hommes étaient le plus souvent déshabillés, mais elle ne les voyait jamais !

Dans quelques semaines, elle recevrait à son tour des hommes dans sa chambre. Alors, l'anatomie masculine n'aurait plus de secrets pour elle...

Cette pensée la troublait plus que d'habitude, car elle n'arrivait pas à oublier la remarque cinglante de Sandro : *Comment pouvez-vous être une artiste si vous ne vous respectez pas ?* Cet homme autoritaire l'intriguait au-delà du raisonnable.

Laura emprunta une *calle* étroite. Ses vieux souliers résonnaient à peine sur les pierres. Une odeur d'oignons frits dans l'huile d'olive se mêlait à la brise salée. Alors qu'elle parvenait au milieu de la ruelle, elle entendit des pas derrière elle.

Elle se retourna. Deux hommes venaient dans sa direction. À leurs vêtements, elle reconnut des *bravi*. Ces voyous qu'on embauchait pour régler de méchantes affaires avaient une prédilection pour les chausses bouffantes, les braguettes proéminentes exagérant leurs attributs virils, et les chapeaux ornés de plumes aux teintes criardes.

— Bonsoir, murmura-t-elle, serrant instinctivement son carnet.

— Bonsoir, mademoiselle...

L'un des hommes s'inclina. Il portait une moustache noire comme dessinée au pinceau.

— Vous êtes Laura Bandello ?

— Non, je ne connais personne de ce nom, répliqua-t-elle sans hésiter.

Elle cherchait un moyen de fuir. La ruelle donnait d'un côté sur une place, de l'autre sur un canal, mais un étroit passage longeait les maisons. Elle ne voyait personne dans les alentours. Aucune lumière ne brillait aux fenêtres des entrepôts qui bordaient la rue.

Les *bravi* échangèrent un regard. D'un geste fluide, l'un d'eux porta la main à la gaine sur sa hanche, d'où il tira un stylet de verre étincelant.

Abasourdie, Laura vit que le poignard contenait un liquide laiteux. Du poison... aussi dangereux que le venin d'un serpent. Le ventre noué, elle recula d'un pas. Les bouteilles cliquetèrent dans son sac.

— C'est une erreur... Vous ne pouvez pas me vouloir du mal...

L'homme avançait lentement vers elle. Son silence la terrifiait.

— Je n'ai rien à vous donner, bredouilla-t-elle.

De sa main libre, elle fouilla dans le sac. Ses doigts se refermèrent sur la bouteille de térébenthine. Le *bravo* fit encore un pas vers elle. Il leva son arme. Laura se retourna pour s'enfuir, mais il lui attrapa le bras.

Le stylet descendit vers sa poitrine. Elle leva son carnet à dessin comme un bouclier, et l'arme en verre se brisa sur le carton. Elle sentit un liquide tiède couler sur son bras. Saisissant sa chance, elle lui décocha un coup de pied bien placé. Yasmina lui avait appris ce geste de défense.

Alors que le moustachu se pliait en deux de douleur, l'autre truand fit un mouvement vers elle. Laura lâcha son carnet, déboucha la bouteille et lui jeta la térébenthine au visage. Avec un hurlement, il porta la main à ses yeux et s'affala contre le mur.

Elle prit ses jambes à son cou. Elle cherchait désespérément quelqu'un. Non loin de là se dressait le Ponte di Tetti, où des prostituées attendaient leurs clients sous les porches des maisons. Comme d'habitude, quelques gondoles étaient amarrées sous le pont.

Laura courut vers le pont. Mme della Rubia se plaignait que les filles des rues fassent une concurrence déloyale aux courtisanes honnêtes, mais la jeune femme n'avait jamais été aussi heureuse de les voir. En regardant par-dessus son épaule, elle vit l'un des truands émerger de la ruelle. Il chancelait en se tenant l'entrejambe.

Enfin, elle arriva au pont. Une grosse femme, ses seins débordant d'un décolleté vertigineux, se plaça sur son chemin.

— Pas si vite ! C'est notre territoire ici, on ne veut pas de filles comme toi pour nous piquer le travail.

— Je vous en supplie, sanglota Laura. J'ai besoin d'aide…

— On en a tous besoin dans cette fichue ville, ironisa la femme en la repoussant. Fiche le camp !

Laura se retenait de hurler de rage. Les deux *bravi* se dirigeaient vers elle. Leurs ombres se reflétaient dans le canal. Elle regarda les gondoles avec envie. Un gondolier pouvait avancer plus vite qu'un homme à pied.

— Va-t'en ! répéta la grosse prostituée.

— Arrêtez-la ! s'exclama l'un des truands. C'est une voleuse !

La prostituée voulut saisir Laura. La jeune femme posa une main sur la balustrade du pont et sauta dans le canal.

Le froid intense la saisit. L'eau lui entra dans la bouche. Sa robe l'entraîna vers le fond. Luttant contre cette pesanteur, elle revint à la surface et tendit la main pour attraper le rebord de la gondole, mais le courant tirait sur sa jupe. Elle poussa un cri étranglé. Ses doigts effleurèrent la coque du bateau, elle sombra à nouveau vers le fond. Elle agita les jambes dans un ultime effort. Ses yeux la brûlaient. Elle tournoyait, se sentant devenir de plus en plus légère, oubliant ses malheurs...

Une main ferme l'empoigna alors et la hissa dans la gondole.

Une heure plus tard, elle était assise dans le salon du Fondaco Cavalli. Elle se blottissait dans un manteau d'intérieur beaucoup trop grand pour elle. Sous le velours, elle était nue. Ses pieds étaient plongés dans un bassin d'eau chaude, et elle serrait une tasse de vin épicé entre ses mains.

Laura sourit à son sauveur.

— Merci, dit-elle simplement.

Marc Antonio Cavalli lui rendit un sourire paresseux.

— Tout le plaisir est pour moi. Ce n'est pas tous les jours que j'ai la chance de repêcher une beauté d'un canal.

Il s'agenouilla, sortit les pieds de Laura du bassin et les essuya avec un linge doux. Elle soupira d'aise.

— Ça va mieux ?

— Nettement mieux, dit-elle en sirotant le délicieux vin chaud.

Il s'assit près d'elle sur le canapé. Leurs épaules se touchaient.

— Et maintenant, *bellissima*, il me semble que je mérite une explication. Pourquoi étiez-vous en train de vous noyer sous le Ponte di Tetti ?

Pendant le court trajet en gondole, Laura avait esquivé les questions de Marc Antonio. Elle savait que l'incident n'avait pas été une simple agression. Les *bravi* connaissaient son nom. Quelque chose lui disait que Sandro aurait dû être le premier à apprendre sa mésaventure, et non ce fils trop séduisant.

Or Marc Antonio attendait une réponse. Ne lui avait-il pas sauvé la vie avant de la ramener chez lui ? Elle lui devait une explication.

— J'ai été agressée par des *bravi*, dit-elle en frémissant.

— Pauvre petite, murmura-t-il en lui caressant le dos. Pensez-vous qu'il s'agissait d'assassins payés pour vous attaquer ?

— Ils ne m'ont pas montré une lettre de recommandation, rétorqua-t-elle en essayant de plaisanter.

— Pourquoi chercherait-on à vous tuer ? Auriez-vous des rivaux en peinture qui vous haïssent ? demanda-t-il en jouant avec une boucle de ses cheveux noirs.

— Comment savez-vous que je suis une artiste ?

— Vous m'avez intrigué, alors je me suis renseigné.

L'idée de la jalousie criminelle d'un peintre n'avait même pas effleuré Laura. Elle pensa aux apprentis qui étudiaient avec elle dans l'atelier de Titien.

— C'est impossible, décréta-t-elle. Ils me tolèrent plutôt gentiment. Ils savent qu'une femme doit se battre davantage. De toute façon, ils n'auraient pas les moyens de payer des assassins.

L'horreur de ce qui venait de lui arriver la frappa de plein fouet. Elle blêmit. La pièce se mit à tournoyer autour d'elle. Sans s'en rendre compte, elle glissa vers Marc Antonio. Il en profita pour la prendre dans ses bras et la serrer contre lui.

— Allons, allons… Vous êtes en sécurité, maintenant.

— Il faudra bien que je sorte d'ici tôt ou tard. Est-ce qu'ils m'attendront dehors ? bredouilla-t-elle.

Le beau jeune homme l'observait d'un air grave.

Des pas pressés retentirent derrière la porte. Sandro, songea-t-elle, envahie par un soulagement intense.

Le visage de Marc Antonio se durcit. Brusquement, il saisit les lèvres de Laura dans un baiser passionné. Il la tenait fermement, une main dans son dos, l'autre enfouie dans sa chevelure. Surprise, elle essaya de le repousser mais il continua à l'embrasser, ignorant ses protestations.

Elle le repoussa avec plus de vigueur. Il la retint par une épaule et le large manteau glissa.

— Je vois que tes manières sont toujours aussi déplorables ! lança une voix amère. Mais au moins, ton goût en ce qui concerne les femmes s'est amélioré.

Ajustant le manteau, Laura se leva pour affronter le Seigneur de la Nuit. Il l'ignorait, dévisageant son fils avec colère.

— Sors d'ici, ordonna-t-il.

La jeune femme les observait. Marc Antonio ressemblait à une sculpture délicate de Donatello, alors que Sandro avait l'allure d'un héros de Michel-Ange. En dépit de sa beauté virile, Marc Antonio semblait perdre de sa stature en présence de son père. Elle s'attendait à ce que le jeune homme proteste, mais il se contenta de jurer à mi-voix, avant de quitter la pièce en claquant la porte.

Le regard froid de Sandro détailla les cheveux mouillés de Laura et ses pieds nus.

— Est-ce un passage obligé de votre apprentissage ? railla-t-il. À moins que vous n'ayez déjà commencé le commerce de votre corps ? Combien mon fils vous doit-il, *madonna* ? conclut-il en ouvrant la bourse accrochée à sa ceinture.

Laura était mortifiée. Sandro Cavalli était l'une des seules personnes capables de lui donner honte.

— Messire, j'ai quelque chose à vous dire, bégaya-t-elle.

— Moi aussi, espèce de misérable catin ! Ma demeure ne sera pas utilisée pour des parties de jambes en l'air.

— Dites-le à votre fils ! cria-t-elle, outrée par cette injustice.

— Il le sait. Je peux le réprimander. Vous, je peux vous arrêter.

— Vous n'oseriez pas !

Il s'approcha d'elle. Laura partit à reculons. Elle se retrouva coincée entre un divan et une statue de Sansovino. Il lui releva le menton d'un doigt, dans un geste à la fois doux et autoritaire. Elle fut forcée de le regarder dans les yeux.

— Vous seriez étonnée d'apprendre ce que j'ose faire, *madonna*...

— Voulez-vous m'écouter, à la fin ? lança-t-elle en se dégageant.

— La jolie scène que j'ai entrevue se suffit à elle-même. Dites-moi votre prix. Un *scudo* pour vous et un autre pour votre patronne ?

Folle de rage, Laura lui donna une gifle retentissante.

Il la dévisagea, aveuglé par la colère et la haine. Les doigts de la jeune femme avaient laissé une empreinte rouge sur sa joue.

— Vous ne valez pas la peine d'être sauvée, dit-il froidement.

Puis il jeta les deux pièces de monnaie sur une table, et quitta le salon.

Pendant une semaine, Sandro fut taraudé par les souvenirs de cette altercation. Au lieu de se concentrer sur l'enquête, il ne cessait de penser à Laura Bandello.

Alors qu'il marchait dans la rue principale de Murano, il sentait ses joues s'empourprer, et ce n'était pas dû à la chaleur dégagée par les fours des souffleurs de verre.

Il n'arrivait pas à oublier l'image de la jeune femme dans les bras de son fils, ses cheveux déployés sur ses épaules, ses lèvres carmin contre celles de Marc Antonio…

Elle était une menteuse, immorale et manipulatrice. Rien à voir avec l'artiste vulnérable qu'il avait rencontrée chez Titien. Elle s'était débrouillée pour séduire Marc Antonio, une proie plus accessible que le Seigneur de la Nuit. Mais surtout, une proie plus jeune et plus attirante.

Devant lui, un artisan travaillait du verre fondu. Après une rotation du poignet et un habile coup de tenailles, il transforma le verre liquide en vase.

À cause de Laura, l'antagonisme entre le père et le fils était encore plus vif. Ils avaient toujours eu une relation difficile. Marc Antonio n'était pas le marchand respectueux de l'ordre dont avait rêvé Sandro, et Sandro n'était pas le père indulgent que semblait désirer Marc Antonio. Après la scène avec Laura, le jeune homme avait quitté la maison. Il habitait probablement chez l'un de ses amis, l'héritier du duc d'Otrante, d'où il reviendrait seulement lorsqu'il n'aurait plus d'argent…

Sandro leva les yeux sur Jamal qui lui montrait un éventail de poignards en verre, disposés dans une boîte tapissée de velours

— Nos hommes ont interrogé tous les artisans ? demanda-t-il, et le secrétaire hocha la tête d'un air sombre. Pas de piste sérieuse ? Pas la moindre petite information ?

Jamal secoua la tête. Sandro s'adossa à un mur. La pierre était chaude, chauffée de l'intérieur par les fours. Il n'avait pas vraiment espéré retrouver la trace de l'assassin à partir du stylet. L'arme était trop commune.

Jamal agita l'ardoise qu'il portait toujours sur lui. *Allez la voir pour qu'on en finisse,* lut Sandro. La perspicacité de son secrétaire l'agaça.

— Cette fille ne me créera que des ennuis. Je suis content d'en être débarrassé, grommela-t-il.

Pourtant, un détail l'obsédait : Laura n'avait pas pris les pièces d'argent.

Jamal leva les yeux et feignit d'examiner les fresques qui ornaient la porte d'entrée de la maison.

— Si je la revois, elle ne manquera pas de me provoquer.

Le secrétaire hocha vivement la tête.

— Ton sens de l'humour laisse à désirer, mon ami, bougonna Sandro.

Jamal montra du doigt une barque amarrée à un ponton, au bout de la rue. Il fit mine d'enfiler une cape.

— Que veux-tu dire ? s'impatienta Sandro. Ah oui,

ma cape rouge et noir. C'est vrai qu'elle est toujours chez Titien. Quand ce maudit cabot l'a abîmée, le maître a promis de la faire nettoyer… Tu as raison, je pourrais aller la chercher.

Sandro détourna les yeux pour ne pas voir l'air ravi de Jamal…

Une heure plus tard, il gravissait les marches de la maison de Titien. Le maître avait donné congé pour la journée à ses apprentis, et l'antichambre était silencieuse.

Il s'aperçut alors qu'il n'était pas seul.

4

Pietro Aretino. Quelle malchance ! pensa Sandro. S'étant érigé en censeur des arrogants et en prophète de la vérité, le poète était le chouchou des princes qui l'adoraient et le craignaient à la fois. Sandro le tolérait à contrecœur.

L'Arétin portait un manteau de velours noir avec une luxueuse doublure dorée. Son pourpoint était en brocart de soie, et un poignard orné de pierres précieuses reposait sur sa hanche.

Avant que Sandro pût s'éclipser discrètement, l'Arétin se précipita vers lui.

— Messire Sandro ! s'écria l'homme corpulent à la barbe fournie. *Divinissimo ! Onnipotente !* Votre auguste présence illumine ce morne après-midi.

— La ferme, Pietro, le rabroua Sandro, agacé. Je ne suis pas d'humeur à écouter tes flatteries.

L'Arétin porta la main à sa poitrine d'un geste théâtral.

— Mon ami, tu me brises le cœur. Ma sincérité est aussi profonde que les eaux de la lagune. N'ai-je pas célébré des centaines de princes avec ma plume ? Ne les ai-je pas immortalisés par mes poèmes ?

— Tu en as aussi traîné quelques-uns dans la boue.

— Jamais toi, mon seigneur. Pour toi, j'écrirais une épopée qui surpasserait mon hommage au pape.

— La modestie doit être l'une de tes vertus cachées. Merci, Pietro. Garde tes vers héroïques pour tes mécènes.

— Un sonnet, alors ? Quatorze vers, même si mon cœur me crie de t'en consacrer cent.

Sandro réprima un sourire. Il refusait obstinément de payer Pietro pour relater ses exploits, réels ou imaginaires. Le poète considérait le refus de Sandro comme un défi et ne cessait de le poursuivre pour le convaincre.

— Je n'abandonnerai pas ma quête. Je te harcèlerai jusqu'à ce que tu cèdes.

— Va aiguiser tes griffes sur quelqu'un d'autre.

L'Arétin jeta les mains en l'air. Sa crinière léonine ondoya sur ses épaules.

— Quel genre d'homme es-tu donc ? Comment fais-tu pour m'interdire de flatter ta vanité ?

— Je suis trop occupé.

— Tu n'as toujours pas de piste dans l'affaire Moro ?

— Comment es-tu au courant ? s'offusqua Sandro. Titien a-t-il trahi ma confiance ?

— Bien sûr que non. Tu lui as fait jurer de garder le secret, n'est-ce pas ? Cet homme est plus intègre qu'un collège de cardinaux. Tu me connais, Sandro. La seule chose que je préfère aux femmes et à la nourriture, ce sont les ragots. Comment peux-tu espérer garder le secret concernant un corps dont on a coupé les mirontaines ?

Pietro choisit une pâte d'amande dans une coupe en cristal et l'enfourna dans sa bouche.

Sandro se promit de réprimander les Seigneurs de la Nuit chargés de l'enquête. Si l'Arétin était au courant, autant déballer tous les détails sur la place Saint-Marc !

— Je suppose que tu as déjà établi un lien avec le doge, reprit Pietro.

— Cela ne te regarde pas.

— Tout ce qui concerne la vie me regarde, mon cher ami. Sans oublier la mort, surtout lorsqu'elle est aussi captivante que celle de Daniele Moro. On dirait que le meurtrier le haïssait tout particulièrement.

Confronté au cadavre atrocement mutilé, Sandro avait tiré la même conclusion.

— C'est peut-être une femme, spécula l'Arétin. Ce qui expliquerait le stylet empoisonné. Une femme n'a pas la force physique d'un homme, mais un poison efficace compense cette faiblesse.

— Si tu veux conserver ta virilité intacte, tu ferais mieux de garder ces réflexions pour toi.

L'Arétin lui fit un clin d'œil.

— Autant essayer d'empêcher les marées, *divino*.

Sandro sourit. Bien que Pietro fût exaspérant, son humour était communicatif.

— Le maître est-il là ? demanda-t-il.

— Il travaille. Mieux vaut ne pas le déranger.

— Qui es-tu ? Son chien de garde ?

En riant, Pietro leur versa deux verres de vin.

— Tiens-moi compagnie, Sandro. Je ne te vois pas assez souvent chez moi.

— C'est parce que j'ai peur de me fouler une cheville en trébuchant sur tes invités, Pietro, plaisanta Sandro en acceptant un verre. Ta maison est devenue un hôpital.

— Je ne leur ai donné qu'une aile de la demeure, à ces malheureux.

En dépit de ses airs grandiloquents et de son arrivisme, Pietro ouvrait les portes de sa maison aux mendiants aussi volontiers qu'aux patriciens.

— L'autre aile est réservée à mon harem, s'amusa le poète. J'ai six maîtresses en ce moment. Savais-tu qu'on les appelle désormais les *Aretine* ?

— Faut-il te féliciter ?

— Il y a toujours une raison pour me féliciter, répliqua Pietro en vidant son verre d'une lampée. Suis-moi, je veux te montrer quelque chose.

Résigné, Sandro suivit la silhouette massive de l'Arétin dans un corridor sombre. Ils entrèrent dans une pièce obscure. Pietro lui expliqua que c'était la galerie privée de Titien. Il ouvrit les volets.

La lumière blanche de la mer inonda la pièce. Au centre se trouvait un banc en forme de U. Des peintures sans cadre étaient accrochées aux murs. Toutes étaient consacrées au même sujet : Laura.

Sandro dut faire un effort pour cacher sa surprise.

— Ainsi, même le redoutable Seigneur de la Nuit ne peut pas rester indifférent, se moqua Pietro. Titien me l'avait dit, mais je ne l'avais pas cru.

— Comment cela ?

— Il m'a dit que Laura t'avait touché.

— Laura qui ?

L'Arétin éclata de rire en agitant un doigt devant le visage de Sandro.

— Mon ami, je peux lire en toi comme dans un livre. Tu es fou d'elle, Sandro.

— Ne sois pas ridicule. Laura est une enfant.

— Ah, mais quelle enfant séduisante, n'est-ce pas ? Je devine que ces toiles t'intriguent, alors je vais tout t'expliquer. Ce que Pétrarque a fait pour sa Laure en lui dédiant des poèmes, Titien a choisi de le faire en peinture. Il travaille sur cette série depuis des mois. Comme tu peux le voir, Laura Bandello le trouble comme jamais un modèle ne l'a ému. (L'Arétin contempla une Vénus dénudée.) À vous faire perdre la raison, non ?

La déesse étendue nonchalamment sur des voiles était éblouissante. La gorge nouée, Sandro détourna son regard et étudia un étonnant portrait de Flore, la déesse romaine, aussi belle qu'une journée de printemps. À côté, on découvrait Léda, faisant l'amour avec Zeus métamorphosé en cygne ; Sandro avait vu la même expression sur le visage de Laura alors qu'elle se trouvait dans les bras de Marc Antonio. Puis il reconnut la magicienne Circé, capable de transformer les hommes en animaux.

Toutes ces femmes de légende s'étaient incarnées en Laura. Portrait après portrait, on la découvrait humaine et céleste, son magnifique regard étant à la fois candide et énigmatique.

— C'est… très beau, conclut-il sèchement.

— Tu es un piètre acteur et un mauvais critique, constata Pietro en riant. Avoue-le, Sandro : Titien a atteint l'apogée de son art grâce à Laura. Ces portraits sont si irrésistibles qu'ils en deviennent effrayants. Ils valent une petite fortune. Je devrais lui conseiller de les vendre.

Avec un frisson, Sandro imagina la vente de ces peintures, et les hordes d'acheteurs se délectant devant ces toiles de génie.

— Mais Titien n'est pas encore satisfait de son travail, reprit l'Arétin. Il sait qu'il n'a pas percé l'âme de Laura. Il n'a pas réussi à révéler les secrets qui la hantent.

— Pourquoi penses-tu que cette fille a des secrets ?

— Il suffit de regarder les toiles pour le deviner, expliqua Pietro en les enveloppant d'un grand geste du bras.

À la réflexion, Sandro lui donna raison. Bien que ces toiles fussent fascinantes, on sentait que la jeune fille ne s'était pas entièrement livrée.

— Tu sais ce qui manque à ces peintures ? demanda soudain l'Arétin d'un air inspiré. Il n'a pas peint son parfum.

— Évidemment, puisqu'un parfum ne se voit pas, railla Sandro.

— L'âme aussi est invisible. On sait qu'elle existe et, pourtant, elle est impalpable. Le parfum de Laura ressemble à son âme : provocante, insaisissable...

Sandro se rappela le subtil parfum floral de ses cheveux. Puis un souvenir plus récent s'imposa à lui : Laura, abandonnée dans les bras de son fils...

— On dirait que tu souffres, remarqua l'Arétin.

— Tais-toi un peu, Pietro.

— Je suis intarissable, tu le sais bien. Le pape et l'empereur Charles ont essayé de me faire taire, en vain. (Il dévora des yeux la peinture de Vénus.) Je l'accepterais volontiers dans mon harem.

Sandro serra les poings.

— Du calme, l'ami, s'amusa Pietro. Ce serait une erreur de prendre Laura comme maîtresse.

— Incroyable ! Voilà que tu fais preuve de bon sens !

— Je risquerais d'en faire ma favorite, et ce serait criminel d'avoir une favorite. Toutes mes *Aretine* sont charmantes. Si j'avais Laura, je m'y consacrerais entièrement. Trop dangereux, n'est-ce pas ? Une épouse, bah !

Sandro songea à ses propres maîtresses. Elles ne l'excitaient plus, ce qui était ennuyeux. Comme il était un homme juste, il leur verserait une pension et leur trouverait un mari.

— Je n'ai plus de temps à perdre, Pietro. Je dois voir Titien.

— Je reste encore un peu avec Laura, répliqua l'Arétin en s'approchant d'une toile. Je préfère la petite en peinture. Dans la vie, elle est trop agitée. Elle ne reste jamais tranquille. Je ne connais qu'un seul homme qui serait peut-être capable de l'attraper, *divinissimo*…

— Qu'est-ce que tu insinues par là ?

— Elle est peut-être celle qui te transformera en être humain. Le jour venu, tu me supplieras de chanter tes louanges. Et les siennes, conclut Pietro avec un large sourire.

Secouant la tête, Sandro quitta la galerie privée et retourna frapper à la porte de l'atelier. Lorsqu'il l'ouvrit, une boule de poils se jeta sur lui.

— Bonté divine ! s'exclama-t-il en regardant le petit chien qui avait planté ses dents dans sa botte. Rappelez-le, maître !

Titien essuya ses mains pleines de peinture sur un chiffon.

— Si vous étiez entré une minute plus tôt, c'est moi qui vous aurais mordu. (Il prit le chien et le coinça sous son bras.) Je déteste qu'on me dérange quand je travaille.

— Votre autre chien de garde m'a retenu, dit Sandro en examinant les nouvelles marques sur sa botte.

— Pietro est toujours là ?

— Sincèrement, maître, comment faites-vous pour le supporter ?

— Il me procure des commandes. Par ailleurs, j'apprécie sa philosophie. Pietro se contente de la vie telle qu'elle est. C'est une leçon dont j'aime me souvenir. N'est-ce pas, Fortunato ? dit-il en grattant le crâne du chien.

L'animal eut un regard mauvais pour Sandro, qui le lui rendit.

— Fortunato ? se moqua-t-il.

— C'est moi qui l'ai appelé ainsi.

Laura s'était rhabillée derrière un paravent. Elle était vêtue sans ostentation, et elle le contemplait d'un air froid et plein de reproche.

Sandro s'énerva. Après tout, c'était elle qui lui avait fait du tort, mais elle le scrutait comme s'il était un insecte déplaisant.

— Emmène le chien dans le jardin, Laura, lui demanda Titien. Tu ouvriras à sœur Célestina quand elle sonnera à la porte. Elle doit m'apporter de nouveaux pigments.

Laura quitta la pièce. Elle semblait en colère. Sandro se sentit désemparé en la voyant partir. Autant se l'avouer : c'était la jeune femme qu'il était venu voir.

— Je suis venu chercher ma cape, mentit-il.

— Elle a été nettoyée, dit le maître en prenant un paquet posé sur une table. J'allais vous la faire parvenir... (Sandro, médusé, contemplait le portrait de Danaé.) Messire ? Vous ne m'écoutez pas...

Maintenant qu'il savait qui était Laura, la peinture de la princesse vierge sous une pluie d'or prenait une autre signification. Laura, elle aussi, était une jeune fille innocente, sa prison une maison de passe... et son futur amant celui qui payerait le plus cher pour s'offrir ses faveurs.

— Bon sang, comment pouvez-vous la laisser faire ? s'emporta-t-il.

— Vous voulez dire qu'elle ne devrait pas poser pour moi ?

— Pas du tout, maître. Vous êtes un homme d'honneur. Mais vous n'ignorez pas qu'elle entend devenir courtisane, pour financer sa carrière.

— Ce n'est pas mon rôle d'approuver ou de condamner cette décision. Laura n'a pas beaucoup de choix. C'est une âme indépendante, messire, et elle n'apprécie pas les conseils.

— La prostitution est une profession dangereuse.

— Pour certaines femmes, en effet. Pour d'autres, c'est un don du Ciel. Laura doit de l'argent à Mme della Rubia, et elle ne peut pas vendre ses peintures avant d'avoir été acceptée par l'Académie. Ensuite, il lui faudra payer pour avoir un atelier. Entretemps, elle doit acheter ses toiles et sa peinture, ses huiles et ses papiers. Elle paye ses propres modèles.

— Qu'elle emprunte de l'argent, proposa Sandro en marchant de long en large. Nous pourrions lui en avancer, Pietro, vous ou moi.

— Sandro, vous ne comprenez pas l'âme artistique, ni la situation critique d'une femme indépendante. La passion d'un véritable artiste le dévore comme un incendie. Notre art nous consume. Lorsque Laura s'est présentée chez moi la première fois, je ne voulais rien avoir à faire avec elle. Je partageais l'avis de ce dessinateur de second ordre, Albrecht Dürer, qui prétend que les femmes n'ont pas la capacité intellectuelle ni la persévérance nécessaires pour créer des œuvres d'art.

— Un point de vue justifié. Qu'est-ce qui vous a fait changer d'avis ?

— Quand Laura m'a parlé de ses projets, elle m'a dit ce qu'elle était prête à sacrifier, et j'ai été convaincu. Un véritable artiste est prêt à tout pour son art. À sa place, j'aurais agi comme elle.

— Vous vous seriez prostitué ?

— Sans aucun doute. Heureusement, j'avais les moyens de débuter ma carrière… Écoutez, cher ami, vous ne devez pas vous tracasser. Laura possède un véritable talent. En six mois, elle a appris ce que des apprentis mettent des années à acquérir. Si elle remporte l'élection à l'Académie, sa carrière de courtisane sera très brève. On lui commandera beaucoup de toiles.

— Croyez-vous que l'Académie acceptera une prostituée dans ses rangs ? N'y a-t-il pas des critères d'admission ?

— Ils ont accepté pire, répliqua Titien, admirant sa toile avec satisfaction.

L'artiste retira sa blouse tachée et l'accrocha à une patère.

— Si ce n'était qu'une question de talent, Laura serait admise sans hésitation, ajouta-t-il. Elle a davantage de talent que tous mes apprentis réunis. Hélas, il y a le problème de son sexe.

— Ils pourraient la rejeter parce qu'elle est une femme ?

— Les hommes ont une peur panique des femmes qui leur sont supérieures.

— C'est absurde, voyons, s'agaça Sandro en dépliant sa cape pour l'enfiler.

— Vous croyez ? s'amusa Titien. Vous-même avez une peur bleue de Laura, messire. Mais pas pour la même raison.

Sandro en avait assez que Pietro, puis Titien, analysent ses émotions. Bientôt, tout Venise serait au courant des états d'âme du Seigneur de la Nuit !

— Au fait, avez-vous retrouvé ses agresseurs ?

— Laura a été attaquée ? rétorqua Sandro, abasourdi.

— Je croyais que vous le saviez. Je suis si inquiet pour elle que je demande à un valet de la raccompagner tous les soirs.

— Quand ? Comment ? s'écria Sandro en empoignant la chemise de Titien.

Celui-ci recula d'un pas, fasciné par cette réaction violente.

— C'est arrivé mardi dernier. Deux *bravi* ont essayé de la tuer. Elle a réussi à s'enfuir en sautant dans le canal.

Dieu du ciel, mardi dernier ! Le jour où il l'avait surprise dans les bras de Marc Antonio.

— Votre fils lui a sauvé la vie.

Sandro quitta la pièce en laissant échapper un chapelet de jurons. Il maudissait Laura de s'être mise en danger. Il maudissait Marc Antonio de ne pas s'être expliqué. Il se maudissait lui-même de ne pas avoir eu la patience d'écouter la jeune femme. Bonté divine, n'était-il pas un policier ? La recherche de la vérité aurait dû être chez lui une seconde nature. Mais depuis que Laura avait fait irruption dans sa vie, il ne raisonnait plus.

Il se rappela l'état de la jeune femme ce soir-là : ses pieds nus, le manteau d'intérieur prêté... Elle ne faisait pas l'amour avec Marc Antonio ; elle attendait que ses vêtements sèchent ! Il avait été aveugle et stupide comme un vieillard sénile, furieux et impatient comme un amant rejeté.

Il s'arrêta à la porte du jardin pour reprendre ses esprits. À l'abri d'une pergola, Laura parlait avec une religieuse en habit noir. Un capuchon volumineux dissimulait le visage de la nonne, qui portait un panier sur le bras.

Sandro se sentait honteux. Elle l'avait supplié de l'écouter. Il lui avait ordonné de quitter sa maison... Il s'en voulait terriblement d'avoir manqué à ses engagements envers l'un des citoyens qu'il avait juré de protéger.

— Mademoiselle Bandello ? appela-t-il en entrant dans le jardin.

Elle le défia d'un regard hautain. Comme il devait lui paraître ridicule ! Un homme vieillissant qui jouait au soupirant. Il s'inclina devant la religieuse.

— Ma sœur, je suis Sandro Cavalli.

La religieuse sembla se raidir. D'une main pâle, elle repoussa le capuchon. Sandro se souvint du dessin de Laura. Encadrés par une guimpe d'une blancheur éclatante, ses traits distingués étaient saisissants. Des yeux topaze le dévisageaient poliment.

— Que le Seigneur vous bénisse, messire... Je dois partir, maintenant. J'ai des livraisons à faire.

— Des livraisons ? s'étonna Sandro.

— Sœur Célestina crée des pigments pour le maître, mais aussi de merveilleux cosmétiques, expliqua Laura.

Le panier était garni de pots en terre fermés à la cire, de fioles aux bouchons de liège et de bourses aux liens de cuir.

— Le Seigneur a choisi une manière curieuse pour que je Le serve, déclara Célestina, un sourire aux lèvres. J'ai une teinture au henné qui vous permettrait de retrouver la couleur naturelle de vos cheveux, messire.

Sandro s'empourpra.

— Ce serait un crime de teindre les beaux cheveux de messire Cavalli, s'interposa Laura. Je les trouve... (Elle se tut brusquement, comme si elle se rappelait qu'elle était fâchée contre lui.) Merci pour les crèmes de beauté, ma sœur, ajouta-t-elle en l'embrassant sur la joue.

Resté seul avec Laura, Sandro hésita.

— Des crèmes de beauté ?

— Sœur Célestina m'offre des cosmétiques.

— Vous n'en avez pas besoin, murmura-t-il.

— Je ne les utilise pas. C'est trop fastidieux. Veuillez m'excuser, messire, mais je dois rentrer à la maison.

Il l'arrêta d'un geste.

— Je suis venu m'excuser. Titien m'a appris que vous aviez été agressée...

— J'avais l'intention de vous le dire moi-même la semaine dernière, mais vous ne m'avez pas écoutée.

Il lui saisit les deux mains et l'attira vers un banc où ils s'assirent.

— Allez-y, maintenant je vous écoute...

Elle commença à parler. Le récit de sa terrible mésaventure donna froid dans le dos à Sandro. Il l'admirait de s'être si bien défendue.

— Savez-vous pourquoi ils vous ont attaquée, Laura ?

— Je n'en ai aucune idée. Marc Antonio se demandait si ces hommes avaient été payés par un artiste jaloux.

Sandro savait qu'il aurait aussi à présenter ses excuses à son fils. Marc Antonio avait sauvé la vie de Laura, il l'avait recueillie chez eux et l'avait réconfortée après cette épreuve. Et pourtant, il avait profité de sa vulnérabilité pour l'embrasser...

— Pensez-vous qu'il ait raison ? demanda-t-il.

— Aucun peintre ne peut me craindre. Même les plus médiocres ont un avantage sur moi, puisque je suis une femme.

— Pouvez-vous imaginer une autre raison pour laquelle on voudrait vous... ?

Elle frémit.

— Me tuer ? Non, je n'en ai aucune idée.

— Moi si, décréta-t-il, sentant la colère le gagner. Vous avez posé trop de questions concernant Moro. Vous vous êtes comportée comme une petite sotte.

— J'ai été une citoyenne responsable, répliqua-t-elle. Comment pouvez-vous m'en vouloir ?

— Vous auriez dû laisser les Seigneurs de la Nuit s'en occuper... Voilà ce que nous allons faire : je vais envoyer Jamal chercher vos affaires. Vous prendrez mon bateau pour vous rendre sur le continent.

Elle le regardait, les yeux écarquillés, comme s'il s'était changé en monstre à cornes.

— Je possède une propriété sur la Brenta avec des serviteurs en qui j'ai toute confiance. Vous y demeurerez jusqu'à l'arrestation du meurtrier.

— Pas question ! refusa-t-elle en croisant les bras.

— Je ne vous demande pas votre avis.

— Et moi, je ne vous demande pas votre aide.

— Je vous payerai pour peindre des fresques. Votre désir créatif sera satisfait.

— Si j'aimais peindre des fresques, je ne m'en priverais pas, mais j'en ai réalisé suffisamment au couvent. Je ne veux pas être un peintre décoratif. De toute façon, j'ai besoin des leçons de Titien pour le travail que je vais présenter à l'Académie.

— Vous êtes insupportable ! s'écria-t-il, exaspéré.

Comme d'habitude, Laura changea d'humeur à la vitesse de l'éclair. Sa colère obstinée se transforma en gaieté.

— Ça alors, messire, je vous pensais incapable d'éprouver une quelconque émotion !

Une heure plus tard, Laura rentrait à pied chez elle, suivie par un *zaffo*. Ils grimpaient les marches du pont du Rialto.

— Messire Lombardo, ce n'est vraiment pas nécessaire. J'ai dit à messire Cavalli que j'étais assez grande pour rester seule.

— Pardonnez-moi, mademoiselle, mais j'ai reçu l'ordre de ne pas vous quitter des yeux. Je me dois d'obéir car j'ai une dette d'honneur envers Sandro Cavalli.

Curieuse, elle étudia le visage mélancolique de Guido Lombardo. Il avait des cernes sous les yeux et des plis amers encadraient ses lèvres. Sous le béret rouge, ses cheveux grisonnants s'échappaient comme des herbes folles.

Laura évita deux dames qui trottinaient sur leurs *chopines* à talons hauts.

— Quel genre de dette ?

— Autrefois, j'étais un patricien comme Sandro. Un membre du Sénat, dit-il d'un ton plein d'humilité.

— Que s'est-il passé ?

— Un désastre. Je suis tombé amoureux.

— C'est terrible, en effet, le taquina-t-elle.

— Dans mon cas, ce fut véritablement un désastre. Serena n'était pas aristocrate. Lorsque je l'ai connue, elle cousait des voiles à l'Arsenal. Ma famille m'a demandé de la prendre comme maîtresse, mais je n'ai pas voulu la déshonorer. Serena méritait le mariage.

— Comme c'est délicat à vous, Guido.

— Ce ne fut pas une bonne idée. J'ai été déchu de mon titre de noblesse. J'ai perdu ma place au Sénat. J'ai tout perdu.

— Mais en valait-elle la peine ?

— Oh oui ! Même si nous avons failli mourir de faim la première année. Je ne savais rien faire, excepté du commerce, mais tous les marchands me tournaient le dos. Puis, Sandro m'a offert ce poste de *zaffo*. Ma famille a été outrée que j'accepte de travailler comme un vulgaire policier, mais au moins je gagne ma vie et je nourris mes enfants. Je lui en serai toujours reconnaissant.

Laura sourit. La sévérité de Sandro n'était qu'une façade derrière laquelle se dissimulait un cœur compatissant. Mais il préférerait mourir plutôt que de l'admettre.

— Place ! Place pour les Soldats du Christ ! cria-t-on soudain.

Guido étouffa un juron tandis qu'une escorte de soldats de l'Inquisition avançait en procession. Sans ménagement, ils repoussaient le peuple avec de longues piques. Laura fut bousculée par la foule.

Séparée de Guido, elle essaya en vain de rejoindre son protecteur. Elle le perdit de vue, alors que les casques des soldats oscillaient comme une forêt de plumes devant ses yeux.

Une main se referma autour de son poignet. La jeune femme hurla, s'attendant à être transpercée par la pointe d'un poignard.

— Chut ! murmura une voix amusée.

En se retournant, Laura se retrouva plaquée contre le torse de Marc Antonio Cavalli, qui lui souriait. Il portait un luxueux pourpoint de velours, des hauts-de-chausses de soie, et une courte cape aux manches doublées de satin. Il était plus séduisant que les anges de Raphaël.

— Comment se fait-il que vous soyez ici ?

— Je vous ai suivie. Je m'inquiétais pour vous. Allons-nous-en. Ce n'est pas un endroit pour une dame.

Elle voulut protester, mais une grosse matrone lui écrasa le pied. Les passants menaçaient de l'engloutir. Accrochée à la main de Marc Antonio, elle le suivit. Au pied du pont, la foule était moins dense. Laura poussa un soupir.

— Merci, Marc Antonio... Je ferais mieux de retrouver Guido, maintenant.

— Lombardo, cette vieille mule ? Il a été déchu de son rang après s'être amouraché d'une souillon de l'Arsenal.

À présent, la jeune femme comprenait pourquoi elle préférait le père au fils. Marc Antonio feignait d'être gentil, alors qu'il était cruel et méprisant. Sandro feignait d'être intransigeant, alors qu'en réalité il était aussi doux qu'un agneau.

Il lui fit dévaler les marches qui menaient au canal.

— Je dois rester avec Guido, protesta Laura.

— Vous obéissez déjà à mon père au doigt et à l'œil ? se moqua le jeune homme.

— Je ne veux pas que Guido pense qu'il n'a pas pu me protéger.

Marc Antonio la força à monter dans une gondole. Lorsqu'ils furent assis sur les coussins de velours, il la serra contre lui.

— Pourquoi avez-vous besoin de Guido, puisque je suis là ?

Le gondolier poussait l'embarcation vers le centre du canal. Laura essaya d'apercevoir Guido, mais les magasins sur le pont lui bouchaient la vue.

— Ce n'est pas très gentil de votre part, gronda-t-elle. Guido va être obligé de dire à votre père qu'il m'a perdue.

— Quelle importance, puisque je vous ai trouvée ? susurra Marc Antonio.

Le gondolier impassible regardait droit devant lui.

— J'aimerais rentrer chez moi, dit Laura.

— Il faut me promettre quelque chose...

— Quoi donc ?

Il lui prit la main et la serra.

— Je vous désire, Laura.

Il l'embrassa sans lui laisser le temps de réagir.

— Je le pense sincèrement, *bellissima*. Vous m'obsédez depuis notre première rencontre.

Elle eut un rire nerveux.

— Ne soyez pas absurde, Marc Antonio...

— Laura, je vous aime ! s'exclama-t-il en la saisissant par les épaules.

Sa voix ressemblait à celle d'un garnement qui réclame un bonbon.

— Comment pouvez-vous m'aimer ? Nous ne nous connaissons même pas.

— Donnez-moi une chance de mieux vous connaître.

— Vous seriez déçu.

— Pourquoi ? J'aime tout chez vous.

— Vous prendriez le risque d'être rejeté par vos amis de la haute noblesse ?

— Mon père trouverait un moyen de l'empêcher.

— Il n'est pas Dieu.

— Quelqu'un ferait bien de le lui rappeler, marmonna-t-il d'un air sombre. Croyez-moi, Laura, je vous aime...

— Pouvez-vous aimer une bâtarde qu'on a abandonnée dans un couvent ?

— Je vous aime encore davantage parce que vous êtes seule au monde.

— Pouvez-vous aimer une courtisane ?

Il la lâcha. Il semblait choqué.

— Vous mentez, Laura.

Sa stupéfaction horrifiée ne la surprit pas. Hypocrites, les Vénitiens fréquentaient les prostituées pour leur plaisir, mais les considéraient comme les créatures les plus méprisables de l'humanité.

— C'est pourtant la vérité, Marc Antonio.

Son visage se figea en un masque de fureur. Il fit signe au gondolier de s'arrêter. Quelques instants plus tard, le bateau s'immobilisa sous un pont.

Marc Antonio lui ordonna de descendre.

— Vous êtes déçu, mais c'est mieux ainsi, murmura-t-elle.

La gondole silencieuse repartit le long du canal, la laissant seule, totalement seule pour la première fois depuis le soir où les *bravi* l'avaient agressée.

5

Après avoir été débarquée par Marc Antonio, Laura s'aperçut qu'elle n'était pas très éloignée du couvent de Sainte-Marie-Céleste. Lorsqu'elle eut franchi le portail, elle se sentit rassurée. Elle frappa à la porte de la cellule de Magdalena. Comme elle ne reçut aucune réponse, elle traversa le réfectoire et grimpa l'escalier jusqu'aux quartiers de sœur Célestina.

De la pièce où Célestina réalisait ses expériences, émanait une étrange odeur métallique, de soufre et d'alcool. Une vapeur jaunâtre stagnait au-dessus de la table étroite encombrée de fioles et de bouteilles, de tubes en cuivre et de siphons transparents. L'âtre avait été transformé en chaudière avec d'épaisses portes en fer.

— Sœur Célestina ? appela Laura, les yeux irrités.

— Silence ! Je suis en train de compter, répliqua la religieuse d'un ton agacé.

Célestina était penchée sur un guéridon de marbre, comptant en latin à mi-voix. Son capuchon était rejeté sur ses épaules. Sa guimpe avait jauni sous l'effet des vapeurs chimiques. Elle transpirait. Son regard était fixé sur un morceau de corde tressée dont un bout se consumait.

— Six secondes, déclara-t-elle enfin, satisfaite, en notant des chiffres sur un papier avant d'essuyer ses mains sur son tablier. Je suis désolée, mon enfant, mais j'étais au milieu d'une expérience.

— Je ne voulais pas vous déranger. Je cherchais Magdalena.

Laura remarqua que les yeux gris de Célestina brillaient d'un éclat inhabituel.

— Avez-vous fait une découverte, ma sœur ?

— Oui. J'ai inventé une mèche qui se consume très précisément en une minute.

Laura sourit. Célestina avait toujours été une énigme, mélange de génie, de passion religieuse, et de dévouement à son travail.

— Savez-vous où se trouve Magdalena ? Elle n'est pas dans sa chambre.

— Elle devait aller chez l'imprimeur, marmonna Célestina en effleurant la cendre laissée par la corde.

— C'est merveilleux qu'elle soit sortie. Je m'inquiète, car elle passe trop de temps enfermée.

— Comment peut-on le lui reprocher ? s'attrista Célestina.

— Elle doit apprendre à être fière d'elle-même.

— Tu es encore si naïve, mon enfant.

— On croirait entendre Mme della Rubia, plaisanta Laura.

— J'essaie de ne pas porter de jugement sur le chemin que tu as choisi. D'une certaine façon, c'est peut-être mieux d'adopter la cape écarlate d'une courtisane que le voile noir d'une religieuse. Au couvent, nous fuyons les hommes. Une courtisane douée peut les dominer.

— Je ne me suis pas résolue à ce choix pour cette raison, se défendit Laura.

Elle pensa à Sandro Cavalli. Voilà un homme qui aurait besoin d'être dominé !

Une fois dehors, Laura respira profondément l'air pur. Elle retourna à pas lents vers la maison close. Depuis peu, l'atmosphère d'indolence et de sensualité qui y régnait la déprimait.

En regardant autour d'elle, elle se rappela le danger qui la menaçait. Les cheveux sur sa nuque se hérissèrent. Prenant soin de ne pas s'éloigner des nombreux passants, elle obliqua vers l'imprimerie. Magdalena savait écouter, et Laura avait besoin de lui raconter sa mésaventure avec Marc Antonio.

Bientôt, elle vit le magasin avec un grand A gravé dans la pierre. Une enseigne était accrochée au-dessus de la porte. On y voyait un dauphin et une ancre, les armoiries de l'imprimeur Aldus.

Les étroites fenêtres qui donnaient sur la rue étaient obscurcies par la poussière. Elle frappa avant d'entrer. Le magasin semblait désert. La lumière y pénétrait difficilement.

Des feuilles de papier s'empilaient sur les étagères et des caractères d'imprimerie se chevauchaient en désordre dans les casiers. Sur le comptoir, des livres reliés de cuir et des rames de parchemin étaient prêts à la vente.

L'énorme appareil d'imprimerie, maintenu par des crics et des madriers, dominait la pièce. La vis gigantesque était abaissée, comme si l'imprimeur venait de commencer un travail.

L'odeur d'encre et de vélin était familière à Laura, mais alors qu'elle approchait de l'imposante presse, elle respira des relents douceâtres, comme une odeur de rouille, qui la firent grimacer. Mal à l'aise, elle appela, le cœur battant :

— Il y a quelqu'un ? Magdalena ?

Elle contourna la presse et son regard fut attiré par une forme sur le sol. Elle poussa un hurlement.

D'humeur massacrante, Sandro arpentait la chambre du Conseil au palais des Doges. Les murs de marbre rose étaient décorés de tapisseries.

Assis dans un fauteuil majestueux de velours pourpre, le doge Andrea Gritti s'impatientait.

— Bon sang, ne pouvez-vous pas rester tranquille, Cavalli ?

Sandro s'immobilisa face à son prince et s'excusa. Il connaissait Andrea Gritti depuis vingt-cinq ans. Gritti avait été son officier supérieur dans l'armée, vingt ans plus tôt.

— Votre Sérénité, il faut vous fier à mon instinct et ne pas me demander autant de preuves concernant ce complot.

Gritti caressa sa longue barbe à deux pointes. Le *corno* rouge, indiquant sa fonction, était posé sur son front. Son visage était dominé par un imposant nez patricien.

— Il me semble que ce complot n'existe que dans votre imagination, répliqua-t-il.

— Dans ce cas, comment expliquez-vous le meurtre de Daniele Moro ? Pourquoi l'a-t-on assassiné d'une manière aussi barbare ? Moro était l'un de vos proches. Il a peut-être été tué pour les papiers qu'il avait dans son porte-documents.

— Il aurait été tué inutilement, s'irrita le doge. Ces papiers n'avaient aucune importance. Ce n'étaient que des invitations à la cérémonie annuelle, et la liste des dignitaires qui seront présents.

Sandro posa son pied botté sur la première des marches qui montaient jusqu'au dais.

— Réfléchissez, Andrea. Les secrets d'État se répandent dans Venise avec la même facilité que l'eau s'écoule à travers un grillage.

— Je suppose que vos hommes surveillent les ambassadeurs et leur entourage ?

Sandro acquiesça. Hélas, ces enquêtes n'avaient abouti à rien.

— Est-ce que Moro aurait pu avoir d'autres amis comme le chanteur Florio ? demanda Sandro.

— Je n'en sais rien. Je ne savais rien de ses préférences sexuelles. C'est sûrement la clé du meurtre, Sandro. Vous perdez votre temps à soupçonner un complot contre l'État. C'était sans aucun doute un crime passionnel. Florio est votre coupable.

Sandro était persuadé du contraire. Mais il resta silencieux, car il lui manquait des preuves.

— Florio est surveillé jour et nuit, dit-il. Il ne fait qu'allumer des cierges à la mémoire de Moro et s'entraîner à chanter.

Le cœur serré, il pensa à Laura, et se rappela qu'elle était en sécurité avec Guido Lombardo.

— Continuez à le surveiller, conseilla le doge. Je parie qu'il va se trahir...

— Messire ! s'écria un *zaffo* essoufflé en entrant précipitamment dans la salle, Jamal sur ses talons.

Retirant son chapeau, le policier s'inclina devant le doge.

— Un nouveau meurtre, messire, expliqua-t-il à Sandro. Cette fois, chez un imprimeur.

Un attroupement de badauds s'était regroupé sous l'enseigne d'Aldus. Une femme sanglotait sur l'épaule d'un homme qui essayait de la consoler.

— Place pour le Seigneur de la Nuit ! cria l'un des lieutenants de Sandro.

Celui-ci entra dans l'imprimerie avec Jamal et quelques-uns de ses hommes. L'endroit devait être habituellement bruyant, avec des apprentis courant çà et là, les relieurs s'activant autour de la lourde presse. Un meurtre avait transformé la grande salle en tombeau silencieux.

Comme toujours, Sandro examina d'abord le visage. La victime avait un visage doux, des taches de rousseur rehaussaient la pâleur de ses joues d'adolescent.

Sur ses mains, on voyait des traces d'encre noire et de sang. Il ne semblait pas avoir opposé de résistance à son agresseur. Autour de lui, aucun signe de lutte, les meubles et les papiers étaient à leur place. La presse était vissée sur un document.

Le coupable était quelqu'un que la victime connaissait, en qui elle avait confiance.

Sandro s'accroupit pour étudier la blessure en plein cœur. Le docteur Carlo Marino, le médecin légiste chargé de déterminer les causes du décès, l'imita. Ils examinèrent le sang séché autour de la plaie. Avec des pincettes, Marino retira une écharde de verre ambré.

Au lieu d'être satisfait parce qu'il avait eu raison, Sandro ressentait une certaine amertume. Ce crime prouvait que le premier assassinat n'avait pas été commis par un amant jaloux. Il lui fallait désormais trouver un lien entre les deux victimes.

— Pareil que Moro, constata Marino.

Sandro se força à regarder la terrible blessure à l'entrejambe du cadavre. Comme chez Daniele Moro, on avait sectionné les hauts-de-chausses et la braguette. La mutilation était encore plus nette que la fois précédente. L'assassin se perfectionnait.

— Il n'y a que peu de sang versé. Au moins, le malheureux était mort avant de subir cette infamie, déclara le médecin.

Sandro frémit. Le froid lui semblait mordant. Il devenait trop vieux pour ce métier. Il en avait assez de voir des jeunes gens assassinés… Il se redressa péniblement. Jamal lui tendit des feuilles imprimées.

L'encre venait à peine de sécher. Comme on les avait empilées sans faire attention, certaines feuilles étaient maculées. Il s'agissait d'invitations, et de la liste des dignitaires qui accompagneraient le doge sur son navire le jour de l'Ascension.

— Les papiers du doge, marmonna Sandro.

Jamal souleva la platine de la presse. Les lettres étaient placées à l'envers, mais Sandro parvint à les déchiffrer.

— Ce sont les derniers documents qui ont été imprimés, dit-il. Ils ont été tirés à partir des papiers volés à Daniele Moro.

Jamal hocha la tête en ouvrant les mains dans un geste d'impuissance. Sandro était aussi perplexe que son ami. L'assassin avait-il lui-même voulu imprimer ces documents ? Pourquoi ? Ce n'étaient pas des secrets d'État, mais quelqu'un était prêt à tuer à cause de ces papiers.

Sandro dévisagea les visages blêmes et inquiets qui l'entouraient.

— Qui était-ce ?

Un jeune homme au teint rougeaud, triturant un chapeau noir, s'avança d'un pas. Ses yeux étaient humides et son menton tremblotait. Il était vêtu comme un marchand.

— Permettez-moi de me présenter, messire. Je suis Valerio, le fils d'Aldus. La victime s'appelait Gaspari, il était compositeur d'imprimerie.

L'imprimeur Aldus était devenu célèbre en affirmant que les livres devaient être à la portée du plus grand nombre.

— Quand avez-vous vu la victime en vie pour la dernière fois ?

— Il y a moins de trois heures. Avant de partir à mon rendez-vous avec un fabricant de parchemin. Gaspari travaillait sur les documents du doge.

Valerio lui tendit un texte écrit à la main. Sandro remarqua la signature de Daniele Moro en bas de la page, ainsi que le sceau du doge.

— Qui vous a apporté ces papiers ?

— Je ne sais pas. Gaspari a dû recevoir ces documents en mon absence.

— Était-il souvent seul à l'imprimerie ?

— Non. La plupart de mes employés sont juifs. Je sais que l'Église s'y est opposée, mais je leur donne congé le jour du sabbat.

L'assassin n'était pas un imbécile. Méthodique comme une araignée qui tisse sa toile, il avait attendu le bon moment. Son geste n'était pas un acte fortuit. Cette affaire mettait Sandro en colère, car elle nuirait au prestige de la ville.

— C'est vous qui avez découvert le corps ?

— Non, messire... commença Valerio.

— C'est moi, dit une petite voix.

Une femme entra dans la salle en rejetant son capuchon. Horrifié, Sandro lui saisit les mains.

— Laura !

En dépit de ses yeux rouges et gonflés, de ses joues striées de larmes, elle était belle, d'une beauté enfantine. Elle semblait en plein désarroi.

— Que diable faites-vous ici ? Où est passé Guido ? s'emporta-t-il.

Elle prit une profonde inspiration.

— Nous avons été séparés sur le pont du Rialto. Je suis venue ici pour voir mon amie Magdalena.

— Celle qui corrige les manuscrits ?

— Oui. Elle travaillait sur un manuscrit pour Aldus, et elle devait se rendre à l'imprimerie. J'ai dû la manquer... Non ! s'écria-t-elle en voyant l'expression de Sandro. Magdalena est innocente. Elle est douce et gentille. Seul un monstre aurait pu... Ô mon Dieu !

Elle se cacha le visage entre ses mains.

— Êtes-vous satisfaite, maintenant ? lança Sandro avec colère. Vous qui vouliez tout savoir sur mon métier, soi-disant pour approfondir votre connaissance de l'âme humaine.

— Je suis désolée, messire, s'excusa-t-elle, avant d'éclater en sanglots.

À la stupéfaction de ses lieutenants, Sandro l'attira dans ses bras. Elle nicha la tête contre son épaule.

— Essayez de ne plus y penser, murmura-t-il en respirant le parfum de ses cheveux.

Il n'aurait pas dû se laisser aller, alors qu'il se trouvait avec ses hommes sur le lieu d'un crime, mais il ne put s'empêcher d'admirer la chevelure soyeuse de la jeune femme qui tremblait dans ses bras.

— Je suis désolé, ajouta-t-il. Je suis désolé que vous ayez vu cette chose terrible… et je m'excuse de vous avoir parlé aussi sèchement.

Elle pleurait toujours à chaudes larmes.

Tandis que ses lieutenants cherchaient des indices et que les assistants du médecin légiste enveloppaient le corps dans un drap, Sandro fit sortir Laura de l'imprimerie. Il gardait un bras autour de ses épaules.

La foule s'était dispersée. La rue était vide. Il repoussa une mèche noire qui lui avait glissé sur les yeux et essuya ses joues avec un mouchoir.

— Dès notre première rencontre, j'ai su que vous me causeriez du souci, plaisanta-t-il.

— La première fois que je vous ai vu, j'ai su que vous étiez un homme gentil, répliqua-t-elle avec un sourire fragile.

Il se redressa et la lâcha.

— Mon devoir est d'aider les citoyens en détresse, lança-t-il d'un air gêné. Si ma fille Adriana s'était trouvée à votre place, j'espère que quelqu'un aurait essayé de la consoler.

— Vous ne faites qu'obéir à votre instinct paternel ?

— Exactement, mentit Sandro.

Alors qu'elle allait répondre, on sortit le corps sur une litière. Elle se rembrunit.

— Qui va annoncer la terrible nouvelle à la famille de ce pauvre garçon ? demanda-t-elle.

— Je vais leur envoyer un prêtre. C'est ce que je fais d'habitude.

— Vous n'y allez pas vous-même ?

— Bien sûr que non.

— C'est parce que vous êtes trop compatissant, décréta-t-elle.

« C'est parce que j'ai trop peur », songea-t-il.

— Il faut m'expliquer comment vous avez perdu Guido. Pourquoi n'êtes-vous pas restée au Rialto en attendant qu'il vous retrouve ?

— C'était mon intention mais... un ami est passé par là.

— Quelqu'un qui fréquente la maison close ? s'enquit Sandro qui ne faisait confiance à aucun des amis de Laura. Est-ce que vous le compterez encore parmi vos amis lorsqu'il aura acheté vos faveurs ? s'enflamma-t-il.

— Non ! répliqua-t-elle, heurtée par ce ton sarcastique. C'était Marc Antonio. Il m'a vue dans la foule et il a insisté pour que je l'accompagne. J'ai pensé que je serais en sécurité avec le fils du Seigneur de la Nuit.

— Visiblement, votre choix n'a pas été très judicieux. Est-ce qu'il vous a fait du mal, Laura ?

— Vous avez une piètre opinion de votre propre fils, messire.

« Elle a raison », pensa tristement Sandro.

— Il m'a demandé de devenir sa maîtresse, ajouta-t-elle. N'ayez pas l'air aussi dégoûté, messire. J'ai refusé, bien sûr. Je n'ai pas l'intention de salir le nom illustre des Cavalli. Je sais que vous ne supporteriez pas que votre fils ait une bâtarde comme maîtresse.

Sandro aurait aimé la contredire, mais les mots restèrent dans sa gorge. Il trouvait l'idée d'une liaison entre Laura et Marc Antonio insupportable. Mais pas pour les raisons qu'elle imaginait.

— Je suis heureux d'apprendre que vous avez eu la sagesse de refuser sa proposition, dit-il sèchement.

— Je ne voudrais surtout pas entacher votre honneur familial, rétorqua-t-elle, vexée, en essuyant une larme sur sa joue.

— Parfois, je me demande vraiment ce qui te passe par la tête, s'emporta Sandro.

Marc Antonio détourna son regard d'un souffleur de verre qui transpirait devant son four. Il adressa un sourire entendu à son père.

— Ce qui me passe par la tête ? À l'instant, je pensais à la fille de ce souffleur de verre. La jolie créature qui nous a apporté notre déjeuner...

Respirant profondément pour retrouver son calme, Sandro contempla les cheminées fumantes de Murano, et au loin les flèches des églises de Venise qui s'élevaient au-dessus de la lagune. Comme après le meurtre de Moro, ses hommes interrogeaient les artisans, leur demandant si quelqu'un avait récemment acheté un stylet. Sandro n'avait pas beaucoup d'espoir. Presque tous les souffleurs de verre répondraient par l'affirmative : les dagues creuses en verre étaient aussi appréciées que les perles de couleur.

— Tu sais parfaitement de qui je veux parler, Marc Antonio. Pourquoi as-tu demandé à Laura Bandello de devenir ta maîtresse ?

— La petite garce ! cracha le jeune homme. Elle n'avait pas à vous en parler.

Sandro se retint de gifler son fils. Que diable avait-il fait pour que ce garçon devînt un être aussi mesquin et égoïste ?

— Je l'ai forcée à me dire la vérité. Elle devait rester avec Guido Lombardo, mais ils ont été séparés par la foule. À quoi joues-tu avec elle ?

— Ce n'était pas un jeu, père, dit Marc Antonio avant d'éclater de rire. Vous ne pouvez pas comprendre, n'est-ce pas ? Vous avez cru que je choisirais une compagne comme vous et tous nos illustres ancêtres. Seule une femme aux origines impeccables est digne d'un Cavalli, même si elle n'est que sa maîtresse.

— Vous êtes trop différents tous les deux, protesta Sandro.

— Pourquoi trouvez-vous Laura si inacceptable ? Elle est jeune et belle, en pleine santé, bien élevée et talentueuse. Mais je devrais peut-être choisir une femme vieille et laide, malade et sans éducation ?

Sandro détestait ces joutes verbales que provoquait toujours Marc Antonio.

— Je pense à toi, à ton avenir. Tu tiens beaucoup à l'estime de tes amis. Que deviendrais-tu s'ils te rejetaient ?

— Vous avez raison, père. Mais je la désire et je la ferai mienne, quoi qu'il advienne.

— Je te le déconseille.

— Pourquoi ? Une courtisane peut n'avoir qu'un homme dans sa vie. N'avez-vous pas vous-même quatre maîtresses ?

Marc Antonio ignorait que son père avait rompu avec les quatre femmes.

— Laisse Laura tranquille, mon fils.

— Pourquoi ? Que me cachez-vous ? Est-ce que par hasard vous la voudriez pour vous ?

Sandro se passa la main dans les cheveux.

— Si c'est une prostituée que tu cherches, trouve quelqu'un d'autre. On en compte onze mille dans Venise.

— C'est donc ça ! s'écria Marc Antonio, enchanté. Vous la désirez... Alléluia ! Saint Sandro Cavalli convoite une catin...

— Ne sois pas absurde.

— Très bien. Dorénavant, je vais essayer de devenir quelqu'un d'aussi parfait que vous, messire...

Tout sourires, Marc Antonio se dirigea vers la *vigna* de son ami Adolfo d'Urbino, où ils passeraient la soirée à boire et à se divertir.

Cette altercation laissa Sandro abattu. Il se sentait toujours épuisé après une dispute avec son fils. Pendant des années, il s'était senti coupable d'avoir trahi le jeune homme, de ne pas avoir su l'aimer, ou d'avoir été trop indulgent.

Mais Sandro s'inquiétait surtout de la colère que son fils éprouvait envers Laura. Il savait que Marc Antonio n'aimait pas qu'on lui refuse quoi que ce soit...

Une heure plus tard, Sandro se dit qu'il aurait bien aimé être chez lui, assis dans sa loggia avec un verre de vin, l'esprit libre. Au lieu de cela, il se retrouvait devant le portail du couvent de Sainte-Marie-Céleste, demandant à voir la postulante Magdalena.

Une religieuse taciturne le mena dans un petit jardin et lui enjoignit d'attendre. Après quelques minutes, des pas irréguliers attirèrent son attention vers le cloître.

Magdalena était plus petite qu'il ne l'avait imaginé. Un large habit de drap brun recouvrait la bosse dans son dos. Son capuchon reposait sur ses fortes épaules, dévoilant un visage pâle. Sandro étudia ses traits. Il existait des filles pour qui les couvents semblaient avoir été conçus. Magdalena était l'une d'entre elles. En dépit de ses grands yeux lumineux ourlés de cils épais, elle était franchement laide. Son visage rond, avec ses grosses joues et son double menton, ressemblait à de la pâte molle.

Laura avait juré qu'elles étaient les meilleures amies du monde. Si c'était le cas, la jeune Magdalena possédait une âme particulièrement généreuse, car la plupart des filles devaient être jalouses de la beauté scintillante de Laura.

Sandro s'inclina. Elle garda les yeux baissés, les mains cachées dans ses manches.

— En quoi puis-je vous être utile, messire? demanda-t-elle.

Sa voix était étonnamment belle, profonde et pure.

— Pardonnez-moi de vous déranger dans un lieu aussi serein, dit-il. Je suis venu vous poser quelques questions concernant un crime qui a été commis chez l'imprimeur Aldus.

— Un crime, messire?

— Un meurtre. On a assassiné un compositeur prénommé Gaspari.

Magdalena fit le signe de la croix.

— Gaspari… mon Dieu.

— Vous le connaissiez?

— Oui, messire. Je corrige des manuscrits pour Aldus.

— Vous étiez sur place aujourd'hui.

— Oui. J'ai vu Gaspari. Il allait bien. (Elle déglutit nerveusement.) Il m'a dit qu'il avait prévu d'aller se promener au Lido avec sa bien-aimée.

— Était-il seul?

— Oui.

Elle retira ses mains des manches et saisit le chapelet en corail qui lui enserrait la taille.

— Qui a pu le tuer, messire ?

Il étudia son visage et n'y trouva que du désarroi.

— C'est ce que j'essaye de découvrir.

— Selon moi, les Français sont les meilleurs.

Portia, dont les talents de costumière n'avaient d'égal que ceux qu'elle déployait au lit, parlait la bouche pleine d'épingles.

— Les Français ? Bah ! s'exclama Fiammetta, choisissant une passementerie. Tiens-toi tranquille, Laura ! Si tu continues à gigoter, nous n'arriverons jamais à terminer ton costume.

Laura et Yasmina échangèrent un regard complice. Elles se trouvaient dans le boudoir de Mme della Rubia. Les murs étaient tendus de draps d'or, brodés à la mode byzantine. Les corniches bleu marine, dessinées par le maître Sansovino, étaient rehaussées à la feuille d'or. On y avait disposé des vases d'albâtre, de porphyre et de serpentine. Sur les tables en marqueterie reposaient d'épais livres reliés. Dans un coin, Florio jouait doucement de la viole.

Laura s'évertua à rester immobile pendant que Portia et Fiammetta la drapaient dans une soie blanche, son costume pour le bal masqué.

— Qu'est-ce que tu reproches aux Français, Fiammetta ?

— Ils font des choses dégoûtantes avec leur bouche, expliqua-t-elle en riant.

— Quelle importance ? s'étonna Portia. Ils sont généreux et nous payent bien. Le fils de l'ambassadeur m'a donné vingt *scudi* en plus de la somme normale.

Dieu soit loué, ils ne nous infligent pas ce que la pauvre Yasmina doit supporter avec Thorvald !

Les filles regardèrent Yasmina avec compassion. Thorvald, un grossier marchand suédois, professait un goût particulier pour la belle Orientale.

— À mon avis, tu devrais éviter les Espagnols, Laura, conseilla Portia.

— Ce sont d'excellents amants, la contredit Fiammetta. Ils sont très passionnés.

— Mais lorsque la passion tiédit, il ne te reste que des souvenirs ! Ils sont aussi avares que les Écossais, insista Portia. La seule chose que tu reçois d'un Espagnol, c'est un récit exagéré de ses exploits au Nouveau Monde. (Elle ajusta la robe blanche sur une épaule de Laura, laissant l'autre dénudée.) Des sauvages tout nus, des fleuves d'or, des fontaines de jeunesse... Qui veut entendre de pareils mensonges ?

— Ça me semble plutôt attrayant, s'amusa Laura.

Yasmina, qui travaillait sur le diadème du costume, leva les yeux.

— Est-ce que tu te sens bien, Laura ? Tu as l'air pâle.

— Je vais bien. J'attends le carnaval avec impatience. Il marquera le début de mon indépendance financière. Je vais enfin pouvoir rembourser mes dettes.

— Mme della Rubia s'attend à une grosse offre pour toi, la rassura Portia.

Laura aurait dû s'en réjouir, mais lorsqu'elle pensait à son avenir, elle éprouvait une certaine appréhension.

— Je suis un peu nerveuse, avoua-t-elle.

— Balivernes ! Lève ton pied, ordonna Fiammetta en lui enfilant une sandale dorée. Mme della Rubia t'a bien préparée. Tu sais te tenir, flatter un homme...

— Il est vrai que tes manières à table laissent un peu à désirer, dit Portia. Lorsque tu manges, ne te jette pas sur la salade comme une vache sur son foin !

— Ne remplis jamais ton verre au-delà de la moitié, ajouta Fiammetta.

— Et surtout, abstiens-toi de roter ! intervint Florio.

Laura esquissa un sourire.

— Et si cela m'échappe ?

— Alors, on te trouvera dégoûtante, conclut-il.

Laura essayait de se divertir comme ses amis, mais elle était assaillie par les doutes.

— Ne t'inquiète pas, la rassura Florio en posant son instrument. Vu le prix que va demander notre chère Madame, seul un homme riche et sophistiqué aura les moyens de t'acheter.

— L'argent et la sophistication ne gouvernent pas le comportement d'un homme dans une chambre à coucher, fit remarquer Yasmina.

— Tais-toi ! siffla Portia. Écoute-moi, Laura : au pire, tu dois t'attendre à une nuit de conversation animée et de compliments. Tu boiras du bon vin et tu joueras peut-être aux cartes.

— L'acte sera terminé avant que tu puisses dire ouf, renchérit Fiammetta. C'est toujours ainsi.

— Je suppose que vous avez raison, dit Laura en remuant ses doigts de pied dans les jolies sandales dorées.

Elle se sentait mélancolique. Autrefois, elle avait rêvé de tomber amoureuse. Mais le temps et les déceptions avaient détruit ces chimères enfantines. Elle était une fille de Venise, la Sérénissime, une cité d'hommes impitoyables et de femmes soumises. Seule une courtisane pouvait espérer avoir un peu de liberté.

Malgré elle, Laura pensa à Sandro Cavalli et à ses conseils.

— Qu'est-ce qu'il y a ? interrogea Yasmina. Je vois bien que tu es soucieuse.

— C'est malhonnête de profiter d'un homme.

— Ma chère amie, ce sont des hommes riches ! À leur naissance, ils ont reçu de l'argent et des privilèges alors que toi, tu ne possèdes que ta beauté et ton intelligence. Pour un homme, tous les moyens sont bons pour réussir dans la vie. Ce n'est pas criminel d'agir de la même manière.

— Un mercenaire commet des crimes beaucoup plus graves pour de l'argent, renchérit Portia. Et on le félicite pour ses exploits.

— Je me demande si j'arriverai à faire semblant, dit Laura.

Florio se mit à fredonner une mélodie romantique. Portia et Fiammetta retirèrent le costume de leur amie et commencèrent à coudre. Yasmina aida Laura à se rhabiller.

— Tu y arriveras, assura l'Orientale. Il y aura des moments où il faudra rire alors que tu auras envie de pleurer, et d'autres où tu verseras des larmes en cachant tes sourires. Tu feras les deux choses, Laura, et bien davantage, parce qu'il le faut. Aie confiance en moi.

Mais Laura ne pouvait oublier le merveilleux visage de Sandro Cavalli, la chaleur rassurante de son étreinte, ni chasser la certitude qu'elle commettait une terrible erreur.

— J'aimerais qu'il vienne au bal masqué, dit-elle.

— Qui ? s'étonna Yasmina.

— Le Seigneur de la Nuit. Je me sens en sécurité avec lui. Mais il ne fréquente pas les maisons closes.

— Oublierait-il ses principes pour toi ?

— Sandro Cavalli ne dérogerait pas à ses principes pour sa propre mère, soupira tristement Laura.

— Ne tombe pas amoureuse ! implora soudain Yasmina.

Laura la regarda comme si elle était devenue folle.

— Quelle sottise ! Bien sûr que je ne vais pas tomber amoureuse.

6

Laura se dirigeait à pied vers le couvent. Elle était obsédée par ce que lui avait dit Yasmina. Amoureuse ? Amoureuse de Sandro Cavalli ? L'honorable et compassé Seigneur de la Nuit ?

— C'est ridicule, marmonna-t-elle.

Si elle devait tomber amoureuse – ce qui était improbable, puisqu'elle était une femme raisonnable –, elle ne choisirait pas Sandro Cavalli, mais un homme qui aimerait la fantaisie et l'originalité, la traiterait comme une déesse, et s'enflammerait de désir pour elle. Laura ne parvenait pas à imaginer le Seigneur de la Nuit transporté de passion...

Alors qu'elle levait la main pour frapper à la porte de Magdalena, elle hésita en entendant des voix derrière le battant.

— ... il y a vingt ans. Il faut oublier maintenant, maman, déclarait Magdalena d'un ton impatient.

— Je préférerais encore renoncer à la vie, mon enfant, rétorqua Célestina, avant d'ajouter quelque chose que Laura ne comprit pas.

— Je refuse de prononcer mes vœux, maman, s'irrita Magdalena. Comment le pourrais-je, alors que... ?

Gênée de son indélicatesse, Laura frappa. La dernière fois qu'elle avait commis une telle indiscrétion, elle avait eu de sérieux ennuis. La dispute de ses amies ne la regardait pas. Mais elle s'en étonnait, car elle avait toujours pensé que la mère et la fille s'entendaient à merveille.

Magdalena ouvrit la porte. Elle semblait angoissée, mais elle sourit à son amie et la pria d'entrer. Laura baisa la joue de Célestina, qui sentait comme toujours une odeur de soufre et de plantes médicinales.

— Tu as l'air fatiguée, constata Célestina. Est-ce que tu utilises les cosmétiques que je t'ai donnés ?

— J'ai si peu de temps, s'excusa Laura.

— Alors, tu devrais employer mes poudres pour dormir.

— Je t'en prie, maman ! Laura n'a pas besoin de tes préparations.

— Je veux seulement l'aider, s'offusqua la religieuse.

Laura esquissa un sourire apaisant.

— Je vous suis reconnaissante, ma sœur, et vous avez raison. Mme della Rubia se plaint que je ne consacre pas assez de temps à ma toilette. Je vais tâcher de penser à vos potions, à partir d'aujourd'hui.

Célestina effleura tendrement sa joue.

— Ma fille et moi désirons te voir réussir dans tout ce que tu entreprends... Je vais vous laisser, maintenant.

Après son départ, son parfum particulier continua à flotter dans la petite pièce.

— Je serais venue plus tôt, mais je n'ai pas eu une seconde à moi, s'excusa Laura. Le jour du bal masqué approche, et Mme della Rubia me donne des cours de maintien.

Son amie poussa un soupir.

— J'aimerais tant que tu changes d'avis et que tu reviennes au couvent, Laura. C'est affreux de t'imaginer avec des courtisanes et des hommes sans moralité.

— Ne t'inquiète pas pour moi, je sais ce que je fais. Je n'ai pas l'intention d'y rester longtemps.

— Tu n'as pas peur ?

— Presque toutes les femmes survivent à la perte de leur innocence. C'est plutôt pour toi que je m'inquiète. Il y a eu un meurtre chez l'imprimeur Aldus.

Magdalena serra son crucifix entre ses mains.

— Je sais. Le Seigneur de la Nuit est venu m'interroger.

Laura fut surprise, et furieuse. De quel droit venait-il troubler la solitude de Magdalena avec ses questions ?

— Sandro Cavalli n'avait pas le droit de te perturber.

Magdalena s'assit sur une chaise. Un voile de douleur assombrit un instant son visage.

— Il ne faisait que son devoir. Je suis désolée de ne pas avoir pu l'aider.

— Au moins, tu n'as pas vu le corps, murmura Laura en frissonnant.

— C'était horrible ?

— Tu te souviens du portrait que j'ai fait de Judith tuant Holopherne ?

— Bien sûr. Judith brandit la tête coupée par les cheveux et incite les hommes de la ville à chasser les envahisseurs assyriens. Mais quel rapport avec le meurtre ?

— Je pensais avoir dépeint toute l'horreur d'une mort brutale. Mais la réalité est bien pire.

Laura se tut. Elle ne voulait pas choquer Magdalena en lui racontant les détails macabres.

Celle-ci ouvrit un tiroir de son bureau et lui tendit un étui en velours.

— Je veux te donner ceci.

— Qu'est-ce que c'est ?

— Ouvre-le.

Curieuse, Laura obéit. Elle réprima un cri en découvrant le stylet en verre. L'arme était étrangement légère, froide et délicate dans sa main. Une arme qui ne pesait pas plus lourd qu'un pinceau. À l'intérieur luisait un liquide pâle et opaque. Du poison, songea-t-elle.

— Où as-tu déniché une arme aussi dangereuse ?

— Dans un magasin du Rialto, expliqua Magdalena. On en trouve aussi facilement que des clochettes de verre. Le propriétaire m'a dit que les étrangers en raffolent. Cette dague est particulièrement appréciée par les légats du pape.

— Pourquoi me la donnes-tu ?

— J'aimerais que tu la gardes toujours sur toi. Tu es en danger, Laura.

Magdalena rangea le stylet dans son étui et l'attacha au bras de son amie.

— Je ne vis pas une existence aussi retirée que tu l'imagines. Ce *zaffo* à l'air triste qui t'attend dehors ne passe pas inaperçu. J'ai peur pour toi. Je t'en prie...

Elle dévisageait son amie avec tendresse et anxiété.

— Puisque tu insistes, je le garderai sur moi, concéda Laura, mais je ne pourrai jamais m'en servir contre quelqu'un...

Le doge Andrea Gritti jouait avec les pompons qui ornaient les coussins de son trône.

— Ce deuxième meurtre est atroce, messire, mais je ne vois pas l'utilité de doubler ma garde.

Sandro sentait un tic d'énervement sur sa joue.

— Ayez la bonté de me faire ce plaisir, Votre Éminence. Pour résoudre cette énigme, je dois être serein quant à votre sécurité.

— En quoi le meurtre d'un jeune imprimeur peut-il me concerner ? s'irrita le doge.

Sandro fit signe à Jamal d'approcher. Le secrétaire déposa des papiers sur la table.

— Voici le travail qu'effectuait le compositeur quelques instants avant sa mort, expliqua Sandro.

Gritti prit une page et l'étudia à la lumière.

— Ce ne sont que des invitations à la cérémonie. J'en ai commandé des centaines. Il n'y a rien de troublant là-dedans.

Sandro n'en était pas aussi certain. La tradition séculaire des noces de Venise avec la mer était le spectacle le plus populaire et le plus grandiose. Chaque année, le jour de l'Ascension, le doge et les seigneurs de la République sortaient sur la lagune à bord du *Bucentaure*, le navire amiral.

— Et ceci ? demanda Sandro en tendant un document au doge.

— C'est le programme de la cérémonie, avec la liste des dignitaires qui m'accompagneront sur le navire.

— On y voit le nom de Florio.

— C'est juste... Il est noté qu'il doit chanter une barcarolle. Je ne me souviens pas de l'avoir autorisé, s'étonna le doge.

Sandro s'intéressait de près à Florio, l'étrange homme blond vêtu comme une femme. Il avait dit que Moro lui avait obtenu une place sur le *Bucentaure*, mais le doge semblait l'ignorer.

Florio avait un alibi parfait pour le second crime : les *zaffi* l'avaient vu se confesser et assister à la messe en l'église San Rocco. Mais il avait peut-être un complice...

— Comment se fait-il que son nom soit sur cette liste ? insista Sandro.

Gritti était décontenancé. Il se gratta le menton. Brusquement, son visage s'éclaira.

— Je me souviens ! Daniele me l'avait recommandé, en me disant qu'il était un chanteur talentueux. Au début, j'ai hésité à rompre la tradition en permettant qu'un roturier monte sur le navire, mais je crois lui avoir donné ma permission... Ou peut-être pas. Je ne sais plus très bien.

— Qu'en est-il des autres noms sur la liste ? Certains sont-ils suspects ?

— Pas du tout... Le texte est parfaitement imprimé, vous ne trouvez pas ?

Sandro était exaspéré par la légèreté du doge, mais il n'en laissa rien paraître.

— Votre Sérénité, c'est important. Moro portait sur lui les originaux de ces documents, la nuit où il a été assassiné. D'une manière ou d'une autre, ces papiers se sont ensuite retrouvés chez l'imprimeur. Moro et le jeune compositeur sont morts. Nous devons déterminer si cette liste a été modifiée.

L'air ennuyé, Andrea Gritti passait une main nerveuse sur sa lourde chaîne en or.

— Je ne suis pas doué pour les intrigues ou les conspirations. Mon père était plus habile que moi, maudite soit son âme !

— La liste, Votre Sérénité, persista Sandro.

Gritti se concentra sur le papier, son doigt bagué s'arrêtant sur chaque nom.

— Otranto, Urbino, Mantua... l'ambassadeur d'Espagne... Bon sang, comment arrivera-t-on à embarquer tous ces gens ?... Tiens ! fit le doge, surpris. Giorgione della Brenta... Voilà un nom que je n'avais plus entendu mentionner depuis des années.

— Vous ne l'aviez pas inclus sur le brouillon ?

— Je ne crois pas, mais je n'en suis pas certain.

— Qui est-ce ?

— Il était le palefrenier en chef de mon père. Il y a une vingtaine d'années, mon père l'a nommé intendant, probablement pour le récompenser de quelque mauvaise action commise en son nom.

— Giorgione aurait-il une raison de comploter contre vous ?

— Je ne pense pas. Tiens, en voilà un autre... reprit le doge, alors que Sandro se promettait de faire interroger ce Giorgione.

En tout, le doge releva neuf noms qu'il n'avait pas demandé à Moro d'inclure sur la liste selon son souvenir. Ces neuf hommes avaient un point commun intéressant : Andrea ne les avait pas vus depuis au moins vingt ans, et tous avaient un lien avec son père détesté, qui avait été un patriarche implacable.

Sandro continuait à réfléchir. Est-ce qu'Andrea avait commis une faute contre les anciens compagnons de son père ? Avaient-ils l'intention de mener à bien leur conspiration à bord du *Bucentaure* ?

— Je ne peux pas croire qu'ils m'en veuillent, décréta Andrea. Mon père et moi ne nous sommes jamais entendus, c'était un homme cruel. Mais je ne me suis jamais querellé avec ses proches. Pourquoi Daniele aurait-il ajouté ces noms ?

— Ce n'est peut-être pas lui qui a modifié la liste.

Un *zaffo* fit irruption dans la salle. Sandro tressaillit. Quelques jours plus tôt, il avait été interrompu de la même manière.

— Il y a eu une nouvelle agression avec une dague empoisonnée, annonça le policier. Le coupable a été arrêté et emprisonné à la Gabbia.

Sandro se dépêcha de quitter les pièces en marbre

et les lambris dorés du palais, pour rejoindre les bâtiments attenants. La Gabbia avait été conçue pour abriter des prisonniers de toutes conditions. Sandro était impatient de découvrir enfin l'assassin ; il allait traîner ce monstre devant la justice.

Lorsqu'il arriva dans l'antichambre de la Gabbia, un clerc se leva pour le saluer.

— Quelle cellule ? aboya-t-il.

— La première à votre droite, messire. Mais je pense que…

— On ne vous paye pas pour penser, s'énerva Sandro.

Un long corridor sombre s'ouvrait devant lui. Ce tunnel oppressant menait aux cellules. Des relents de moisissure se mélangeaient à l'odeur âcre des torches de pin.

— Apportez-moi de la lumière, ordonna-t-il.

Le clerc lui donna une lampe à huile.

— Messire, avant d'ouvrir la porte, je voudrais vous expliquer…

— La ferme !

Baissant la tête pour franchir le linteau en pierre, il entra dans la petite pièce et leva sa lampe.

Une silhouette était recroquevillée sur la paillasse pourrie, les genoux ramenés contre sa poitrine, les mains jointes.

— Nous avons à parler d'une affaire très sérieuse, gronda Sandro.

Le prisonnier leva la tête. Son capuchon tomba sur ses épaules. La lumière éclaira des yeux effrayés et un visage d'une incroyable beauté…

— Laura.

Elle se leva. Avant que Sandro pût réagir, elle s'était jetée dans ses bras.

— Dieu soit loué, vous êtes venu, messire ! Ces hommes croient que je suis une meurtrière !

Il la repoussa sans ménagement. Il essayait de mettre de l'ordre dans ses pensées.

— Ont-ils raison ? demanda-t-il froidement.

Le visage de Laura blêmit.

— Je n'ose pas croire que vous me soupçonniez, murmura-t-elle.

Sandro espérait de tout cœur qu'il se trompait ; pourtant, les faits parlaient contre elle. Il les énuméra.

— Vous habitez la maison où Daniele Moro s'est rendu avant de mourir. Vous avez trouvé le corps du compositeur. Et aujourd'hui, vous attaquez quelqu'un avec un stylet empoisonné...

— Je me suis défendue, corrigea-t-elle, mortifiée.

— Où vous êtes-vous procuré cette arme ?

— Dans un magasin sur le Rialto, dit-elle en fuyant son regard.

Sandro se sentait glacé. Il imaginait Laura tuant un homme, puis le mutilant... Peut-être dissimulait-elle une haine meurtrière pour les hommes, derrière son air angélique ?

Il s'était toujours félicité de ne pas se laisser entamer par les crimes les plus odieux ou les criminels les plus endurcis. Mais cette fois, il se sentait mal, comme s'il étouffait. Laura avait personnifié à ses yeux la jeunesse, la beauté et l'espérance.

Elle adorait Florio. Serait-elle prête à commettre un meurtre pour lui ? Il la connaissait si mal, en vérité...

Une idée germa dans son esprit. Il prendrait son temps pour percer ses secrets. Si on la gardait prisonnière en tant que suspecte, elle n'assisterait pas au bal masqué qui devait marquer son entrée dans l'univers des courtisanes. Il en ressentit une profonde satisfaction.

— Maintenez-la sous bonne garde, ordonna-t-il au clerc.

— Ici ? s'affola Laura.

— Vous avez abandonné vos droits le jour où vous avez pris la vie de ces hommes innocents, l'accusa Sandro, sous l'emprise d'une colère implacable. Vous serez détenue dans un endroit moins désagréable que celui-ci, concéda-t-il cependant. Je vais vous attribuer un domestique et vous ne manquerez de rien.

Laura l'entendait parler, mais elle avait peine à comprendre ses paroles. Elle ne pouvait pas croire ce qui lui arrivait.

— Mais je resterai votre prisonnière… Pourquoi, messire ?

— J'ai l'intention de vous accuser de ces crimes.

— Je suis innocente ! Laissez-moi au moins vous raconter ce qui s'est passé !

— Vous aurez l'occasion de vous expliquer plus tard, devant la justice.

Il se tourna pour partir et faillit renverser Guido Lombardo qui arrivait, trempé et l'air très agité.

Laura était étonnée de voir le *zaffo*. Lorsqu'elle avait quitté Magdalena, elle n'avait pas trouvé le policier à son poste devant le couvent. Pensant qu'il était parti jeter un coup d'œil dans l'une des échoppes de la ruelle, elle avait commencé à marcher en direction de la maison de Titien.

Quelques pâtés de maisons plus loin, un *bravo* l'avait empoignée. Elle avait reconnu l'un de ses agresseurs de l'autre jour. Terrifiée, elle avait saisi son stylet et avait essayé de se défendre. Elle entendait encore le cri de douleur du truand.

Ensuite, tout s'était enchaîné à la vitesse d'un tourbillon. Alertés par les hurlements, deux *zaffi* s'étaient jetés sur elle. En voyant l'arme, ils l'avaient traînée jusqu'à la Gabbia.

— Tu as piqué une tête, Guido ? ironisa Sandro.

Le malheureux Guido se tordait les mains de désarroi.

— J'ai essayé de rester auprès d'ellc, messire. Mais quelqu'un m'a assommé et m'a jeté dans le canal. Le temps de sortir, elle avait disparu.

— Bravo ! railla Sandro. Dites-moi, ajouta-t-il en se tournant vers Laura, avez-vous un complice ou est-ce vous qui l'avez assommé ?

— Vous êtes horrible ! Comment pouvez-vous me croire capable de ces crimes ?

Un bref instant, Laura vit la colère de Sandro le déserter. À la place, il n'y avait qu'une profonde lassitude. Elle s'en voulut d'éprouver de la compassion pour lui.

— Vous êtes une jeune femme remarquable, Laura. Je vous crois capable de tout...

— Messire, écoutez-moi ! implora Guido. L'homme qu'elle a poignardé est bien connu de nous tous. Il s'agit de Vincente la Bocca.

— Ce vaurien ?

— À la vérité, messire, le doge devrait donner une médaille à mademoiselle pour nous avoir débarrassés de cette pourriture.

— Vous voyez bien, jeta Laura d'un air satisfait.

— Cela signifie seulement que votre victime n'était pas une référence, rétorqua Sandro.

— J'ai trouvé un témoin qui a tout vu, insista Guido. Il pourra témoigner que mademoiselle est innocente.

— Un témoin ?

Guido fit un geste en direction du corridor. Un prêtre au visage effilé, s'appuyant sur une canne, entra dans la cellule.

— Je suis le père Rizotto, de San Rocco.

Sandro croisa les bras. Il semblait toujours aussi méfiant.

— Vous avez assisté à l'incident ? demanda-t-il.

— J'étais dans le clocher où je m'apprêtais à sonner la messe, quand j'ai entendu des cris. Un vaurien a agressé cette jeune personne. Il ne s'attendait pas à ce qu'elle se défende. Elle l'a poignardé et il est tombé à la renverse. Il saignait d'un bras. En tombant, sa tête a heurté le mur.

— Une excellente description, mon père, mais je me demande pourquoi un homme de foi comme vous ne s'est pas précipité pour aider la demoiselle.

— J'ai essayé, répliqua le prêtre en levant sa soutane pour leur montrer un pied bot. Il y a cent marches du haut du clocher jusqu'à la rue. Lorsque je suis arrivé en bas, les *zaffi* emmenaient mademoiselle et son agresseur blessé. (Il désigna Guido.) Ce brave homme cherchait la demoiselle, et il est venu m'interroger. Quand nous avons compris ce qui s'était passé, nous sommes venus jusqu'ici.

Sandro se sentit rougir. Avec une joie non dissimulée, Laura le considéra.

— Qu'avez-vous à répondre au père, messire ? demanda-t-elle.

Sans un mot, il la prit par la main et l'entraîna hors de la cellule. Dans l'antichambre, deux de ses hommes patientaient. Laura s'attendait à des excuses, mais Sandro Cavalli resta silencieux.

Il l'assit à un bureau, face à un clerc qui tenait une plume d'oie.

— Je veux entendre tous les détails de votre mésaventure, gronda-t-il.

D'une voix posée, elle expliqua qu'elle avait aussitôt reconnu le *bravo*. Dès qu'elle avait vu son visage, elle avait saisi son stylet rempli de poison.

— Celui que vous avez acheté au Rialto ? questionna Sandro.

— Exactement, répondit-elle sans hésiter, car jamais elle ne trahirait la pauvre Magdalena. Je l'ai poignardé au bras et le verre s'est brisé... Est-ce qu'il survivra ?

— L'homme est toujours inconscient, messire, déclara l'un des policiers en réponse au regard interrogateur de son supérieur. Pour l'instant, la blessure à la tête est plus grave que celle au bras. Mais les médecins craignent les effets du poison.

— Ô mon Dieu, faites qu'il ne meure pas ! supplia Laura, fermant les yeux.

Par deux fois, l'inconnu avait essayé de la tuer, mais elle ne voulait pas être responsable de sa mort.

Sandro ordonna qu'on surveille de près le malfrat, qui se trouvait à l'hôpital San Vittorio, et qu'on le prévienne dès qu'il reprendrait conscience...

Ensuite, lui et Laura quittèrent la Gabbia et traversèrent les vastes salles du palais. Elle avançait lentement, admirant le marbre de Carrare, les fresques au plafond, les ornements qui encadraient les portes et les fenêtres.

Elle lui adressa un sourire timide.

— Pardonnez-moi, messire, mais je n'étais jamais venue au palais des Doges.

Ces quelques mots marquaient le fossé qui les séparait. Le palais était aussi familier à Sandro que sa propre chambre.

Une fois dehors, il l'aida à grimper dans sa gondole. Il tira les rideaux qui les protégeaient des regards indiscrets, avant de s'asseoir auprès d'elle sur la banquette. Le soleil dardait ses rayons entre les rideaux couleur ambre, auréolant le beau visage de Laura d'une teinte dorée. Une mèche de ses cheveux noirs lui taquinait la joue.

— Vous êtes étonnamment sereine pour quelqu'un qui a été agressé et qui a passé l'après-midi à la Gabbia.

— Il est toujours inutile de ressasser les malheurs passés…

Soulevant sa jupe, elle dévoila une chaussure en velours usé et quelques centimètres d'un mollet bien galbé. Sandro se rappela la première fois qu'il l'avait vue, allongée sur le divan de Titien. Un court instant, il fut envahi par un désir irrésistible.

— C'est du sang ! s'exclama-t-il en saisissant le tissu qu'elle examinait. Mon Dieu ! Il fallait me le dire, Laura !

— Ce n'est pas le mien…

Sandro ne se maîtrisait plus. Il la souleva et la serra dans ses bras. Soulagé qu'elle ne fût pas blessée, il l'embrassa avec fougue…

Comme elles étaient douces, ces lèvres pulpeuses au goût de soleil et de prune… Son corps était doux, lui aussi, les seins appuyés sur son torse, les mains lui enserrant la nuque. Il s'abandonna à la passion de leur baiser. Sa langue explora la bouche de Laura. Il goûta au nectar des dieux.

Il se sentait jeune à nouveau, fort et vigoureux, comme libéré. Le goût et le parfum de Laura lavaient son âme de la souillure infligée par la trahison de son épouse, et lui rappelaient qu'il avait autrefois été un rêveur. D'un seul baiser, Laura lui rendait tout ce que la vie lui avait volé.

Il remonta sa jupe, caressa l'intérieur d'une cuisse satinée. Il la traitait avec une tendresse dont il se serait cru incapable. Quelque chose venait de naître en lui. Un espoir, un idéal, une folie…

Laura était abasourdie par l'intensité de ce baiser. Elle sentait les mains de Sandro parcourir son corps. Une envie sourde lui tournait la tête. Elle avait l'impression de se noyer, comme si elle était entraînée par des courants impitoyables.

Quand les lèvres de Sandro lâchèrent les siennes, elle rejeta la tête en arrière et s'arqua vers lui. Aussitôt, il lui baisa le cou, la gorge, mordilla la naissance de ses seins. Il commença à lui retirer sa robe.

La coque de la gondole déchirait les eaux du canal dans un bruissement de soie.

— Si seulement j'avais votre talent de peintre, Laura, je vous montrerais comment vous êtes aujourd'hui, pure et innocente, belle comme une fleur...

Ces paroles forcèrent la jeune femme à réfléchir. Si elle se donnait à lui, elle n'aurait plus autant de valeur pour Mme della Rubia. Les filles de la maison close lui avaient expliqué que sa virginité lui procurerait pas moins de cent *scudi* d'or, suffisamment pour lui permettre d'acheter sa liberté.

Elle ne devait pas se laisser aller ! Le choix était simple : elle pouvait se donner à cet homme, ou s'offrir une destinée d'artiste. La vie ne lui permettrait pas d'avoir les deux.

Un avenir ou un bonheur passager ? Son art lui promettait des satisfactions pendant de longues années, alors qu'une passion s'étiolait rapidement et n'entraînait que des souffrances...

Elle cherchait la volonté de résister lorsque Sandro glissa la main dans son corsage et lui caressa un sein. Une onde de chaleur inconnue la parcourut. Sandro Cavalli lui donnerait peut-être des enfants, mais il l'empêcherait de réaliser son ambition. La peinture, elle, ne lui briserait jamais le cœur.

Cette pensée lui donna la force de ne pas succomber aux vertiges de la passion.

— Messire, je vous en prie... Arrêtez.

— Pourquoi ? demanda-t-il en se reculant, l'air éperdu.

« Parce que si vous me faites l'amour, je perdrai tout, y compris mes rêves... » Elle ne pouvait le lui avouer, car il la convaincrait du contraire. Lors de leurs joutes verbales, c'était toujours lui qui avait le dernier mot.

— Parce que je ne vends pas mes faveurs pour un simple trajet en gondole, se força-t-elle à répliquer.

Choqué, il laissa échapper un juron.

La gondole s'arrêta devant les marches de la maison close. Laura évita de regarder son compagnon, car elle ne supportait pas le désarroi que trahissait son visage. Elle se leva d'un bond, ajusta sa robe. Avec un rire insouciant, elle lança :

— Si vous me désirez, messire, il faudra me remporter aux enchères lors du bal masqué.

7

— Non, non, non... protesta Portia en riant. Laura, tu ne peux pas arriver dans une pièce en traînant les pieds. Il faut réussir ton entrée. Essaie une nouvelle fois.

Laura eut un sourire crispé pour Portia et les autres filles assises dans le salon. Les rayons du soleil qui pénétraient par les vitraux dessinaient des arabesques colorées sur le sol de marbre. Elle était agacée de répéter la démarche chaloupée d'une courtisane. Elle aurait préféré mille fois se trouver dans l'atelier de Titien.

Résignée à son destin, elle prit une profonde inspiration. D'après ses amies, cela aidait à calmer les nerfs et à présenter sa poitrine sous son meilleur jour.

— Il faut que tous les hommes aient les yeux rivés sur toi dès ton arrivée, expliqua Fiammetta. Qu'ils interrompent leurs conversations, qu'ils reposent leurs verres de vin, qu'ils ne voient que toi.

— C'est beaucoup me demander, dit Laura.

— Tu en es capable, s'irrita Portia. Nous devrions toutes être jalouses de ta jeunesse et de ta beauté, mais, curieusement, nous ne le sommes pas.

— C'est parce que nous sommes amies, affirma Laura.

— Et tout ceci n'est qu'un jeu, ajouta Fiammetta. Recommence, on te regarde.

« Ce n'est qu'un jeu », songea Laura, plaçant ses bras, relevant son menton, et entrant d'un pas déterminé dans la pièce. Y avait-il des gagnants et des perdants à ce jeu ? se demanda-t-elle. Qui décidait du résultat ?

Le baiser de Sandro Cavalli continuait à la hanter. Il l'avait serrée dans ses bras comme s'il éprouvait quelque sentiment pour elle... Est-ce que tous les hommes faisaient semblant, ou seulement les mieux éduqués ? Comment faire la différence entre un homme qui suivait son cœur et celui qui réagissait aux appels de la chair ?

Les filles applaudirent.

— Magnifique ! s'exclama Portia. Où est passée Yasmina ? Je veux qu'elle voie tes progrès de ce matin.

— Yasmina est dans son jardin, lança Bianca. Avec *l'autre*. Une nouvelle fois...

Laura s'amusa de leurs regards complices. Sandro avait envoyé Jamal pour la surveiller, car l'un de ses agresseurs était toujours en fuite. Profitant de la leçon de Laura, le colosse était parti rejoindre Yasmina. La veille au soir, alors que Laura était couchée dans sa petite chambre mansardée, ils s'étaient retrouvés sur l'*altana*, la terrasse où les filles venaient prendre le soleil. Elle avait entendu son amie parler longtemps en arabe. Le silence de Jamal semblait encourager Yasmina, d'ordinaire plutôt taciturne.

— Concentre-toi, Laura, il ne nous reste que peu de temps, gronda Fiammetta.

Laura passa en revue ses manières de table, et surtout la manipulation de ce nouveau couvert qu'on appelait une fourchette. Avec délicatesse, elle souleva un verre à pied, puis utilisa le rince-doigts.

Elle se montra moins douée lorsque Portia imita un gentilhomme qui lui faisait la cour.

— Il faut que tu lui donnes le sentiment d'être sous son charme. Ne reste pas plantée là comme une potiche ! Fais-lui des œillades. Il faut lui faire croire qu'il est unique au monde.

Laura obéit mais, au bout de quelques minutes, elle leur tira la langue.

— Aucun homme sensé ne tomberait dans le panneau ! protesta-t-elle.

— Tu les surestimes, ma chère. Les hommes ne voient pas plus loin que le bout de leur nez.

Un valet de pied vint interrompre la leçon.

— Quelqu'un demande à voir Mlle Bandello, annonça-t-il.

— Elle n'est pas encore prête pour recevoir des visites, décréta Portia.

— Il s'agit de messire Sandro Cavalli.

Le cœur de Laura bondit dans sa poitrine.

— Merveilleux ! s'enthousiasma Portia. Si tu arrives à reproduire cette expression pour tous nos clients, tu seras bientôt une femme riche.

— Tu peux t'exercer avec lui, l'encouragea Fiammetta.

Laura secoua la tête. Elle était certaine que Sandro la méprisait pour de bon, depuis leur dernière rencontre. Curieuse de savoir si son agresseur avait repris connaissance, elle se dépêcha de rejoindre le vestibule.

Sandro se tenait debout, immobile comme une statue. Il semblait mal à l'aise dans la maison close.

— Prenez votre manteau, ordonna-t-il sans préambule. Nous devons sortir.

— Mais je suis occupée…

— Obéissez, Laura.

Intriguée, elle remonta chercher sa cape et l'agrafa autour de son cou.

Dehors, le gondolier l'aida à grimper dans le bateau. Sandro tira les rideaux, mais il ne vint pas la retrouver, restant debout à la poupe à discuter avec le gondolier.

Laura décida de profiter de la promenade sans se laisser abattre. Quelques jours plus tôt, cet homme avait osé l'accuser d'être une meurtrière. Qu'il boude donc !

Elle fut cependant soulagée lorsque la coque heurta la pierre et qu'elle entendit le gondolier amarrer l'esquif.

Ils se trouvaient au pied de l'hôpital San Giacomo. Sandro la guida vers la bâtisse de pierre grise. Elle le dévisagea.

— Sommes-nous ici pour voir mon agresseur ?

— Non. Il est fiévreux et il délire. Les médecins ne savent pas quand il pourra répondre à nos questions. D'ailleurs, il n'est pas dans cet hôpital.

— Alors, qu'est-ce que nous faisons là ?

— Vous allez voir.

Ils entrèrent dans le foyer. Les épais murs de pierre empêchaient la lumière et la chaleur extérieure de pénétrer. Des religieuses se hâtaient à travers le vestibule, portant des plateaux, des missels et des flacons.

On entendait des gémissements dans un dortoir sur la droite. L'odeur était suffocante.

— Ce doit être terrible d'être malade dans un endroit pareil, dit Laura en grimaçant.

— Je pensais bien que vous réagiriez ainsi.

Il l'entraîna dans un corridor. De part et d'autre, des ouvertures donnaient dans des dortoirs immenses où s'alignaient des lits étroits en corde. Presque tous étaient occupés. Sandro entra dans un dortoir de femmes qu'il parcourut, tenant Laura par le bras. Quelques malades regardaient fixement le plafond ; d'autres étaient couvertes de lésions ; deux malheureuses déliraient, attachées à leurs lits.

Sandro s'arrêta devant le dernier lit qui se trouvait sous une fenêtre. Un rideau dissimulait la patiente.

— C'est moi, Imperia, dit-il. Je t'ai amené l'amie dont je t'ai parlé. Laura sera intéressée d'apprendre l'histoire de ta vie.

— Ma vie ? répondit une voix cassée. Mais je ne suis plus en vie. Je suis morte.

— C'est Dieu qui en décidera le moment venu, déclara froidement Sandro.

— Votre compassion me bouleverse, messire, grommela Laura à mi-voix.

— Ouvrez le rideau ! ordonna Imperia.

Sandro lui obéit et Laura se retint de crier. Elle agrippa la manche de son compagnon.

— Est-ce une maison de lépreuses ? siffla-t-elle.

— Non.

— C'est la petite vérole, expliqua la malade couchée sur le lit. On l'appelle aussi la syphilis... Asseyez-vous, ma chère.

Tétanisée, Laura s'assit lentement sur un tabouret près du lit. Sandro quitta le dortoir.

— Lâche ! murmura-t-elle pour elle-même.

— Sandro est le contraire d'un lâche, rectifia Imperia. Un jour, vous le comprendrez. Mme della Rubia ne vous a jamais parlé de cet endroit, n'est-ce pas ?

— Non, madame.

— Bien sûr que non. Lorsque nous avions votre âge, nous étions amies. Nous étions belles comme le jour. Des courtisanes, toutes les deux.

Elle fit une pause pour reprendre son souffle. Ses doigts maigres tressautaient sur la couverture tachée.

— On m'a baptisée Aranchia, mais plus tard j'ai préféré prendre le prénom d'Imperia. À mon apogée, j'avais une douzaine de pages, des valets de pied, des femmes de chambre, mon propre nain, une ménagerie d'animaux exotiques, des robes et des bijoux à ne plus savoir qu'en faire. Les hommes se battaient pour me posséder. Parfois, certains me faisaient faire des choses innommables dans le secret de ma chambre, mais je me consolais en pensant aux récompenses : des pierres précieuses, des pièces d'or... J'avais tout cela alors que je n'avais pas vingt ans.

Elle saisit le poignet de Laura.

— Vous avez déjà dû entendre ce genre de récit, non ?

— Oui, madame.

— C'est toujours ce que l'on raconte. Je peux aussi vous parler de l'autre facette. La vérité sordide qui se cache sous la dorure. La prostitution est une manière de se détruire. Connaissez-vous le *trentuno* ?

— Le trente et un ? demanda Laura sans comprendre.

— Une tradition abjecte, cracha Imperia. Pour s'amuser ou pour se venger, trente et un hommes enlèvent une femme et la martyrisent. J'ai subi le *trentuno* plus d'une fois dans ma vie.

— Moi, ça ne m'arrivera jamais ! jura Laura, choquée.

— Lorsque le moment viendra, ce n'est pas vous qui déciderez. Vous vous imaginez avec les hommes à vos pieds, vous couvrant d'or et de diamants, n'est-ce pas ? Mais que ferez-vous s'ils refusent soudain de payer ? Vous serez obligée de les supplier, de vous traîner à leurs pieds, pour qu'ils vous donnent de quoi régler vos factures et vos impôts, sinon ce sera la prison. Les hommes donnent d'une main et reprennent de l'autre. Ils vous donnent de l'amour et de la tendresse, et puis ils vous les retirent quand ils sont lassés de vous. Mais il y a des choses qu'on ne peut jamais vous retirer.

— Je ne comprends pas ce que vous voulez dire.

— Les enfants, murmura Imperia. J'ai eu six filles. Elles sont toutes mortes, maintenant. Quatre sont mortes avant d'avoir un an. Les deux autres, je les ai vendues... Mais oui ! J'ai vendu mes filles à un homme qui en a fait ses maîtresses. On croit qu'on ne tombera jamais aussi bas, qu'on ne sera jamais assez désespérée pour vendre sa chair et son sang, et pourtant...

Laura savait que c'était possible, car sa propre mère avait dû s'y résoudre. C'était l'une des raisons pour lesquelles elle avait choisi de ne jamais avoir d'enfants.

— Un jour, vous comprendrez. C'est comme une folie qui brûle en vous et vous dévore. L'envie d'accumuler les richesses, de vivre dans un luxe encore plus ostentatoire... Il y a autre chose que vos amants vous donneront avec le sourire : les maladies. Ce sera peut-être une maladie légère, mais elle vous empêchera d'avoir des enfants. Dans mon cas, cela aurait été une bénédiction. Mais j'ai attrapé la petite vérole. Regardez dans quel état je suis... Un cadavre ambulant qui pourrit lentement. Seigneur Jésus, délivrez-moi de cet enfer !

Les larmes de Laura coulaient sur ses joues.

— Madame, si je puis faire quelque chose pour soulager votre détresse...

— Allumez un cierge pour moi. (Imperia devenait plus faible ; elle semblait épuisée.) Réfléchissez bien au chemin que vous avez choisi, Laura... Laissez-moi, maintenant. Je suis lasse.

La jeune femme se leva. Sandro revint dans le dortoir. Sa cape tournoyait autour de lui alors qu'il s'avançait entre les lits. Ses bottes martelaient le sol en pierre.

Laura lui lança un regard plein de haine. De quel droit l'avait-il amenée ici, se servant de ces pauvres créatures pour lui faire entendre raison ? Il était l'homme le plus cruel, le plus cynique de toute la République.

— Nous devons partir, Imperia, dit-il.

— À la semaine prochaine, alors ?

— Bien sûr.

À la grande surprise de Laura, il se pencha vers la malade pour déposer un baiser sur sa joue. Ils quittèrent le dortoir et se retrouvèrent dans le foyer.

— Vous venez toutes les semaines ?

— Oui, dit-il en versant quelques pièces dans le tronc réservé aux offrandes.

— Mais pourquoi ?

— Parce que personne d'autre ne vient.

Elle le suivit dehors, au soleil. Elle respira profondément l'air humide et froid. Maudit soit-il ! À chaque fois qu'elle se convainquait qu'il était un goujat sans scrupules, Sandro la surprenait.

— Je comprends ce que vous essayez de faire, messire, et j'apprécie votre sollicitude. Mais vous ne me ferez pas changer d'avis.

— Bonté divine, est-ce qu'elle ne vous a pas impressionnée du tout ?

— Il me semble qu'elle a été une femme irréfléchie. Je ne finirai pas comme Imperia. Ma carrière de courtisane sera brève. Et Mme della Rubia est inflexible dans le choix de ses clients.

— Ainsi, d'après vous, la *ruffiana* est une sainte, ironisa-t-il.

Agacée, Laura se détourna. Il lui saisit brutalement le bras et la força à le regarder.

— Dieu, comme vous êtes obstinée ! Très bien, imaginons que le sort d'Imperia vous soit épargné. Votre corps restera peut-être en bonne santé, mais qu'en sera-t-il de votre cœur ?

— Moi au moins, j'en possède un ! rétorqua-t-elle.

— Un homme vous le brisera, Laura.

— Vous pouvez toujours essayer, le défia-t-elle.

Il rapprocha son visage du sien.

— Voulez-vous que j'essaie, Laura ?

Elle était pétrifiée, car il faisait allusion à quelque chose de plus profond que la passion physique.

— Non... je veux dire : oui ! Mais vous n'y parviendrez pas.

— Je réussis tout ce que j'entreprends, décréta-t-il avec arrogance.

Il l'attira dans un coin abrité, près de la porte d'entrée de l'hôpital. Il l'embrassa avec fougue et, en dépit des efforts de Laura, il parvint à lui arracher un gémissement de plaisir.

Il avait un talent dangereux pour abattre ses défenses, pour découvrir ses peurs les plus secrètes. Furieuse, elle le repoussa.

— Arrêtez !

Il sourit d'un air cruel.

— Vous ne voulez pas que j'arrête.

— Ne soyez pas absurde, rétorqua-t-elle. Vous ne pouvez pas m'utiliser. Vous ne pouvez pas vous servir de moi pour retrouver votre jeunesse perdue, ni pour vous racheter d'avoir manqué à votre épouse, ni pour vexer votre fils...

Un lourd silence tomba entre eux. Elle voyait le terrible désarroi de Sandro, et elle savait qu'elle avait atteint son but : elle l'avait fait souffrir.

— Vous avez gagné, Laura, murmura-t-il. J'ai appris il y a longtemps quand il faut se battre et quand il faut se retirer. Nous ferions mieux d'aller chacun notre chemin.

Deux jours plus tard, Sandro s'aperçut que les paroles de Laura lui faisaient encore mal. Alors qu'il contemplait les jeunes élégants qui se pavanaient sur le pont du Rialto, il ressentit le poids de son âge. Leurs visages étaient lisses et séduisants, tandis que le sien commençait à être marqué par les rides. Sous les chapeaux à plumes, leurs chevelures brillaient au soleil, alors que la sienne était striée de gris.

L'air sombre, Sandro se fraya un chemin parmi les fêtards en costumes bariolés. On était la veille du mercredi des Cendres. La dernière occasion pour s'abandonner à la luxure avant les quarante jours d'austérité du carême.

Ce soir, Mme della Rubia donnait son bal masqué. Ce soir, Laura accepterait la présence d'un inconnu dans son lit.

Des griffes d'acier lui enserraient le cœur. Pourquoi s'en faisait-il ? À dix-huit ans, Laura avait largement dépassé l'âge auquel les jeunes filles se mariaient, entraient au couvent, ou s'adonnaient à la prostitution. Elle était une jeune femme d'une rare indépendance d'esprit.

Elle était belle, vulnérable et ensorcelante...

« Ça suffit ! » se dit-il. Elle le prenait pour un vieil idiot. Ne l'avait-elle pas clairement dit ? Elle était née pour être courtisane. Sa virginité était probablement un mensonge concocté par Mme della Rubia. Les courtisanes de Venise avaient toujours été habiles pour se réinventer une vertu.

Mais pas Laura, lui murmura une petite voix.

De la savoir mise aux enchères comme un morceau de viande le déchirait. Il se força à penser à son enquête : Vincente la Bocca n'avait pas encore repris connaissance. Il délirait de fièvre. Il n'avait pas prononcé un mot cohérent depuis l'incident. On n'avait rien trouvé de suspicieux dans les activités des dignitaires sur la liste du doge. Et puis, il y avait le problème de Marc Antonio...

Une nouvelle détresse comprima la poitrine de Sandro. Chaque jour qui passait l'éloignait un peu plus de son fils. Il était devenu cachottier. Le matin même, lorsque Sandro était revenu chez lui, il l'avait trouvé avec une trentaine de ses amis, et ils s'étaient tus en le voyant. Certains avaient rougi comme s'ils étaient gênés. D'autres avaient fui son regard.

Sandro se sentait fatigué et perturbé. Il se dirigea vers la place Saint-Marc. La fête battait son plein. Des bateleurs distrayaient la foule par leurs pitreries. Les quais qui longeaient le palais des Doges étaient encombrés de gondoles et de barques décorées de soies brillantes. Des acrobates masqués tourbillonnaient sous les arcades.

Et partout on croisait des Seigneurs de la Nuit, constata Sandro avec satisfaction. Il avait donné des consignes de vigilance à ses hommes, car les fêtes avant le carême provoquaient souvent des pillages et des bagarres.

Une petite armée de policiers surveillait la maison de Mme della Rubia.

Il emprunta une ruelle et s'arrêta devant une porte bleue. L'une de ses maîtresses habitait là, mais il avait oublié son nom. Ah, oui... Barbara. Elle avait des mains douces et une voix caressante. Elle était soumise et disponible.

Quelque chose l'empêcha d'entrer chez elle. « Ton devoir », pensa-t-il. Il ne pouvait délaisser Venise pendant la nuit la plus sauvage de l'année.

— Bon sang, ta droiture m'écœure ! s'exclama une voix derrière lui.

Sandro se retrouva face à deux hommes déguisés. L'un était grand et mince. Vêtu comme un satyre, il s'était même fait confectionner des cornes qu'il portait sur le front. L'autre, plus gros, arborait un masque grimaçant de Bacchus.

— Nous te cherchions, *divinissimo*, dit Bacchus.

— Tu m'as trouvé, Pietro, répondit Sandro, agacé. Le maître et toi n'avez-vous pas une foule de péchés à réaliser au plus vite ?

— Nous espérions vous convaincre de les commettre avec nous, dit Titien, lissant sa barbe qui pointait sous son masque.

— Je travaille, décréta Sandro.

— Tu as mis tous les *zaffi* sur le pied de guerre, s'amusa Pietro Aretino. Ils doivent pouvoir maîtriser la situation pendant quelques heures en ton absence.

— Non.

Titien soupira. Il échangea un regard complice avec le poète.

— Il l'aura voulu, dit-il.

Les deux hommes se placèrent derrière Sandro. Pestant à mi-voix, celui-ci comprit qu'il allait être victime d'une vieille tradition vénitienne. Lorsque, le jour du Mardi gras, les fêtards croisaient un trouble-fête, ils le suivaient pas à pas, imitant le moindre de ses gestes, jusqu'à ce que le rabat-joie se laisse fléchir et leur offre une tournée.

Furieux, Sandro mit les mains sur les hanches et les regarda par-dessus son épaule. Titien et l'Arétin mirent les mains sur leurs hanches et regardèrent par-dessus leur épaule.

— Il y a des gens qui ne grandissent jamais, lança Sandro.

— Que Dieu nous en préserve ! répliqua l'Arétin.

Sandro décida que le meilleur moyen de s'en débarrasser serait de les inviter à boire un verre. Se sentant ridicule, il descendit la ruelle en direction d'une taverne. Derrière lui, imitant ses pas agacés, les deux hommes riaient comme des collégiens.

Dans l'échoppe sombre, Sandro trouva une table libre et commanda un pichet de vin. Titien et Pietro retirèrent leurs masques.

L'Arétin leva son gobelet.

— À la vie ! Pour nous, la vie nous suffit !

— La vie nous suffit, répéta Titien, moins exubérant que son ami.

Sandro vit passer l'ombre de la tristesse sur le visage de l'artiste. Titien avait adoré sa femme, et son décès, quelques années auparavant, le peinait encore. Sandro se demanda ce que l'on éprouvait lorsqu'on perdait une épouse aimée…

— Alors ? gronda l'Arétin en lui donnant un coup de coude.

— La vie… suffit, déclara Sandro d'un air résigné en levant son gobelet.

Il trempa à peine ses lèvres. Aussitôt, l'Arétin proposa un nouveau toast.

— À notre chère Laura, dit-il, fixant ses yeux sans pitié sur Sandro. Qu'elle soit couverte d'or ! Tu sais qu'elle fait ses débuts, ce soir ?

Sandro resta silencieux.

— À sa santé, mon vieil ami, insista l'Arétin. Tu ne lui souhaites pas le bonheur ?

Sandro perdit la maîtrise de ses nerfs. Il reposa le gobelet d'un geste brusque.

— Non ! Je ne lui souhaite pas le bonheur, et tu le sais très bien. Je préférerais qu'elle renonce à devenir une courtisane.

— Mais elle sera une merveilleuse courtisane. Elle vaut mille fois mieux que ces filles de Rome, Tullia et Veronica Franco.

— Je me demande qui va la remporter pour la *nozze solenne*, fit Titien, songeur.

— Je me demande surtout combien cette fantaisie coûtera au gagnant ! Et toi, *onnipotente*, ça ne t'intrigue pas ?

— Pas le moins du monde, répliqua Sandro, agacé par le titre ironique dont le gratifiait l'Arétin.

— Tu es un piètre menteur. On voit bien que cette histoire te déchire. Il n'y a qu'un remède à ce problème, conclut-il en claquant une main sur sa cuisse.

— Tu as raison, allons-y, ajouta Titien en ajustant son masque de satyre.

— Où cela ? demanda Sandro, ce qui provoqua l'hilarité des deux compères.

— Comme si tu ne le savais pas ! se moqua l'Arétin en l'obligeant à se lever.

8

Dissimulée à la vue de tous derrière un paravent en soie, Laura observait la salle d'apparat où se déroulait le bal masqué. Des milliers de chandelles éclairaient la pièce scintillante. Des invités déguisés et des courtisanes dansaient la *rosina*, tournoyant au son joyeux des flûtes et des harpes. Entre deux danses, Florio chantait des complaintes d'amants malheureux, sa magnifique voix de ténor frémissant de tristesse.

En reine de Saba, Yasmina était d'une beauté presque intimidante. Elle se plaça devant le paravent, tournant le dos à son amie.

— Est-ce qu'on s'amuse ? murmura-t-elle.

Laura frotta ses bras nus.

— J'ai froid. Ce costume est ridicule.

— Les hommes adorent ce qui est ridicule... Dis-moi la vérité. Est-ce que ça va aller ?

Laura réfléchit avant de répondre. Elle avait survécu à une vie austère comme pensionnaire sans dot du couvent. Elle avait résisté aux avances d'un prêtre pervers. Elle s'était jetée à corps perdu dans sa carrière d'artiste. Elle s'apprêtait à mettre aux enchères ce qu'elle avait de plus intime, pour son art et son indépendance.

— Tout ira bien, Yasmina.

— Tu ne sembles pas très sûre de toi, mon amie.

Votre corps restera peut-être en bonne santé, mais qu'en sera-t-il de votre cœur ? Les paroles de Sandro résonnaient encore aux oreilles de Laura.

Elle le maudissait parce qu'il avait distillé des doutes dans son esprit... et parce qu'elle aurait aimé qu'il fût parmi les fêtards, prêt à dépenser une fortune pour la posséder...

Afin de se distraire, elle pensa à ses peintures. Bientôt, elle les soumettrait à l'Académie. Ses toiles étaient réussies. Mais suffiraient-elles à convaincre les juges ?

Yasmina observait la salle.

— Nous avons des invités de toutes les maisons patriciennes de Venise.

— Je ne les reconnais pas les uns des autres, bougonna Laura.

Le paravent de soie donnait à la scène un caractère irréel.

— Ils ne veulent pas être reconnus, précisa Yasmina. Les seigneurs de Venise protègent leur réputation… Pourtant, celui-là est un nonce apostolique, dit-elle en indiquant un homme déguisé en César. Tu vois son anneau ?

— Un ecclésiastique indifférent à ses vœux de chasteté ? Charmant ! murmura Laura.

Elle étudia un jeune homme affublé d'une tunique en perles de verre. Il discutait avec une créature déguisée en une sorte de serpent aux écailles rouge vif.

— Et ça, qu'est-ce que c'est ? demanda-t-elle.

— On dirait un poisson. Un hareng, peut-être ?

Laura avisa un invité déguisé en Vulcain, le dieu du Feu. Ses immenses épaules nues et son assurance lui rappelaient Sandro.

Agacée par la tournure que prenaient ses pensées, elle essaya de deviner l'identité de l'homme caché sous le masque de Priape, le dieu de la Fécondité. Entouré de ses amis, l'homme était élancé et athlétique, et il dansait non sans grâce. Comme Vulcain, Laura croyait le reconnaître…

Les costumes des *zaffi* que Sandro Cavalli avait assignés à la protection de la maison close étaient ridicules à côté des tenues chamarrées des danseurs.

Les policiers s'étaient contentés d'attacher des loups autour de leurs visages, et des serpentins à leurs épées.

— Jamal n'arrive pas à se dissimuler derrière son costume, dit Laura en le regardant inscrire quelques mots sur son ardoise avant de les montrer à Mme della Rubia.

— C'est vrai, mais son costume n'est-il pas magnifique ?

Jamal s'était déguisé en génie. Il portait un turban, des gants brodés, des pantalons larges en soie rose, et une courte veste rouge qui soulignait son torse et ses bras puissants. Yasmina poussa un soupir, et Laura sourit. Son amie était tombée amoureuse et ne cherchait plus à le nier.

Laura continua à détailler les hommes de la fête. Ils lui semblaient tous menaçants, même le charmant dieu Pan. À la fin de la soirée, elle appartiendrait à l'un d'entre eux...

Soudain, il y eut un remous près de la porte d'entrée.

— Regarde qui vient d'arriver, murmura-t-elle, effrayée.

Yasmina se raidit.

— Le Suédois ! siffla-t-elle, les dents serrées.

Laura frémit de compassion pour la belle Yasmina, car celle-ci était la favorite du géant. Thorvald était l'un des marchands les plus fortunés et les plus dangereux. Deux fois par an, il se rendait à Venise pour ses affaires. Chacun de ses séjours laissait une marque indélébile sur la ville.

Thorvald était habillé comme ses ancêtres vikings, d'une tunique de fer, de peaux de bêtes et d'un casque à cornes. Bâti comme un ours, il portait une jupe courte de métal qui découvrait ses jambes puissantes.

Les liens de ses sandales s'entrelaçaient jusqu'aux genoux.

Il était recouvert d'une toison de poils blonds. Sa tête avait la taille de celle d'un taureau, et son visage rougeaud était taillé à la serpe.

Accompagné de deux serviteurs de corpulence normale, qui ressemblaient pourtant à des enfants à ses côtés, le Viking fendit la foule des invités qui s'écartèrent sur son passage. Chacun de ses pas résonnait sur le sol.

« Pas lui, Seigneur ! Pas lui, je vous en supplie ! » pria Laura.

Le Suédois mit les poings sur les hanches. Il rejeta la tête en arrière et cria :

— Yasmina !

— Vite, cache-toi derrière le paravent avec moi ! appela Laura.

Mais l'Orientale demeurait pétrifiée. Laura était désolée pour son amie. La dernière fois que Thorvald lui avait rendu visite, la malheureuse jeune femme était restée alitée une semaine après son départ.

— Ah, te voilà ! rugit-il. Tonnerre des dieux, tu m'as manqué !

Il se dirigea vers elle.

Une rumeur de stupéfaction parcourut la foule quand Jamal s'interposa entre Thorvald et Yasmina. Le cœur de Laura fit un bond dans sa poitrine. Il n'était pas de taille à lutter contre le Suédois ! Même s'il possédait une force remarquable, Thorvald le dépassait d'une demi-tête et il était deux fois plus lourd.

— Hors de mon chemin, misérable vermine ! hurla Thorvald. Quelqu'un devrait t'émasculer et te donner à manger aux poissons !

Jamal ne bougea pas d'un pouce. Il fit jouer les muscles de ses bras. Laura ne voyait pas son visage, mais elle devinait qu'il était d'une détermination inflexible.

Yasmina lui murmura quelques paroles en arabe. Laura comprit qu'elle le suppliait de s'en aller. Calmement, Jamal retira l'un de ses gants et le jeta aux pieds de Thorvald.

Le Suédois leva ses bras immenses, rejeta la tête en arrière et se frappa la poitrine avec ses poings.

— Oui ! Un combat avant de posséder cette femme !

Mme della Rubia se précipita vers les deux hommes et posa une main sur le bras du Suédois.

— Très cher monsieur, je ne peux pas permettre qu'on se batte dans mon établissement. Cette soirée doit rester un moment de fête. Je suis désolée, mais ce monsieur a déjà acheté la compagnie de Yasmina pour la nuit, ajouta-t-elle en indiquant Jamal de la tête.

— Il m'a défié ! gronda Thorvald, qui semblait aussi déçu qu'un garnement privé de dessert.

— Monsieur, vous ne pouvez pas...

— Qu'ils se battent, madame ! cria quelqu'un parmi la foule. Le carême commence demain. Nous aurons quarante jours pour nous ennuyer en respectant la paix du Seigneur.

— Qu'ils se battent ! reprit-on en chœur dans la pièce.

Laura se mordit la lèvre. Elle était furieuse. Puisque Sandro Cavalli était chargé de maintenir l'ordre, où donc était-il passé ? Elle espérait que l'un de ses hommes aurait l'intelligence de le prévenir, mais les *zaffi* éberlués se contentaient de dévisager les deux adversaires.

— Très bien, concéda Mme della Rubia. Vous pouvez vous battre, mais ce sera au bras de fer. Le gagnant remportera Yasmina pour la nuit. Le perdant réglera la note.

— C'est d'accord ! hurla Thorvald.

Aussitôt, des serviteurs apportèrent une table ronde et deux tabourets. Thorvald ne manquerait pas de casser le bras de Jamal, mais au moins celui-ci aurait la vie sauve. Quelques os brisés étaient un prix raisonnable à payer pour s'être montré d'une galanterie stupide.

Dans son alcôve abritée, Laura avait une vue imprenable sur les deux opposants. Ils s'assirent l'un en face de l'autre.

Leurs deux bras, l'un d'ébène brillante et l'autre d'une pâleur dorée, offraient un contraste saisissant.

Le nonce apostolique fut désigné comme arbitre.

— Vos mains gauches derrière le dos, ordonna-t-il.

Jamal obéit. Thorvald sembla désorienté.

— Voici votre main gauche, messire, indiqua l'arbitre avant de lever la main. Prêts… commencez !

Il abaissa le bras. La lutte était engagée.

Thorvald sourit. Il s'attendait à une victoire facile. Mais quelques secondes plus tard, son visage se crispa. Jamal lui tenait tête.

Yasmina murmurait des prières dans sa langue.

La surprise de Thorvald se mua en détermination enragée. Il allait écraser ce vermisseau !

Les muscles tendus à leur maximum, les deux adversaires grinçaient des dents. Leurs bras tremblaient, mais ni l'un ni l'autre ne s'avouait vaincu. Thorvald poussa un juron. Jamal était quasiment immobile. Ses yeux fixaient un point invisible. On aurait dit une statue.

La foule poussait des cris pour les encourager. On prenait des paris.

Les yeux de Thorvald brillèrent de malice alors qu'il puisait dans ses dernières forces. Les mains commencèrent à s'incliner.

Yasmina avait les larmes aux yeux. La foule s'apaisa, attendant le dénouement inévitable.

Laura aurait aimé pouvoir dire à Jamal que le Suédois avait un talon d'Achille. Thorvald était bâti comme une montagne de granit, mais il en avait aussi l'intelligence. Sa stupidité bestiale pouvait se retourner contre lui.

La main de Jamal n'était qu'à quelques centimètres de la table. Pourtant, son regard brûlait encore d'espoir.

Laura respira profondément, puis murmura à travers l'écran de soie :

— Messire Thorvald !

La tête du Suédois se redressa si vite que son casque roula par terre. Il cherchait à comprendre d'où venait la voix.

— Attention, messire. Derrière vous ! ajouta-t-elle.

Le Viking se retourna.

Aussitôt, Jamal reprit l'avantage. Il cloua le bras de Thorvald sur la table. Le mouvement avait été si rapide, si violent, que tout le corps du Suédois se trouva entraîné.

Il poussa un hurlement en tombant du tabouret, s'écrasa au sol et perdit connaissance.

Mme della Rubia fut la première à reprendre ses esprits. Elle sortit un flacon de son corsage, versa quelques gouttes sur un mouchoir en dentelle et l'agita sous les narines du Suédois. Il toussa.

Mme della Rubia se pencha vers lui.

— Messire, vous me devez trente *scudi*...

Yasmina et Jamal s'enlacèrent. Il la souleva dans ses bras et se dirigea vers l'escalier, au milieu des applaudissements. Laura aperçut le visage rayonnant de son amie.

— Ah, Yasmina, soupira-t-elle, en souriant à travers ses larmes de joie. Tu as rompu ta promesse et tu es tombée amoureuse...

Thorvald accepta un pichet de vin qu'il vida d'un trait. Rouspétant contre la voix du fantôme qui avait perturbé le combat, il s'endormit par terre.

De nouveaux invités affluèrent dans le salon, et Laura comprit que l'heure de son entrée approchait.

Au même instant, Titien fit son apparition. Elle reconnut le masque de satyre, que le maître lui avait fait admirer quelques heures auparavant. L'imposant Bacchus qui lui emboîtait le pas était certainement l'Arétin.

Un troisième homme les accompagnait. Il était habillé d'une tunique blanche et d'un masque d'or, avec sur la tête le casque ailé du dieu Mars.

Laura songea qu'il s'agissait de Sansovino, car le sculpteur se trouvait souvent en compagnie de ses deux meilleurs amis. Ce trio était si célèbre qu'on l'avait surnommé le Triumvirat.

La jeune fille sentit son ventre se nouer. Elle était déguisée en Vénus, qui avait pris Mars pour amant...

— Nous sommes arrivés trop tard, grommela Sandro, la voix déformée par son masque.

Il avait insisté pour porter un déguisement qui le couvrait des pieds à la tête, car il voulait à tout prix éviter d'être reconnu. Le Seigneur de la Nuit ne pouvait pas se permettre d'être remarqué dans une maison close.

— Ne sois pas ridicule, dit l'Arétin. La fête ne fait que commencer. Ah, Venise... soupira-t-il. Rien ne vaut une soirée dans la Sérénissime, excepté peut-être une nuit passée dans les bras d'une femme magnifique.

Avec un regard agacé pour le poète, Sandro enjamba le corps du Viking, nullement étonné de trouver un homme endormi au milieu de la salle. Pendant le carnaval, on ne s'étonnait jamais de rien.

Pas même de la mise aux enchères d'une jeune fille...

Il saisit un verre sur le plateau d'un domestique et le vida d'un coup, en soulevant légèrement son masque. Où était-elle ?

— Patience, mon vieil ami, murmura l'Arétin qui devinait son agitation.

L'idée d'acheter une femme dégoûtait Sandro. Il se sentait humilié d'être présent dans cette salle. Cela bafouait tous ses principes.

Il se consola en se disant qu'il avait l'intention de remporter les enchères, afin de préserver la vertu de Laura, et de lui faire comprendre qu'elle se trompait.

Ignorant les œillades d'une courtisane vêtue comme une sirène, il s'efforça de rester calme. Il se sentait ridicule dans la tunique blanche qu'il avait empruntée à Titien. Autour de la taille, il portait une épaisse ceinture cloutée. La pointe de son vieux sabre romain frôlait le sol. Pour l'instant, personne ne l'avait reconnu, pas même ses propres hommes.

Il croyait deviner l'identité de quelques-uns des hommes présents, mais les Vénitiens adoraient se travestir et étaient passés maîtres dans l'art du déguisement.

Des jeunes gens déguisés en bouffons, en troubadours et en héros mythiques riaient aux éclats. Jupiter, avec son casque semé d'éclairs, buvait sans discontinuer. À côté de lui se tenait un Priape élancé. Romulus et Remus, en peaux de bêtes, batifolaient avec deux courtisanes.

Il se dit que son fils se trouvait probablement parmi les fêtards, puisque c'était le bal masqué le plus célèbre de Venise. Cette idée dérangeait Sandro, car Laura avait éconduit Marc Antonio, et le jeune homme voudrait certainement assister à la vente de son innocence...

Installés dans la galerie qui surplombait la salle, les musiciens firent sonner leurs trompettes. On cessa de danser, et la foule s'écarta pour dégager un passage jusqu'à un dais, sous lequel se trouvait un divan de brocart d'or en forme de coquillage.

Quatre valets entrèrent par une porte dérobée. Leurs livrées étaient extravagantes, mais Sandro n'y prêta pas attention tant il était fasciné. La litière qu'ils portaient était peinte à la feuille d'or et entourée d'un nuage de tulle argenté. Les musiciens entamèrent une marche solennelle, tandis que les serviteurs avançaient vers le dais.

Mme della Rubia prit la parole. Elle vanta les mérites de sa maison, le raffinement de ses courtisanes, l'élégance de ses clients. Elle expliqua qu'elle avait rencontré une jeune fille qui sortait du couvent, et dont les poètes célébreraient bientôt l'extraordinaire beauté.

— Mes chers amis et clients, je vous présente *madonna* Laura Bandello.

Alors qu'on écartait le nuage de tulle, la foule retint son souffle. La jeune fille apparut.

Sandro était abasourdi. Il n'avait jamais vu Laura ainsi, même pas dans l'atelier de Titien. Elle portait une tunique presque transparente, retenue sur une épaule par un fermoir en or. Un diadème de pierres précieuses maintenait ses boucles noires. Son bras mince et nu était recouvert de bracelets.

Vénus, la déesse de la Beauté et de l'Amour...

On emporta la litière. Laura resta seule sous le dais. Pour une fois, elle ne bougeait pas. Son immobilité donnait l'illusion d'un portrait figé, une déesse sensuelle illuminée par les lueurs fragiles des bougies.

Puis elle s'allongea sur le divan. Ses admirateurs poussèrent un soupir d'envie. Sa tenue vaporeuse épousa les formes de son corps, soulignant ses seins, la courbe de ses hanches.

Laura restait impassible, comme résignée. À quoi diable pensait-elle ? songea Sandro. Quelles réflexions traversaient l'esprit d'une femme sur le point de passer sa première nuit avec un inconnu ?

En dépit de tous ses efforts pour se contrôler, il ne put s'empêcher de s'imaginer baisant son épaule dénudée, à la peau aussi douce que celle d'un bébé. Il pensa à ses seins bougeant sous l'étoffe, à la mystérieuse féminité qu'on devinait sous le costume...

Sandro Cavalli s'était toujours flatté d'avoir une volonté d'airain et d'exercer sur lui-même une rigoureuse discipline. Or, ce soir-là, il désirait cette femme de toutes les fibres de son corps. Elle l'avait ensorcelé, comme elle avait ensorcelé tous les hommes présents.

Il effleura les ducats qui remplissaient la bourse accrochée à sa ceinture. Les pièces avaient été peintes de couleurs vives pour l'occasion. Pour remporter Laura, il était disposé à payer n'importe quel prix.

Les offres commencèrent. Les hommes vinrent empiler les ducats au pied du dais. Mme della Rubia regardait les offres monter avec un œil d'aigle.

Essayant de rester impavide, Laura était à la fois impressionnée et effrayée. Son corps était-il si précieux que des hommes soient prêts à dépenser une fortune pour passer la nuit avec elle ?

Elle avait peur. L'homme qui emporterait les enchères exigerait un divertissement à la hauteur de la somme qu'il aurait déboursée.

Elle chercha ses amis des yeux. L'Arétin leva son pouce pour l'encourager. Portia, vêtue comme le Printemps, agita son éventail. Fiammetta, déguisée en Méduse avec une perruque faite de serpents en fer, lui envoya un baiser. Les autres personnes étaient des inconnus.

Le cliquetis des pièces d'or résonnait comme le tonnerre à ses oreilles. L'une des piles les plus importantes appartenait à l'homme déguisé en Priape. Le masque grimaçant lui recouvrait entièrement le visage. On ne pouvait même pas deviner la couleur de ses yeux à travers les fentes étroites.

Laura se méfiait d'un homme qui n'hésitait pas à se déguiser en pervers. À son grand soulagement, chaque fois que Priape rajoutait des pièces colorées, la somme était surpassée par l'homme habillé en Mars. Laura était persuadée qu'il s'agissait de Sansovino, l'un de ses amis. Aussi réputé pour sa courtoisie que pour ses talents de sculpteur, Jacopo Sansovino ne lui ferait aucun mal.

Il semblait mal à l'aise, comme si cette soirée lui déplaisait. Le malheureux hésitait probablement à se séparer d'une aussi grosse somme. Laura lui était reconnaissante de ne pas laisser l'immonde Priape remporter la partie. Elle était aussi heureuse que les enchères montent. L'expression avide sur le visage de Mme della Rubia la rassurait. Bientôt, Laura serait libérée de ses dettes. Après ce soir, elle n'aurait plus jamais à vendre son corps.

Sandro Cavalli serait satisfait, lui qui avait essayé de la faire changer d'avis.

À moins qu'il ne lui pardonne jamais. Il accordait tant d'importance à son code de l'honneur qu'il suffisait de faillir une fois pour être rejeté… Évidemment, il avait les moyens de rester honorable ! songea-t-elle avec dépit. Il ne savait pas ce que l'on ressentait quand on vous refusait votre désir le plus cher par manque d'argent. Il ignorait les difficultés d'une femme qui voulait réussir dans ce monde d'hommes.

Bientôt, il ne resta plus que deux prétendants, Priape et Mars.

Mme della Rubia avait conseillé à Laura d'ignorer les transactions, car les hommes n'aimaient pas les femmes vénales. Pour cacher sa nervosité, elle baissa les yeux. Priape posa un ducat sur sa pile. Mars en ajouta deux sur la sienne. Priape l'imita.

Tellement de ducats ! songea la jeune femme. Christophe Colomb avait traversé l'Océan avec une somme moins importante.

Puis elle vit Mars hésiter, fouillant sa bourse en cuir. Il poussa un juron étouffé.

— Avez-vous dépensé toute votre fortune, messire ? s'enquit Mme della Rubia.

Les sommes étaient identiques. Avec un cri de triomphe, Priape ajouta un ultime ducat à sa pile.

— Elle est à moi !

Ses amis lui tapèrent dans le dos pour le féliciter.

Une voix grave retentit alors :

— Attendez !

Tous les regards se portèrent sur Mars. Il avança d'un pas et retira une chaîne en or qu'il portait autour du cou. Celle-ci retenait un immense rubis. Il posa la pierre précieuse sur la marche du dais. Le bijou byzantin était entouré d'onyx et de diamants étincelants.

Priape sursauta comme si on l'avait frappé.

— Ce bijou n'a pas de prix, murmura l'un des invités qui s'était approché pour mieux voir.

— Il vaut le double des deux piles d'or réunies, corrigea quelqu'un d'autre.

Hors de lui, Priape quitta la pièce, ses amis sur les talons.

Soulagée, Laura étudia l'homme déguisé en Mars. Sansovino n'avait pas les moyens de dépenser une somme aussi astronomique. Il devait avoir perdu la tête !

Puis les domestiques l'emportèrent sur la litière, vers la pièce où elle devait passer la nuit. Des femmes de chambre l'y attendaient. Elles l'aspergèrent de parfum, vérifièrent ses ongles, défirent ses sandales, relâchèrent ses cheveux qui lui tombèrent sur les épaules et dans le dos.

Laura donnait le change, riant aux plaisanteries douteuses des femmes de chambre, feignant de trouver amusant que les deux amants mythiques, Mars et Vénus, deviennent de vrais amants d'une nuit.

Elle se regarda dans un miroir. Ses joues étaient empourprées, ses yeux brillaient, ses lèvres étaient humides et rouges, car elle les avait mordillées toute la soirée.

Dans son cœur, elle se sentait glacée.

Les serviteurs la laissèrent seule. Sur la table, on avait dressé un festin de vin et de fruits. Un feu crépitait joyeusement dans la cheminée.

Tel un tigre dans sa cage, elle arpenta la chambre. Lorsqu'elle entendit le loquet se soulever, elle s'immobilisa.

Mars entra dans la pièce. Les flammes éclairaient le masque d'or et le casque ailé. Son ombre se dessinait sur le mur derrière lui. Laura eut l'impression d'être happée par ces ténèbres. Comme il demeurait silencieux, elle dit la première chose qui lui passa par la tête :

— Bienvenue, messire. Puis-je vous offrir du vin ? C'est une excellente cuvée.

Mars secoua la tête.

— Des fruits, alors ? Les dattes de Smyrne sont merveilleusement sucrées. Mme della Rubia a commandé ces oranges de Jaffa rien que pour...

— Je n'ai pas dépensé tout cet argent pour du vin et des fruits, dit une voix caverneuse.

— Je... je comprends. Que désirez-vous ? Voulez-vous jouer aux échecs ? Ou aux cartes ? J'ai moi-même peint les cartes et...

— C'est vous, Laura, que je désire. Et vous seule.

Il leva une main et retira le masque. Laura contempla le beau visage de Sandro Cavalli.

— Messire ! s'écria-t-elle.

— Ne feignez pas d'être aussi surprise, lança-t-il d'un ton amer. Vous m'avez invité à acheter vos faveurs.

— Oui, mais...

Elle bégayait. Elle avait chaud et froid ; elle se sentait maladroite. Et tellement soulagée !

— Vous ne fréquentez pas les maisons closes, reprit-elle.

— Pour vous, j'ai fait une exception.

— Pourquoi ?

Les mains sur les hanches, il la détailla comme un marchand étudie une étoffe.

— Drôle de question. Quand un homme se paye une prostituée, on se demande rarement pourquoi. La raison est évidente.

Laura se sentit humiliée.

— Mais ce n'est pas bien. Nous nous connaissons, bredouilla-t-elle.

— Vous auriez préféré perdre votre virginité avec un inconnu ?

— Ce n'est pas ce que j'ai voulu dire...

— Cessons de discuter, et passons aux choses sérieuses.

Sans prévenir, il l'attira dans ses bras et l'embrassa. Son baiser était dur et exigeant. Sa langue explorait la bouche de Laura dans un rythme suggestif. La jeune femme était perdue. Elle était soulagée que ce fût Sandro. Elle était horrifiée que ce fût lui.

Elle essaya de se dégager. Il lui permit de reculer d'un pas. Il avait rougi. D'une main, il défit le fermoir sur l'épaule de Laura. La tunique blanche tomba à ses pieds.

Sandro avait la gorge nouée. Il avait envisagé une mauvaise plaisanterie, dans laquelle il jouerait le rôle du client libidineux, effrayant Laura jusqu'à ce qu'elle admette qu'elle avait eu tort.

Au lieu de cela, il se tenait devant elle comme un acteur de théâtre qui aurait oublié son texte. C'était lui qui avait tort. Il s'était cru assez impitoyable pour terroriser Laura Bandello.

Nue, sans aucune gêne, elle le regardait de ses grands yeux bleu-violet. Il était furieux qu'elle fût assez courageuse et sereine pour tolérer ses manières. Il aurait préféré qu'elle se mît en colère, qu'elle exigeât d'être traitée avec respect.

Mais elle semblait avoir compris qu'une courtisane ne pouvait espérer de gentillesse chez un homme qui avait dépensé une fortune pour l'acquérir.

La conscience de Sandro lui disait qu'il n'avait pas le droit de contempler sa nudité… Absurde ! rétorquait sa raison. Il avait versé l'équivalent d'une année de revenus pour ce privilège. Puisqu'il n'avait pas l'intention de jouer cette pièce sordide jusqu'à son dénouement, il pouvait au moins profiter du spectacle…

Elle était encore plus belle que dans l'atelier de Titien. Sa peau était nacrée comme des perles. Ses longues jambes se terminaient par des hanches gracieuses. Ses seins avec leurs mamelons roses étaient la perfection même. Ils tiendraient parfaitement dans la paume de sa main…

Il songea avec amertume que Laura était la courtisane idéale : une innocente d'une sensualité foudroyante. À rendre un homme fou.

— Quelque chose ne va pas ? murmura-t-elle.

— Tout va très bien, grogna-t-il.

— Si nous allions nous allonger ?

Sandro jeta un coup d'œil vers le lit à baldaquin. Les draps et les oreillers en satin blanc ressemblaient à des nuages.

— C'est là que vous déployez vos talents, n'est-ce pas ?

Elle semblait mortifiée. Sa lèvre inférieure tremblait.

— J'ai du talent pour peindre, messire… Vous avez acheté une vierge.

Sandro était venu lui prouver par tous les moyens qu'elle avait tort, or il mourait d'envie de la serrer dans ses bras, de la consoler, de lui murmurer des mots d'amour.

— Venez ici ! ordonna-t-il.

Elle se redressa. Il fut content de constater qu'elle était furieuse. Il pouvait tout supporter, mais pas de la voir malheureuse.

— Oui, messire, dit-elle en venant se placer devant lui.

— Plus près.

Elle avança d'un pas.

— Encore plus près, ajouta-t-il.

Elle était si proche qu'il respirait le jasmin dans ses cheveux. Il sentait la chaleur de son corps, il entendait sa respiration nerveuse. Une veine était apparue dans son cou. Il se retint d'y déposer un baiser.

— Embrassez-moi, ordonna-t-il.

— Je croyais que c'était au gentilhomme de prendre les initiatives.

— Ce gentilhomme a dépensé une fortune pour vous. Embrassez-moi maintenant, Laura, et prouvez-moi que vous méritez le prix que j'ai payé.

Elle rougit.

— Vous êtes supposé oublier que vous m'avez achetée.

Il eut un rire amer.

— C'est vrai. Mais je n'oublierai pas, Laura. Je ne pourrai pas l'oublier.

— Allez au diable, Sandro, murmura-t-elle.

Elle plaça les mains sur son torse, les fit glisser vers son cou, et cette caresse lui coupa le souffle. Ses mains se rejoignirent dans la nuque de Sandro. Elle leva son visage vers le sien. Elle humecta ses lèvres, puis, se dressant sur la pointe des pieds, approcha ses lèvres des siennes.

En dépit de la douceur du baiser, Sandro eut l'impression d'être frappé par la foudre. La langue de Laura jouait avec sa bouche. Elle l'ensorcelait, lui faisait tout oublier. Il l'entoura de ses bras, caressa son dos satiné.

Elle était Vénus incarnée, dangereuse et sensuelle. Elle était une sirène, le détournant du droit chemin. Il avait eu tort de la croire pure et innocente.

Puis il tressaillit. Des larmes coulaient sur les joues de Laura.

Il la repoussa comme si elle avait été un démon.

— Ne pleurez pas ! Je vous interdis de pleurer.

Elle essuya ses joues avec l'arrière de sa main.

— J'essaie, fit-elle.

— Vous mentez. Si vous espérez échapper à l'épreuve de ce soir en attisant ma sympathie, vous vous trompez.

— Une épreuve ? C'est ainsi que vous qualifiez notre nuit ensemble ?

— Vous saviez pertinemment qu'il vous faudrait vous donner à un homme.

— Mais je ne savais pas que cet homme serait vous.

Il eut l'impression d'avoir été giflé. Elle pleurait parce qu'elle devait se donner à Sandro Cavalli, un homme beaucoup plus âgé qu'elle, un vieux guerrier qui la dégoûtait.

— C'est l'un des désavantages d'être une catin. On ne choisit pas ses amants. Si un vieil homme veut coucher avec vous, vous n'avez pas d'autre choix que de vous soumettre.

— Je suppose que vous avez raison.

Elle marcha vers le lit. Donatello lui-même n'aurait pu sculpter des fesses plus parfaites. Elle s'allongea sur le satin blanc.

— Un autre désavantage, c'est que vous ne pouvez pas décider comment les choses vont se passer, ajouta-t-il en s'allongeant auprès d'elle.

— Que voulez-vous dire ? demanda-t-elle, les sourcils froncés.

Il puisa les mots cruels dans l'amertume de son cœur.

— Lorsqu'il se trouve avec une prostituée, un homme se sent libre de céder aux perversités de sa nature. Une femme honnête l'oblige à la traiter avec respect.

Laura frémit.

« Savez-vous combien c'est difficile de vous faire mal, Laura ? » songea-t-il.

Sans pitié, il se pencha et lui donna un baiser brutal qui la fit gémir. « C'est pour son bien », se consola-t-il. Après ce soir, elle ne vendrait plus jamais son corps à un inconnu.

Pourtant, bien que sa brutalité fût une mascarade pour faire comprendre à la jeune femme toute l'horreur de cette profession, Sandro sentit son désir s'éveiller.

Non pas lentement et de manière prévisible comme avec ses maîtresses, mais brusquement, tel un coup de tonnerre. Son cœur se mit à battre la chamade. Son pantalon devint trop étroit. Il respirait par à-coups. Il baissa la tête et se mit à sucer un mamelon. Laura était d'une douceur sucrée. Il avait envie de ralentir, de lui arracher des cris de plaisir. Mais ce soir, il n'était pas question de séduction. Il la mordit – pas trop fort, mais elle eut mal. Quand il lui écarta les jambes d'une main, elle n'offrit aucune résistance.

« Suppliez-moi d'arrêter, Laura. Ne m'obligez pas à vous faire encore plus mal... »

Elle ne supplia pas. Elle resta silencieuse. À sa manière, elle respectait le code d'honneur des courtisanes, qui décrétait qu'un client avait tous les droits.

Ce fut son courage et la compassion qu'elle suscita chez Sandro qui l'empêchèrent d'aller plus loin. Il ne pouvait pas s'y résoudre. Il ne pouvait pas la faire souffrir.

Il releva la tête et la regarda. Elle essayait de ne pas pleurer. Ses lèvres étaient gonflées, ses yeux brillaient.

— Laura...

Il voulut seulement déposer un baiser sur ses lèvres avant de lui expliquer ce qu'il avait tenté de lui prouver, mais soudain toute pensée disparut. Et il l'embrassa comme il avait rêvé de le faire.

Sa langue caressa sa lèvre inférieure. Elle soupira et son corps se détendit, comme si c'était le baiser qu'elle espérait.

Elle ne devait pas prendre son plaisir, pensa Sandro. Et lui non plus. Mais Laura était sur le point de tout lui faire oublier. Elle possédait un talent inquiétant pour le perturber. Son air vulnérable lui donnait envie de la chérir.

— Mon Dieu, Laura, murmura-t-il. Vous me déchirez ! Vous êtes si belle, trop belle…

Il caressa son corps avec amour.

— Vos lèvres enflamment mon âme, Laura. Vous me donnez envie de m'envoler avec vous vers des paradis de lumière. Vous me faites comprendre que je n'ai jamais rien désiré dans la vie, jusqu'à ce que je vous rencontre…

Elle tendit les bras vers lui. Sandro sentit quelque chose se rompre au plus profond de son cœur, laissant échapper des sentiments qu'il avait emprisonnés pendant des années…

On frappa à la porte. Comme dans un brouillard, il reconnut le signal : trois coups secs, un silence, suivi de deux coups. C'était Jamal.

Il entendit la voix de Yasmina. Visiblement, elle essayait de convaincre Jamal de les laisser tranquilles. Son secrétaire frappa pourtant une nouvelle fois.

Sauvé ! pensa Sandro, soulagé. Il recouvrit Laura avec le drap. Le fidèle Jamal venait de le préserver du pire des dangers : l'amour.

Il ouvrit la porte. Yasmina avait l'air en colère, et son compagnon semblait frustré.

Ce dernier fit signe à quelqu'un. Sandro reconnut l'un des hommes chargés de surveiller le *bravo* à l'hôpital.

— Messire, l'assassin a brièvement repris connaissance.

— Parfait, j'irai l'interroger demain.

— Pardonnez-moi, mais il y a eu un malheur. Il a été poignardé. Les médecins ne pensent pas qu'il survivra.

Furieux, Sandro ne lui demanda pas comment un meurtrier avait pu déjouer l'attention des gardes.

Il donna l'ordre qu'on l'attende en bas et claqua la porte.

— Je ne voulais pas qu'il meure, dit Laura, les larmes aux yeux.

— Ce n'est pas votre faute, marmonna-t-il en lui caressant la joue. Attendez-moi, Laura. Je reviens.

9

Des lampes à huile éclairaient le couloir de l'hôpital. Sandro se hâta vers le dortoir où reposait le *bravo* Vincente la Bocca.

Un médecin et son assistant, deux religieuses, un prêtre et un policier étaient regroupés autour du lit.

Le visage du bandit était livide. Le prêtre lui avait administré l'extrême-onction ; une trace d'huile luisait sur son front. Ses yeux ouverts fixaient le vide.

Sandro n'éprouva aucun élan de pitié. Non seulement la Bocca avait passé sa vie à commettre des crimes, mais il avait essayé par deux fois de tuer Laura.

Il s'accroupit près du lit.

— A-t-il parlé ? A-t-il donné un nom ou expliqué son geste ?

— Il délire, messire. Il a appelé sa mère.

— Tous les mourants appellent leur mère, ajouta le médecin en secouant la tête.

— Vincente, m'entendez-vous ? demanda Sandro en lui touchant l'épaule. (Le blessé cligna des yeux en signe d'acquiescement.) Pouvez-vous parler ?

La Bocca secoua la tête avec un gémissement rauque. Sandro se tourna vers le garde.

— Où étiez-vous quand il a été agressé ?

— C'est vraiment étrange, messire, bredouilla le policier. Conti et moi étions ici, sur ce banc. La Bocca venait de se réveiller et nous avons appelé le médecin. À peine une heure plus tard, j'ai remarqué une flaque de sang sous son lit.

Sandro vit la compresse sur le flanc du patient. Il demanda à voir la blessure. Le médecin retira le pansement imbibé de sang.

— La lame était fine... assez fine pour être dissimulée dans une manche ou une botte, conclut le Seigneur de la Nuit. Qui a rendu visite à cet homme depuis son réveil ? J'avais donné des ordres pour qu'on le laisse tranquille.

— Seulement les personnes habituelles, se défendit le garde. Les docteurs et les infirmières, des religieuses et des prêtres. Certains patients reçoivent la visite de leur famille, mais personne ne s'est présenté pour la Bocca.

Sandro se frotta la joue. Il se sentait vieux. Curieusement, il ne s'était pas senti vieux avec Laura dans ses bras...

— Je veux la liste de ceux qui sont venus à l'hôpital.

— Nous n'inscrivons pas ce genre de choses, messire, s'excusa le médecin. Cela n'a jamais été nécessaire.

Le blessé s'agita en essayant de parler. Le prêtre commença à réciter une prière. Les religieuses l'imitèrent.

— Silence ! ordonna Sandro, avant d'approcher son oreille des lèvres du mourant.

— ... pour la cause, mais je ne... je ne savais pas la folie... ou les autres...

Un dernier râle lui échappa. Le corps retomba, immobile. Sandro se dit qu'il était arrivé trop tard. Le bandit emportait ses secrets avec lui dans la tombe.

Il réfléchit aux paroles chuchotées : « … la cause… la folie… les autres… ». Ces mots lui semblaient obscurs. Instinctivement, Sandro était convaincu qu'il s'agissait d'un complot contre le doge. Mais il n'avait aucune preuve.

Il donna des instructions au médecin. Si quelqu'un venait voir la Bocca, il voulait être aussitôt informé.

Laura contemplait la dernière bougie qui se consumait depuis le départ de Sandro, égrenant des minutes interminables. Elle n'avait pas quitté le lit, dont elle connaissait chaque bosse. Visiblement, il n'avait pas été conçu pour le confort.

Personne n'était venu la déranger. On pensait probablement que le Seigneur de la Nuit était toujours avec elle.

Des bruits de la fête montaient du salon, et les éclats de rire renforçaient son sentiment de tristesse. Elle avait pleuré toutes les larmes de son corps. Rien ne s'était déroulé comme prévu.

Désormais, elle se rendait compte qu'elle ne pourrait jamais être une courtisane. Elle ne supporterait pas qu'un homme la touche d'une manière aussi intime, détienne un pouvoir aussi grand sur elle. Elle aurait dû écouter Sandro et la malheureuse Imperia. Elle aurait dû écouter son cœur qui réclamait l'amour et se rebellait contre toute autre chose.

La flamme de la bougie devint une petite lumière bleue, avant de s'éteindre complètement. Une vague de lassitude l'envahit. Fermant les yeux, elle s'endormit…

Un bruit la tira d'un rêve confus. L'esprit embrumé, elle se redressa. Elle entendit des pas dans la pénombre.

— Messire ? appela-t-elle.

Quelqu'un écarta les rideaux du lit. Une ombre se dressa devant elle. Brusquement, elle réalisa qu'elle désirait Sandro, même le temps d'une seule nuit. Elle lui ouvrit les bras.

Elle reçut un coup sur la tête, et on lui fourra un morceau de tissu dans la bouche. Puis elle fut repoussée brutalement sur les oreillers. Le bâillon étouffa son cri de terreur. Elle se débattit de toutes ses forces.

Que se passait-il ? Elle entendait des exclamations, des rires inquiétants. Des mains la retenaient. On lui ligota les poignets avec une corde. Elle secoua la tête de droite à gauche, jusqu'à ce qu'on lui écrase un oreiller sur le visage.

Laura comprit que la couleur de la terreur et de l'impuissance était noire. Un noir opaque, impénétrable.

Sandro se tenait devant la porte de la chambre où se trouvait Laura. Il écoutait les échos lointains de la musique et des rires. Jamal le quitta pour retourner auprès de Yasmina. Alors qu'ils revenaient vers la maison close, Jamal lui avait expliqué qu'il avait vaincu un géant pour gagner le droit de passer la nuit avec Yasmina. Incroyable, avait pensé Sandro. Après toutes ces années, son ami était tombé amoureux. Dommage qu'elle fût une courtisane...

Il ne commettrait pas la même erreur. Il avait l'intention de dire à Laura de quitter immédiatement ce lieu de perdition, et de la convaincre d'accepter son aide afin qu'elle se consacre à son art sans souci pécuniaire.

C'était une solution raisonnable. Mais au lieu d'être satisfait, Sandro se sentait attristé...

Il entra dans la chambre. Les bougies s'étaient éteintes. Une brise taquinait les rideaux de la fenêtre. Laura avait dû l'ouvrir, et il se demanda pourquoi, car la nuit était fraîche. Elle avait dû abuser de la boisson aussi, car on respirait des relents âcres. Il s'en voulut de l'avoir poussée à boire, pour oublier son attitude de brute.

Il s'arrêta au pied du lit, hésitant à la réveiller. Alors qu'il tendait la main vers les rideaux, il se promit de ne pas céder à la tentation de la séduire.

— Laura...

La lueur du feu qui s'éteignait dans l'âtre éclaira le lit vide.

Inquiet, Sandro sortit dans le couloir, empoigna une torche accrochée au mur, et revint fouiller la chambre.

Des draps avaient été abandonnés près de la fenêtre. Un verre de vin gisait renversé par terre.

Rapidement, il se rendit à l'évidence : on avait enlevé Laura contre son gré... On l'avait déjà agressée deux fois. Ses assaillants réussiraient-ils ce soir à la tuer ?

Il se rendit auprès de Mme della Rubia, puis il interrogea les invités dont le nombre avait beaucoup diminué. Personne n'avait vu la jeune femme.

Le cœur serré, il fit appeler Jamal et les *zaffi* qu'il avait postés dans la maison. Les policiers étaient nerveux, craignant les réprimandes de leur chef.

Sandro laissa parler sa colère, pestant contre la négligence de ses hommes, avant d'organiser les recherches.

Titien et l'Arétin, bien qu'ils eussent beaucoup bu, offrirent de l'aider.

— Quel criminel aurait pu l'enlever ? demanda Titien.

L'Arétin retira son masque de Bacchus. Il transpirait et son visage était empourpré.

— S'il s'agissait d'une autre courtisane, la situation serait piquante. Mais Laura… Qui était ce Priape qui rivalisait avec toi, Sandro ?

— Je ne sais pas.

— Vous ne savez pas ? ironisa Yasmina. Pourtant, vous le connaissez très bien. Après que vous avez emmené Laura, il a acheté les services d'une autre fille et il ne s'est pas montré très tendre avec elle.

— Bon sang, ne jouez pas avec moi ! s'exclama Sandro. Qui était-ce ?

— Votre fils, messire.

Votre fils… votre fils… votre fils…

Les mots résonnaient dans la tête de Sandro. Horrifié, il quitta la maison close avec Yasmina et une poignée d'hommes pour retourner chez lui.

Crénom ! Il aurait dû deviner le plan de Marc Antonio. Celui-ci avait récemment retiré une grosse somme d'argent, qui correspondait à ce qu'il avait offert pour Laura. Cet enlèvement était le geste désespéré d'un jeune homme égoïste et humilié.

Il ne pensait pas trouver son fils chez lui, mais il voulait interroger les domestiques. Ils se rassemblèrent devant lui, frottant leurs yeux ensommeillés.

— Je cherche messire Marc Antonio. L'avez-vous vu ?

Le cuisinier s'avança, lissant les pointes de ses longues moustaches.

— Il a ordonné qu'on prépare un festin pour le navire de la compagnie, messire.

— Un festin ? s'affola Sandro.

— Un festin pour trente et une personnes, messire.

Le sang de Sandro se figea dans ses veines. Il se rappela que Marc Antonio s'était récemment entretenu avec plusieurs dizaines de ses amis. En comptant Marc Antonio, cela devait faire trente et un. Le *trentuno* !

— Le *trentuno* ? murmura Laura d'une voix tremblante en contemplant, horrifiée, Marc Antonio Cavalli.

Il avait retiré son masque pour dévoiler son beau visage.

Elle tira sur les cordons de soie qui la maintenaient. Elle se trouvait debout sur le pont du navire, les bras en croix. La brise fraîche de la nuit soulevait sa robe. Des jeunes gens aux regards avides la cernaient, tels des prédateurs. Certains grignotaient des mets du festin, tous buvaient des rasades de vin.

Les eaux sombres de la lagune clapotaient contre la coque. Des torches se reflétaient dans l'eau calme. Au loin clignotaient les lumières de Venise.

— Le *trentuno* ? répéta-t-elle.

— Je suppose que vous savez ce dont il s'agit, *bellissima,* répliqua Marc Antonio, un sourire aux lèvres.

Ses amis riaient en se poussant du coude. Maintenant qu'ils s'étaient démasqués, elle en reconnaissait plusieurs. Ils étaient les héritiers des familles les plus illustres de la région. Titien avait peint leurs portraits. Certains étaient des clients de la maison close.

Des patriciens, des fils de la République, songea-t-elle. Cette pensée ne lui apporta aucun réconfort. Rien ne les poussait à traiter une courtisane avec respect. Sandro ne le lui avait-il pas rappelé, quelques heures auparavant ?

Marc Antonio lui releva le menton, la forçant à le regarder. D'apparence, c'était un homme séduisant, au sourire enjôleur, mais elle connaissait désormais l'âme corrompue que dissimulait cette façade.

— Répondez-moi, ma chérie. Comprenez-vous la tradition du *trentuno* ?

Laura ne la comprenait que trop bien, puisque Imperia lui en avait parlé. Mais elle espérait gagner du temps en feignant de l'ignorer. Elle avait mal à la tête, là où ils l'avaient frappée. Le bâillon lui avait desséché la gorge. Ils ne l'avaient retiré que lorsque le navire avait jeté l'ancre, dans un coin isolé de la lagune. Sous le pont, les rameurs se reposaient sur leurs bancs. La jeune femme se demanda s'ils lui viendraient en aide. Mais cet espoir était vain ! Marc Antonio leur avait procuré un tonneau de vin pour les faire patienter.

— Je n'ai jamais entendu parler de cette coutume, dit-elle, nerveuse.

— Dans ce cas, nous serons les premiers à vous la faire découvrir. L'un des impératifs de votre métier est de satisfaire les hommes, voyez-vous.

— Je suppose que je dois m'estimer privilégiée que des gentilshommes comme vous me l'expliquent, railla-t-elle.

Il lui caressa le bras. Elle frémit au contact de sa main froide.

— Comme elle est charmante... s'amusa Marc Antonio. Montre-lui le document, Adolfo.

Adolfo était l'héritier du duc d'Urbino. Contrairement à Marc Antonio, qui dissimulait sa perversité sous un sourire charmeur, Adolfo avait un visage féroce. Il se déplaçait avec la grâce mortelle d'un escrimeur. Son visage sombre se fendit d'un sourire alors qu'il dépliait un document.

— Nous en avons fait imprimer plusieurs pour les distribuer demain matin, dit-il. L'imprimeur Aldus s'est chargé du travail, car nous ne nous adressons qu'aux meilleurs artisans.

Laura tressaillit : elle avait découvert un homme mort chez Aldus.

Avant qu'elle eût le temps de réfléchir à cette révélation, il lui montra le parchemin. Si elle n'avait pas été attachée, elle serait tombée à genoux.

Le 16 février 1531, Laura Bandello a su satisfaire tout le monde.

Terrifiée, elle cacha sa peur de son mieux.

— Je ne comprends pas.

— Vous comprendrez très bientôt, *bellissima*, susurra Marc Antonio. Et tu regretteras de ne pas avoir accepté ma proposition, garce ! ajouta-t-il à son oreille.

— C'est dommage que Mars l'ait eue en premier, grommela un homme que Laura reconnut comme étant Tomaso, le fils du marquis de Mantoue.

— C'est mieux ainsi, le contredit l'un de ses compères. Nous n'aurons pas à nous battre pour la déflorer.

— Je me demande de qui il s'agissait, déclara Adolfo.

Marc Antonio pétrissait un sein à travers l'étoffe de la robe.

— Comment était-il, Laura ? Je sais que vous ne pouvez pas comparer… mais était-il doué ?

Leur attitude odieuse redonna de l'énergie à la jeune femme.

— Je vous assure qu'il était de loin supérieur à vous tous ! s'écria-t-elle.

Les jeunes gens éclatèrent de rire. Ils burent à sa santé en célébrant sa bravoure.

Marc Antonio leva la main pour la frapper, alors que Laura le défiait du regard. Adolfo arrêta le bras de son ami.

— Pas si vite, mon vieux. Ne l'épuise pas avant que nous ayons tous eu un peu de bon temps.

— Tu as raison, concéda Marc Antonio.

Quelques-uns des jeunes gens se jetèrent sur le festin de chapons rôtis, de saucisses de Bologne et de figues. Ils buvaient de plus en plus de vin. Certains tenaient à peine debout. Pour se donner du courage, pensa Laura avec mépris.

Puis apparut un autre homme, enjambant les assiettes de nourriture posées par terre. Il portait un écusson sur l'épaule aux armes de la maison d'Otrante. Contrairement à ses compagnons dépravés, ce jeune homme avait l'air d'un érudit.

— Pour la calmer, nous devrions peut-être lui donner un peu de ce vin au laudanum, proposa-t-il en montrant une flasque.

Marc Antonio étudia Laura longuement.

— Je ne pense pas, Giulio. Je veux qu'elle sente... tout.

Tandis qu'il attendait qu'on amène sa gondole au ponton, Sandro ne quittait pas des yeux les lumières tremblotantes qui marquaient l'emplacement de son navire. Seigneur ! Son propre navire !

La bile lui brûlait la gorge. Il savait que Marc Antonio n'était pas un homme honorable, mais il n'aurait jamais imaginé que son fils fût capable d'une telle bestialité.

Il avait honte. Où Marc Antonio avait-il appris à être aussi dépravé ? Comment Sandro avait-il pu le laisser faire ?

Dès que la gondole arriva, il sauta dans l'esquif. Guido Lombardo et Jamal le rejoignirent. D'un mouvement félin, Yasmina se glissa dans le bateau.

— Je viens avec vous, dit-elle.

— Pas question. Ce sera peut-être dangereux, rétorqua Sandro.

— Si ce que nous craignons est arrivé, Laura aura besoin de moi.

La gondole fila sur l'eau. Sandro imposa le silence, car il espérait surprendre les jeunes gens.

Il essaya de ne pas imaginer ce qui se passait sur le navire. Il se rappelait les cas de *trentuno* sur lesquels il avait enquêté. Une femme était morte après s'être vidée de son sang; d'autres s'étaient retirées dans des couvents. D'autres encore étaient devenues folles.

Comment réagirait Laura si, par malheur, il arrivait trop tard?

Il aurait voulu dire au gondolier d'accélérer, mais il n'osa rompre le silence. Ils étaient trop proches, et les voix portaient sur la mer. On entendait les rires gras des jeunes gens. Sandro était dévoré de colère et de crainte.

La gondole se faufila le long du navire. Lombardo l'arrima pour qu'elle reste collée à la coque du bateau. Sandro reconnaissait le rire de son fils. Il n'entendait pas Laura.

L'air déterminé, il prit son arme, agrippa le bastingage et se hissa à bord. Cela faisait des années qu'il n'avait pas effectué un sauvetage. Ce genre d'opération était réservé aux jeunes policiers. Il fut étonné par son agilité et par la légèreté de ses pas alors qu'il avançait sur le pont.

C'était inutile de se débattre, se disait Laura. En luttant, elle risquait d'être encore plus grièvement blessée.

Pourtant, elle ne pouvait s'empêcher de donner des coups de pied et d'essayer de mordre les visages qui venaient la narguer.

— Crénom de Dieu ! s'exclama Tomaso. Va-t-elle se tenir tranquille !

Des mains la saisirent et on immobilisa ses jambes.

— Je veux qu'on lui retire sa robe, ordonna Adolfo, à la grande joie de ses compères.

Il saisit le col de la robe et essaya de la déchirer.

— Bon sang, le tissu est aussi solide qu'une voile de bateau, grommela-t-il.

— Remonte-la ! conseilla un ami.

— Aïe ! Retenez cette furie ! insista Adolfo après qu'elle lui eut décoché un coup en pleine poitrine.

— Ça suffit, intervint soudain Marc Antonio, d'un ton nerveux.

— Quoi ? Mais on n'a même pas commencé !

— On en avait discuté, Adolfo. Je voulais seulement l'effrayer. Vous étiez tous d'accord ! Vous avez juré ! Je voulais seulement l'humilier.

— C'est ce que toi, tu voulais, mon ami. Ce que moi je veux, j'ai l'intention de le prendre dès maintenant.

Joignant le geste à la parole, Adolfo commença à délacer ses chausses.

— Doux Jésus... murmura Laura.

Elle faillit les supplier d'avoir pitié, mais elle savait qu'ils s'en amuseraient. Adolfo se tenait devant elle et d'autres s'alignaient à sa suite, attendant leur tour avec impatience. Un poignard apparut dans une main. La lame descendit vers la robe.

Laura prit son souffle pour hurler. La lame toucha l'étoffe...

— Arrêtez ! cria une voix furieuse.

Adolfo se retourna, tenant le poignard.

— Par le sang du Christ ! murmura Marc Antonio.

Les torches éclairaient la silhouette massive de Sandro Cavalli. Sa cape noire était gonflée par le vent, ses pieds bottés fermement plantés sur le pont. Il pointait une arme à feu sur le groupe de fêtards.

La jeune femme se mit à pleurer des larmes de soulagement.

— Écartez-vous d'elle, ordonna Sandro.

L'espace d'un instant, personne ne bougea. Puis le jeune d'Otrante s'approcha du bastingage. D'autres l'imitèrent.

— Poltrons ! hurla Adolfo. Prenez vos armes ! Il est tout seul. On l'aura jeté dans la lagune avant qu'il puisse tirer.

— Adolfo, c'est mon père ! siffla Marc Antonio, les mâchoires serrées.

— En effet, et ce n'est pas la première fois qu'il se mêle de nos affaires, rétorqua Adolfo. Venez avec moi si vous êtes de dignes fils de la République ! lança-t-il aux autres.

Quelques-uns dégainèrent leurs épées et leurs dagues. Ils semblaient hésiter, mais une poignée avança vers Sandro.

Laura s'attendait à ce qu'il recule, mais il leur jeta un regard méprisant.

— C'est vrai, vous pourriez tous m'attaquer et me tuer, mais j'ai l'intention d'emmener au moins l'un d'entre vous avec moi, conclut-il en ajustant l'arme à feu.

Le groupe hésita.

— Avancez ! ordonna Adolfo. Vous ne voyez pas qu'il bluffe ?

— Peut-être que oui, jeune chiot, mais peut-être que non, rusa Sandro. Il y a un seul moyen d'en avoir le cœur net. C'est une arme militaire. Les soldats allemands en sont très fiers. Ils prétendent qu'elle fait un trou de la taille d'un œuf dans le corps d'un homme.

— Bonté divine ! Aucune fille ne vaut ça, s'écria le fils Mantoue en jetant son arme.

Les autres l'imitèrent. Seul Adolfo continua à menacer le Seigneur de la Nuit.

— Allez-vous me forcer à tirer, messire d'Urbino ? s'enquit Sandro.

— Vous n'oseriez pas. Mon père vous ferait pendre sur la place publique.

— C'est vrai, mon cher, mais vous ne seriez pas en vie pour le voir, n'est-ce pas ?

Brusquement, Adolfo se plaça derrière Laura et la saisit par les cheveux. Il appuya la pointe du poignard sur son cou.

— Est-ce un jeu, messire ? Mais qui osera aller jusqu'au bout ?

Laura vit le visage de Sandro changer. La rage et la défaite passèrent sur son visage. Il allait abandonner parce que ce morveux la menaçait.

— Non ! hurla-t-elle, et elle heurta du pied la cheville d'Urbino.

Il poussa un cri de douleur et la lâcha. Avant qu'il pût se jeter à nouveau sur elle, une main lui saisit le poignet.

— Ça suffit, dit Marc Antonio.

Le fils du duc lui adressa un regard noir. Marc Antonio prit le poignard et le lança dans la lagune.

Adolfo émit un juron.

— Bien ! dit Sandro en rendant l'arme à feu à Guido Lombardo. Je dois vraiment apprendre à utiliser ces machins… (Il eut un sourire carnassier pour les coupables.) J'espère que vous ne voyez pas d'inconvénient à faire un peu d'exercice, messieurs ?

Même Laura frémit en voyant son regard glacial.

— Que voulez-vous faire, messire ? demanda Marc Antonio d'un air de défi.

— Ramer vous fera le plus grand bien, déclara Sandro.

Les jeunes aristocrates se rebellèrent un bref instant, avant de lui obéir à contrecœur. Jamal escorta Adolfo. Alors qu'ils s'approchaient de l'écoutille, Adolfo trébucha. Seule Laura le vit sortir un stylet de sa botte.

— Jamal, attention ! cria-t-elle.

Mais il ne put réagir assez vite. La lame mortelle remontait vers lui, quand une ombre se jeta sur le dos d'Adolfo.

— Yasmina ! s'écria Laura, effarée.

Elle s'agrippait comme un chat à sa proie. Elle mordit le bras d'Adolfo tout en essayant de lui arracher les yeux avec ses ongles. Il poussa un hurlement et lâcha le stylet. Le verre se brisa sur le pont, et le poison imbiba les planches de bois. Jamal l'assomma d'un coup de poing.

Une silhouette s'approcha de Laura. Instinctivement, elle se recroquevilla.

— Ne me faites pas mal, je vous en prie...

— C'est moi, murmura Sandro.

Elle savait bien qu'il était venu l'aider, mais elle ne pouvait s'empêcher de fuir son contact.

— Doucement, dit-il, la voix altérée sous le coup de l'émotion. Dieu merci, vous êtes saine et sauve...

Il tendit les mains vers elle. Une terreur irraisonnée l'envahit. Elle tremblait, l'air égaré.

— Restez tranquille, Laura. Personne ne vous fera plus jamais de mal.

Sans cesser de lui parler à voix basse pour la rassurer, Sandro trancha les liens et l'aida à se relever.

Puis, pour ne pas l'effaroucher, il recula d'un pas. La jeune femme se jeta en sanglotant dans ses bras.

10

Emmitouflée dans des couvertures de laine d'une infinie douceur, Laura était assise près d'une fenêtre dans la maison de Sandro. Elle regardait l'aube se lever. Une brume épaisse se faufilait le long des canaux et des ruelles. Les flèches des églises semblaient flotter sur les nuages. Des balayeurs de rue émergeaient du brouillard comme des fantômes. Quelques barges, chargées d'eau et de bois, glissaient sur le Grand Canal. Les cheminées exhalaient des volutes de fumée.

Laura appuya sa joue contre la pierre froide. À cette heure matinale, Venise faisait honneur à son nom de Sérénissime. La ville était sereine, telle une vieille dame élégante drapée dans un manteau de brume.

Laura avait envie de la dessiner, mais elle se retint. Dès qu'elle poserait le crayon sur le papier, son tumulte intérieur ferait irruption comme un volcan et transformerait l'aube tranquille en un ouragan de violence.

Elle frissonna et se retourna vers la chambre d'invités. Yasmina dormait à poings fermés. Laura n'avait pas encore fermé l'œil, tant elle redoutait les monstres qui viendraient hanter ses rêves...

C'est alors qu'elle entendit des éclats de voix. Le capitaine des Seigneurs de la Nuit avait pris son fils en flagrant délit. Le père et le fils n'en sortiraient pas indemnes. Laura n'avait aucune pitié pour Marc Antonio ; il méritait la fureur de son père. Mais elle avait de la peine pour Sandro. Comme il devait souffrir de savoir son fils capable d'une telle cruauté !

Prise d'une impulsion, elle enfila une robe en damas et courut pieds nus le long des couloirs de marbre froid, vers le bureau de Sandro. Il serait peut-être soulagé d'apprendre que Marc Antonio avait seulement voulu l'effrayer. C'était Adolfo le vrai monstre. Par ailleurs, elle devait l'avertir que ce dernier avait fait imprimer des documents chez Aldus.

Elle frappa à la porte et entra sans attendre de réponse. Les paumes appuyées sur sa table de travail, Sandro, l'air furibond, se penchait vers Marc Antonio. Les deux hommes étaient hagards, mal rasés, avec des cernes noirs sous les yeux. Sandro ressemblait à un homme meurtri.

— Messire, je dois vous parler d'hier soir, dit-elle sans regarder Marc Antonio.

— Ne devriez-vous pas être au lit ? rétorqua Sandro.

— Je ne pouvais pas dormir… Votre fils n'avait pas l'intention de me blesser, hier.

— C'est ce que je vous disais… intervint Marc Antonio, soulagé.

— Silence ! ordonna son père. Il prétend qu'il voulait seulement vous faire peur.

Elle acquiesça.

— C'est vrai… Quand les choses ont commencé à mal tourner, il a protesté.

— Vous voyez bien, père. J'ai agi avec les meilleures intentions du monde. Je voulais que Laura comprenne les dangers d'une vie de courtisane.

Sandro sembla surpris, et la jeune femme se demanda si les intentions de Marc Antonio avaient été aussi nobles. Puis elle se rappela sa sinistre menace : *Je veux qu'elle sente… tout.* Il avait voulu la punir pour l'avoir rejeté. Mais si ce mensonge pouvait soulager Sandro, elle était prête à se taire.

— Il a eu tort d'agir ainsi et il mérite votre réprobation, mais quant à… la chose…

— La chose ! rugit Sandro, les poings sur les hanches. Nous parlons d'un viol. Un viol brutal et sans merci. Vous en seriez peut-être morte. Malgré ses excuses, mon fils est responsable. Laura, il faut tous les traîner en justice, y compris ce vaurien. (Marc Antonio semblait furieux.) Il est impossible d'espérer une condamnation à mort pour des aristocrates, mais vous pourriez demander le bannissement. Quel que soit le verdict, Marc Antonio, tu vas immédiatement partir pour la Souabe afin de veiller à nos intérêts.

— Mais c'est à peine un pays civilisé ! protesta le jeune homme.

— Justement ! Tu y auras ta place.

— Et si je refuse ?

— Je te ligoterai moi-même pour te mettre sur le navire !

Marc Antonio parut se rapetisser sur sa chaise.

— Tu partiras ce soir, décréta Sandro. Va préparer tes affaires.

Son fils hésita, mais ne répondit pas. Il se leva et tourna les talons.

Alors qu'il passait auprès de Laura, il lui lança un regard menaçant qui la glaça d'effroi, mais elle resta impassible. Si elle montrait la moindre émotion, elle se désagrégerait comme une ancienne fresque.

Sandro avait dépensé une fortune pour acheter sa virginité, avant de l'effrayer par des étreintes sauvages. Mais celles-ci avaient cédé la place à une immense tendresse, à l'incroyable beauté de ses caresses, au nectar enivrant de ses baisers. Ses mains étaient devenues celles d'un amant séducteur. Si on ne les avait pas interrompus, elle se serait donnée à lui...

— ... les papiers nécessaires pour procéder aux arrestations, disait-il.

Tirée de sa rêverie, Laura rougit.

— Veuillez me pardonner, messire, je n'écoutais pas.

— Je disais qu'il faut rédiger les papiers afin d'arrêter vos agresseurs.

— Non ! s'écria-t-elle. Je ne vais pas les accuser.

— Mais ils ont essayé de vous faire mal, Laura.

Elle revit les trente et un fils de patriciens enchaînés aux rames du navire, la dévisageant avec haine.

— Vous savez bien que c'est impossible. La haute cour se moque d'une courtisane. Mon avenir de peintre serait gâché. Si j'offense les patriciens, je peux dire adieu aux commandes de tableaux. J'abandonnerais tous mes rêves pour une vengeance incertaine.

— Vous êtes stupide. Allez-vous acheter le succès avec votre silence ?

Ces paroles brutales lui firent mal.

— La discussion est close, messire, dit-elle froidement. Je voudrais vous parler d'Adolfo. Il a fait imprimer ses documents chez Aldus. Après ce qu'il a tenté de me faire, je le crois capable de tout.

Sandro réfléchit quelques secondes.

— Je vais étudier cette piste, dit-il. Vous êtes encore sous le choc de cette nuit. Les événements d'hier soir…

— Parlons-en, d'hier soir ! s'enflamma-t-elle. Pourquoi m'avez-vous quittée ?

Il accusa le coup comme s'il avait commis une faute. Puis il contourna son bureau et vint vers elle, les mains ouvertes.

Elle recula, revoyant d'autres mains, d'autres visages… Consterné, il s'arrêta.

— Ils doivent payer pour la peur que je lis dans vos yeux, murmura-t-il.

— Messire, je ne veux pas vous insulter, répliqua-t-elle en cachant ses mains tremblantes dans les plis de sa robe. Mais je ne supporte pas qu'on me touche en ce moment.

— Si j'avais deviné ce qui allait vous arriver, jamais je ne vous aurais quittée.

Elle se souvint alors du visage blême du *zaffo* et de l'inquiétude de Jamal.

— Que s'est-il passé hier ? demanda-t-elle.

— Le *bravo* qui vous avait agressée est mort.

Choquée, Laura porta les mains à son cou en secouant la tête.

— Mon Dieu ! C'est moi qui l'ai tué...

— Non, corrigea Sandro. Il allait mieux. Il commençait même à parler, mais quelqu'un l'a poignardé dans son lit. Il savait quelque chose et on a voulu le faire taire.

La jeune femme se laissa tomber dans un fauteuil.

— Je suis arrivé alors qu'il poussait son dernier soupir, conclut-il amèrement.

Laura devinait ses pensées. Alors qu'il s'amusait avec elle, un homme avait été brutalement assassiné par le meurtrier qui lui échappait depuis plusieurs semaines.

— Vous a-t-il confié quelque chose ?

— Oui, mais ses paroles n'avaient pas de sens. Il a parlé de... (Sandro releva brusquement la tête.) C'est une affaire qui concerne la police. Je ne dois pas en discuter avec un civil.

Laura bondit sur ses pieds.

— Je ne suis qu'un civil pour vous, messire ?

Il se drapa dans cette dignité qu'elle commençait à connaître et à détester.

— Oui.

— Je vois ! s'écria-t-elle en arpentant la pièce. Je ne suis qu'une simple citoyenne. Je ne suis pas la personne qui vous a apporté la première piste concernant Moro. Ni celle qu'on a essayé par deux fois d'éliminer. Ni celle grâce à qui vous avez pu arrêter ce *bravo*…

— Vous avez raison, Laura, mais je…

Elle se rassit.

— Je n'ai pas fini ! La vraie raison pour laquelle j'ai le droit de savoir ce qui se passe, c'est que nous sommes presque devenus amants hier !

Sandro Cavalli rougit jusqu'à la racine des cheveux.

— Non, ce n'est pas vrai, grommela-t-il.

Elle avait envie qu'il admette avoir perdu sa maîtrise de soi. Encore quelques minutes, et il lui aurait permis de prendre une place définitive dans son cœur…

— Ai-je donc rêvé la manière dont vous m'avez embrassée ? Ai-je rêvé vos baisers sur mes lèvres, sur mon cou, sur mes seins ? (Sandro frémit.) Ai-je donc imaginé vos soupirs quand je vous ai caressé ? Les mots d'amour que vous m'avez chuchotés à l'oreille ?

— Je n'ai rien chuchoté du tout !

— Ah, mais si ! Vous avez dit que je vous déchirais le cœur, que vous aviez envie de vous enfuir avec moi, que vous n'aviez rien désiré dans la vie avant de me rencontrer.

Sandro était horrifié. Ces mots seraient à jamais gravés dans son âme. Il avait dû rêver la réaction de Laura, car une femme comme elle ne pourrait jamais désirer un vieil homme comme lui.

La veille, il avait seulement voulu lui infliger une leçon. Il ne devait surtout pas tomber amoureux. S'il ne mettait pas un terme à cette farce dès maintenant, la folie grandirait et le dévorerait. Il perdrait tout sens de lui-même et de sa place dans le monde.

— Ne soyez pas ridicule ! lança-t-il. Vous vous trompez sur mes intentions. Hier soir, je voulais seulement vous montrer ce que devait endurer une courtisane. J'avais le même but que Marc Antonio. En agissant avec brutalité, j'espérais vous détourner de cette carrière maudite.

— Vous n'avez pas été brutal... Vous avez été bon, doux, et attentionné...

Il eut un rire forcé.

— Je vous ai manipulée, Laura. J'ai joué avec vos émotions pour vous montrer qu'une courtisane est à la merci du client qui l'achète pour la nuit. Certains seront féroces, d'autres tendres, mais vous n'aurez aucun pouvoir sur eux. S'ils choisissent d'abuser de vous, vous serez obligée de vous soumettre.

— Je ne vous crois pas, chuchota-t-elle, la voix tremblante. Vous avez éprouvé un désir sincère pour moi.

— Je ne vous désire pas, Laura. Je n'ai jamais eu envie de vous. Ce n'était qu'une mascarade.

La jeune femme se tut, le regard perdu dans les flammes mourantes. Elle se sentait comme une victime qui reprend connaissance après un accident. Une douleur acérée flottait autour de sa conscience.

Elle se leva et esquissa une révérence.

— Pardonnez-moi, messire. J'ai été stupide et naïve de ne pas comprendre.

— C'est inutile de vous excuser, mademoiselle, dit-il sans détacher les yeux de la tapisserie accrochée au mur. J'aimerais seulement vous entendre dire que vous ne retournerez pas chez Mme della Rubia.

— Je ne retournerai pas là-bas.

Laura vit qu'il était soulagé.

— Bien. C'est la meilleure décision que vous pouviez prendre. C'est le *trentuno* qui vous a fait changer d'avis ?

Même avant son enlèvement, la jeune femme avait décidé d'abandonner ce métier de courtisane, et de trouver d'autres moyens pour financer son art. Mais elle refusait de donner à Sandro la satisfaction de savoir qu'il l'avait convaincue.

— En tant que citoyenne, je n'ai pas à vous expliquer la raison de mes actes.

— Vous resterez ici. Je vais vous attribuer une duègne et une femme de chambre. Vous aurez tout le quatrième étage pour…

— Non, dit-elle doucement. Dès que Yasmina se sera réveillée, nous irons au couvent. Nous y serons en sécurité.

— Très bien, concéda-t-il, la mine sombre.

— C'est mieux ainsi, messire. Vous avez une vie si bien ordonnée. Je vous créerais trop d'ennuis. Voyez-vous, je suis très désordonnée. Je n'ai pas d'horaires et je travaille de façon obsessionnelle. Ma présence vous serait vite insupportable.

— Je vais demander qu'on vous accompagne en gondole. Vous aurez un garde auprès de vous à chaque instant.

Elle secoua la tête.

— Je dois refuser. Le couvent est un lieu saint et de prière. Ne le profanez pas avec la présence de vos hommes.

— Vous plaisantez, mademoiselle ? Mes hommes vous protégeront, cela ne se discute pas.

Une profonde mélancolie s'empara de Laura. Elle devinait que leur relation – car elle n'osait l'appeler une amitié – touchait à sa fin. Sandro était un homme rigide, dictatorial, exaspérant, mais sa tendresse secrète, sa nature contradictoire et les instants magiques qu'ils avaient partagés, lui manqueraient.

— Veillez à ce que le garde soit discret et ne dérange pas les religieuses, concéda-t-elle. Au sujet de Yasmina, messire : Mme della Rubia ne sera pas contente de la perdre, même pour quelques jours…

— Elle n'appartient plus à Mme della Rubia. Elle a été vendue.

— Non ! s'affola Laura, imaginant les pires horreurs. À Thorvald le Suédois ?

Pour la première fois depuis longtemps, Sandro se permit un vrai sourire.

— J'ai acheté Yasmina à Mme della Rubia, puis je l'ai donnée à Jamal.

Laura s'adossa au chambranle de la porte, tant son soulagement était intense.

— Il lui rendra sa liberté ?

— Cela dépend de lui.

Un tumulte les interrompit. Un secrétaire de Sandro se précipitait vers eux, talonné par six gardes du doge, la main sur leur épée, les visages menaçants.

— Poussez-vous ! ordonna l'un des gardes à Laura.

Les plumes écarlates qui ornaient son chapeau indiquaient qu'il était le capitaine. Il déroula un long document. Pétrifié, Sandro ne comprenait pas ce qui se passait. Le capitaine lui tendit le parchemin.

— Vous devez comparaître devant Son Excellence le doge, messire, pour répondre des crimes que vous avez commis hier soir.

Laura poussa un cri.

— Les crimes ? répéta Sandro, la bouche sèche.

— Adolfo d'Urbino et vingt-neuf patriciens vous accusent de les avoir enchaînés et retenus contre leur gré.

— C'est absurde ! s'écria la jeune femme. Ces hommes m'ont enlevée. Sandro n'a fait que son devoir en me protégeant.

Le capitaine la regarda avec mépris, comme si elle n'était qu'un méprisable insecte.

— Ce sera à la justice d'en décider, mademoiselle.

— Tout ira bien pour ton amant, assura Yasmina.

Dans le dortoir austère du couvent, elle semblait aussi exotique qu'un oiseau des îles.

— Il n'est pas mon amant, dit Laura en regardant une fresque de sainte Agnès qu'elle avait peinte à l'âge de douze ans.

— Il le deviendra.

— Il m'a fait clairement comprendre qu'il n'a aucune intention de me prendre pour maîtresse. D'ailleurs, je n'ai pas envie d'avoir un amant.

— Tu dois d'abord oublier l'épreuve d'hier soir. C'est peut-être lui qui saura te guérir.

— Je ne veux pas être guérie. Je veux peindre, c'est tout.

— Dans ce cas, les accusations contre lui te laissent indifférente ?

Quand les gardes avaient emmené Sandro, Laura avait eu le cœur retourné. L'injustice la révoltait.

— Bien sûr que non ! Sandro m'a sauvée d'une terrible épreuve.

— Pour un chrétien, il est sage.

— Il a offensé les plus illustres maisons de Venise, s'inquiéta Laura. Je devrais peut-être tout de même porter plainte...

— Ne sois pas idiote ! Personne ne te croirait.

Yasmina regarda les dernières lueurs du soleil sur le sol du dortoir.

— C'est l'heure de mes prières du soir, dit-elle en se levant pour dérouler son petit tapis.

Laura se recroquevilla contre le mur. Alors que d'autres se chamaillaient pour avoir les honneurs, Sandro veillait au maintien de l'ordre. Son honnêteté risquait de lui coûter la vie.

Les rayons du soleil passèrent du bronze au pourpre. Puis elle entendit des pas précipités, et la porte s'ouvrit avec fracas. Magdalena et Célestina entrèrent. Avec un cri, Laura se jeta dans leurs bras.

— Laura, est-ce vrai ? s'écria Magdalena en lui montrant l'affreux document qu'avaient fait imprimer ses agresseurs, et qui avait été distribué en ville.

— Non. Sandro Cavalli les en a empêchés... Mon Dieu, c'était monstrueux. J'ai eu tellement peur.

— Le *trentuno*, n'est-ce pas ? demanda Célestina d'un ton furieux.

— Oui, ma sœur. Mais comment savez-vous qu'une chose aussi atroce existe ?

— Je le sais. C'est une infamie. (Elle saisit les mains de Laura avec une rare violence.) Les hommes sont des bêtes diaboliques. Le Seigneur notre Dieu les aime peut-être, mais il faut se détourner d'eux. J'ai cru que tu serais assez forte pour t'opposer à eux, mais j'ai eu tort.

Laura respira les traces de soufre qui flottaient toujours autour de la religieuse. D'ordinaire si réservée, Célestina montrait une facette inconnue de sa personnalité.

— Maman, ne te mets pas en colère, dit Magdalena. Laura est en sécurité avec nous. Le Seigneur la protège.

Ainsi que les quatre *zaffi* postés devant le couvent, songea Laura avec une certaine ironie.

— Maintenant que tu es revenue, ce sera comme avant, continua Magdalena. C'est mieux de revenir à la maison quand on a souffert.

Laura ne voulait pas encore penser à l'avenir. Elle changea de sujet.

— Je suis en sécurité, mais pas le Seigneur de la Nuit.

— Comment cela ? demanda Célestina.

— Il m'a sauvée du *trentuno,* mais désormais on l'accuse injustement.

— Sandro Cavalli s'est toujours mêlé de ce qui ne le regarde pas. Il n'aura que ce qu'il mérite.

— Maman ! s'écria Magdalena, choquée. Comment peux-tu dire une chose pareille ? Il a sauvé Laura. Ne lui en es-tu pas reconnaissante ?

— Bien sûr. Les voies du Seigneur sont impénétrables.

Yasmina se releva, roula son tapis. Son visage était serein, comme toujours après ses prières.

Laura les présenta. Magdalena regarda la belle Orientale, bouche bée.

— Je vous reconnais d'après les dessins de Laura...

— Moi aussi, je vous reconnais toutes les deux, répondit Yasmina, un sourire aux lèvres.

— Vous êtes l'esclave qui est devenue l'amie de Laura, dit Célestina. Je condamne l'esclavage, même pour les incroyants.

Yasmina ne s'offusqua pas, car elle était habituée à la méfiance des chrétiens.

— C'était mon destin, répliqua-t-elle calmement.

— Comment ai-je pu oublier de te le dire ? intervint Laura. Tu appartiens à Jamal, désormais.

— Il m'a achetée ? demanda l'Orientale, les sourcils froncés.

— C'est Sandro qui t'a achetée, avant de remettre les papiers à Jamal... N'es-tu pas heureuse ?

Le visage de Yasmina était impénétrable.

— Dois-je me réjouir d'avoir changé de mains, comme un animal à la foire ?

Laura comprit que c'était la souffrance, et non la colère, qui minait Yasmina. Elle souhaitait que Jamal la traite en égale.

— Je suis sûre qu'il te rendra ta liberté, la rassura-t-elle.

Un silence s'installa.

— Est-ce vrai que Marc Antonio Cavalli avait tout manigancé, hier soir ? demanda Magdalena.

Comme si elle venait d'avoir une subite inspiration, Laura se jeta sur sa cape pour l'enfiler.

— Marc Antonio ! Tu es géniale, Magdalena.

— Où vas-tu ? demanda Célestina.

— Je vais chercher Marc Antonio avant qu'il ne quitte Venise.

— Mais pourquoi ? C'est un homme abominable, il a essayé de te faire du mal, reprit Magdalena.

— Il a surtout fait du mal à son père. Je vais lui donner la chance de réparer ses torts, décréta Laura en saisissant le document.

11

— Je ne comprends pas votre sens de la justice, Votre Excellence. Ne vous ai-je pas fidèlement servi, toutes ces années ?

Les mains liées, Sandro se tenait devant le doge, dans la salle du Grand Conseil.

Andrea Gritti acquiesça de la tête. Il semblait fatigué et nerveux. Autour de lui se trouvaient les membres de la cour de justice et du Conseil des Dix, des clercs et des magistrats, et les hommes qui avaient enlevé Laura Bandello, accompagnés par leurs puissantes familles.

— Pourquoi, seigneur ? insista Sandro, la gorge nouée. Le bannissement à vie est une punition réservée aux traîtres et aux meurtriers.

— Et à celui qui abuse de son pouvoir et ose enchaîner des aristocrates comme des esclaves ! s'emporta le duc d'Urbino, fou de rage. Votre insulte vous a fait tomber de votre piédestal, messire.

Sandro ignora la remarque haineuse. Le fils du duc et les autres avaient mérité leur punition.

Gritti semblait déchiré. Il regardait tour à tour Sandro et les patriciens en colère, jouant nerveusement avec les pompons de son coussin. Le Seigneur de la Nuit comprit qu'il avait creusé sa propre tombe. Pendant des années, il avait dénoncé la corruption dans la plupart des maisons nobles de Venise. Les coupables avaient été traînés en justice, pendant que leurs semblables riaient sous cape. Mais aujourd'hui, l'heure était à la vengeance.

— Messire, veuillez approcher, ordonna Gritti.

Sandro gravit les cinq marches qui menaient à l'imposant fauteuil.

— Vous devez comprendre ma position, murmura le doge. S'il ne s'agissait que de moi, je n'infligerais aucune punition. Je suis certain que vous avez dit la vérité. Hélas, il n'y a personne pour corroborer votre témoignage.

Sandro en voulut à Laura d'avoir refusé d'accuser ses agresseurs.

— Vous avez raison, seigneur. Pour ma défense, il n'y a que mes années de loyaux services.

— Le *trentuno* est une abomination ! poursuivit le doge. De tels actes étaient malheureusement dignes de mon père.

— Laissez-moi rester, insista Sandro à voix basse. Je m'inquiète pour vous. Un meurtrier est en liberté. Vous êtes en danger, seigneur.

— Ne dites pas de bêtises. Vous m'avez assigné plus de gardes que le pape. J'ai trois goûteurs pour mes plats. Un valet examine mon lit tous les soirs, au cas où il y trouverait des vipères et des scorpions.

— Ces précautions ne me rassurent pas. Avez-vous repensé à ces documents que nous avons trouvés chez l'imprimeur ?

— J'ai réfléchi jusqu'à en avoir la migraine. Je ne comprends pas pourquoi on a rajouté ces noms.

Les hommes de Sandro avaient enquêté sur chaque personnage. La plupart étaient d'anciens condottieri, qui vivaient des butins ramassés lors de leurs combats. Sandro hésita à parler au doge du parchemin qu'avait fait imprimer Adolfo d'Urbino.

— Si vous me laissez rester jusqu'à ce que j'arrête l'assassin, j'accepterai ensuite d'être banni.

— Je ne peux pas vous aider, se lamenta Gritti. Je ne suis pas un prince qui dicte sa loi, mais un officiel élu. Ces hommes peuvent me renverser. Peut-être que si vous retiriez vos accusations contre les jeunes seigneurs…

— Jamais ! J'ai dit la vérité. Ces vauriens se moquent de la loi. Ils auraient tué Laura.

— Laura ? répéta Gritti, étonné. Que représente au juste Mlle Bandello pour vous ?

Tout, songea Sandro, défait.

— C'est une jeune artiste de grand talent, expliqua-t-il. Or même la plus misérable prostituée du Ponte di Tetti ne mériterait pas de subir le sort que ces canailles lui avaient réservé.

— Comment quelqu'un d'aussi intègre que vous a-t-il survécu aussi longtemps ? se désola Gritti. Bien que je le regrette amèrement, je dois vous condamner à l'exil, messire.

Ses mains ligotées devant lui, Sandro redescendit les marches. Il avait voué sa vie à défendre la ville, comme soldat et condottiere, et enfin comme Seigneur de la Nuit. Il avait aimé la Sérénissime comme on adule une maîtresse. Loin de Venise, il n'était plus rien. La mort aurait été préférable à l'exil.

Rassemblant ce qui lui restait de fierté, il posa un genou en terre devant le doge.

Gritti leva son bâton de commandement. Les clercs se préparèrent à inscrire sur leurs tablettes la déchéance de Sandro Cavalli…

— Attendez ! cria Laura Bandello en se précipitant dans la salle.

On aurait dit un tourbillon. Stupéfaits, les hommes la dévisagèrent. Le capuchon glissa sur ses épaules et ses cheveux auréolèrent son visage lumineux.

Sandro se releva. Il était à la fois consterné et transporté de joie. Même après qu'il eut fait de son mieux pour l'humilier, elle était venue le défendre. La petite sotte !

Elle jeta des regards noirs aux jeunes gens qui l'avaient terrorisée la veille. Tous détournèrent la tête.

Le courage de Laura émut profondément Sandro.

Le doge Gritti la contemplait avec de grands yeux. Ainsi que les juges et les clercs. Sandro se rappela que la plupart d'entre eux ne l'avaient jamais vue.

Il se souvint de sa première rencontre avec Laura, de ses impressions. Elle était non seulement belle, mais éclatante de vie, tel un rayon de soleil.

— Je suis Laura Bandello, annonça-t-elle d'un air digne.

D'un geste théâtral, elle déplia un parchemin qu'elle montra autour d'elle.

— Voici ce que ces jeunes gens avaient prévu pour moi.

On entendit des murmures indignés dans la foule. Le doge blêmit d'un air dégoûté.

— Des mensonges ! s'écria quelqu'un.

— J'ai amené avec moi l'homme responsable de ce crime, ajouta Laura.

Marc Antonio entra dans la salle, vêtu comme un prince, la tête haute.

— C'est la vérité, Votre Excellence, dit-il en s'inclinant devant le doge. J'en porte l'entière responsabilité.

Sandro était stupéfié que la jeune femme eût été trouver Marc Antonio, après ce qu'il lui avait fait.

— Ce fut mon idée d'enlever la jeune femme, avoua Marc Antonio d'un air honteux. Je pensais que ce serait une blague de carnaval. C'est ma faute si les choses ont mal tourné, et si mes amis se sont retrouvés enchaînés comme des esclaves. C'est moi qui mérite d'être puni.

— Cette confession publique jette une nouvelle lumière sur l'affaire qui nous occupe, dit Gritti, soulagé, en appelant ses trois conseillers les plus proches.

— Pourquoi ? murmura Sandro à son fils. Pourquoi viens-tu à mon secours ?

— À cause de Laura. Elle m'a pardonné, père. Pouvez-vous me pardonner à votre tour ?

Sandro éprouvait du respect pour la courageuse jeune femme, et de la compassion pour son fils. À quelques pas de lui, Laura le contemplait, les yeux brillants.

Un majordome vint lui glisser quelques mots à l'oreille. Sandro en devina la teneur. Aucune femme, pas même l'épouse du doge, n'était jamais entrée dans la salle du Grand Conseil en pleine assemblée. Un instant, elle sembla sur le point de se rebeller. Puis, avec un sourire pour Sandro, elle quitta la salle.

Laura arpentait le dortoir du couvent.

— Pourquoi est-ce aussi long ? se lamenta-t-elle. Il est minuit passé et nous ne savons toujours rien.

— L'impatience transforme les minutes en heures, dit Yasmina. Couche-toi, Laura. Tu vas réveiller les morts à marcher de long en large.

— C'est tellement simple, pourtant ! Pour une fois dans sa vie, Marc Antonio a dit la vérité.

Elle appuya ses paumes sur ses yeux fatigués. Elle regrettait l'absence de Magdalena. Autrefois, elles avaient souvent passé la nuit à discuter, à évoquer leurs rêves et leurs soucis. Mais avec le temps, elles s'étaient éloignées. Ce soir, Laura n'avait que Yasmina, alors que Magdalena priait à la chapelle.

Laura se rappela avec horreur qu'elle avait failli rater Marc Antonio. Il avait déjà embarqué sur le navire. Heureusement, elle avait réussi à le convaincre de l'accompagner au palais des Doges. Dans le tréfonds de son cœur, le jeune homme gardait un noyau d'intégrité. Quand il avait appris que son père risquait l'humiliation suprême, il avait été heureux de pouvoir l'aider.

La gorge de la jeune femme se noua lorsqu'elle repensa à Sandro, les mains liées, debout devant ses juges. Même s'il s'était montré dur envers elle, il ne méritait pas un tel traitement.

— Yasmina, je ne supporte plus d'attendre. Je vais demander à Guido de me ramener au palais.

— C'est inutile. Le Seigneur de la Nuit est ici, dit Célestina d'une voix froide. Le couvent est un lieu où les femmes sont censées avoir la paix, mais à cause de toi, nous sommes envahies par les hommes.

— Je suis désolée, ma sœur. Où est-il ?

— Dehors. Au portail.

Laura partit en courant, pieds nus. Elle passa devant la chapelle où aurait dû se trouver Magdalena, mais celle-ci lui sembla déserte. Peut-être était-elle allée se coucher.

Sandro attendait dans la rue.

— Sandro, ils vous ont libéré ! s'exclama-t-elle, soulagée.

— Pas tout à fait. Je ne serai libre qu'après le carême. Ils ont transformé une condamnation à vie en condamnation de quarante jours.

— Vous n'auriez pas dû être puni du tout, s'irrita Laura. Où allez-vous vous exiler, messire ?

— Sur le continent, expliqua-t-il, jetant un regard nostalgique sur les lumières de la ville. Je possède une propriété sur la Brenta.

Elle devinait qu'il était contrarié de devoir confier son enquête à des subalternes.

— Et les hommes qui m'ont enlevée ?

— Marc Antonio est parti, comme je le lui avais ordonné. Les autres seront bientôt exilés eux aussi. En Dalmatie, à Chypre, en Crimée... Officiellement, ils partiront en voyage d'affaires.

— Dieu merci ! Ils seront tous loin.

— Sauf Adolfo d'Urbino, qui est emprisonné à la Gabbia.

Elle frissonna.

— C'est sûrement lui le coupable. Il possédait un stylet en verre. Il connaît l'imprimeur et il fréquente des *bravi*.

— Vous faites preuve d'une belle logique, *madonna*, s'amusa Sandro.

— Pour une simple citoyenne !

— Nous avons assez de preuves pour garder Adolfo sous les verrous, mais pas pour l'accuser de complot contre le doge.

Sandro donna un coup de poing dans le mur.

— Peste ! Je suis furieux de devoir laisser les autres l'interroger.

— Votre propriété est sûrement très belle, dit-elle pour le consoler.

— Vous en jugerez par vous-même. Yasmina et vous allez m'accompagner.

— Non ! protesta-t-elle.

Il poussa un soupir.

— Nous sommes trop fatigués pour nous chamailler. Allez chercher vos affaires.

— Quand cesserez-vous de régenter ma vie ? J'en ai assez, messire !

— Ça m'est indifférent. Vous êtes encore en danger. Vos agresseurs pourraient revenir à Venise pour se venger. Puisque je ne peux pas vous protéger, je vous emmène.

— Je ne vous ai jamais demandé de me protéger !

— Non ? Auriez-vous refusé mon aide, hier soir ?

Laura recula d'un pas. L'herbe mouillée était glacée sous ses pieds nus. Sandro avait raison. Comment pourrait-elle se concentrer sur sa peinture si elle passait son temps à regarder par-dessus son épaule, craignant l'attaque d'un *bravo* ou d'un jeune seigneur dépité ?

— C'est d'accord, mais j'emporte mon travail.

— Nous n'avons pas le temps, Laura. Si on me trouve en ville après l'aube… Dépêchez-vous d'aller chercher vos affaires.

— Qu'est-ce qui vous arrivera, si vous ne partez pas avant l'aube ?

— Je serai loin à l'aube. Dépêchez-vous !

— Je dois quand même passer à l'atelier de maître Titien.

Sans lui laisser le temps de répondre, elle remonta au dortoir. Un frisson d'excitation lui parcourut l'échine. Pour le meilleur et pour le pire, elle partait en voyage avec le Seigneur de la Nuit…

Des torches brûlaient le long de la maison de Titien. Sandro fronça les sourcils en quittant la gondole pour entrer dans le vestibule. C'était le milieu de la nuit, et pourtant des domestiques s'activaient.

Titien vint le saluer. L'artiste semblait agité, hagard. Sous sa chemise de nuit, l'on distinguait ses jambes maigres.

— Vous avez fait vite, dit-il. Je vous ai fait appeler il y a seulement cinq minutes.

— On ne m'a pas prévenu, répondit Sandro.

Le petit chien Fortunato entra en courant dans le vestibule, ses griffes glissant sur le marbre. Il voulut se jeter sur l'intrus, mais Laura le prit dans ses bras.

— Mais alors, pourquoi êtes-vous venu ? s'étonna Titien.

— Je suis venue chercher mes fournitures, expliqua la jeune femme. Nous quittons la ville.

— Je vous avais dit d'attendre dans la gondole, gronda Sandro.

— Est-ce une autre de vos règles pour les simples citoyens ? se moqua-t-elle.

Titien sourit.

— Où vas-tu, Laura ?

— J'accompagne messire Sandro. Je n'ai pas le temps de vous expliquer. Je suis désolée, maître, mais je serai obligée de terminer mes toiles pour l'Académie sans vos conseils.

L'apprenti Vito les rejoignit en courant. Il était essoufflé.

— Nous n'avons rien trouvé dans le jardin, maître. Où faut-il regarder maintenant ?

— Laisse tomber, Vito. Les autorités sont arrivées.

Vito emporta le chien qui grognait. Sandro demanda à Titien des éclaircissements.

— Quelqu'un est entré par effraction dans l'atelier, expliqua le peintre, furieux. J'ai entendu du bruit, et quand j'ai vu ce qu'il avait volé, je vous ai fait appeler. Venez, tous les deux.

Quelques instants plus tard, ils pénétraient dans la galerie privée de l'artiste, où se trouvaient les toiles représentant Laura. Les murs étaient vides.

Laura gémit et manqua s'évanouir. Sandro la serra contre lui. Elle respirait avec difficulté. Lui aussi ressentait une colère intense.

— Est-ce qu'il manque autre chose ? demanda-t-il.

— Non, ce qui est encore pire, ajouta Titien en passant une main dans ses longs cheveux. Le voleur savait exactement ce qu'il voulait.

— Les peintures étaient immenses, dit Laura d'une petite voix. Comment a-t-il pu les dérober toutes les cinq ?

— Elles n'étaient pas encadrées, répliqua Sandro. Un homme fort n'aurait pas eu trop de difficultés à les porter.

Il avait peur. Ce vol était-il lié aux deux meurtres ?

Des voix se firent entendre dans le vestibule. Un groupe de *zaffi*, avec à leur tête le premier lieutenant de Sandro, venait d'arriver.

— Nous n'avons pas le temps d'emporter vos toiles ce soir, dit Sandro à la jeune femme. Je les enverrai chercher lorsque nous serons arrivés.

Laura allait protester, mais il sortit dans le vestibule pour donner ses instructions. Son lieutenant le regardait d'un air navré, ses hommes baissaient les yeux. Sandro était hors de lui : pendant quarante jours, il ne serait plus le Seigneur de la Nuit.

— Crois-tu vraiment qu'il te laissera peindre ? demanda gentiment Titien. Je respecte beaucoup Sandro Cavalli, mais il ne comprend pas l'âme d'un artiste.

Avec un soupir, Laura posa la tête contre l'épaule de son maître.

— Vous avez raison, mais, pour le moment, je dois lui faire confiance.

La barque s'arrêta devant le ponton de la villa, construite au bord de la Brenta.

— Ainsi, voilà votre modeste maison de campagne, ironisa Laura en admirant le magnifique palais.

Des arcades en briques et en pierres ornementales ornaient la partie centrale de la maison. Vergers et vignobles parsemaient les collines qui se dressaient derrière le palais. Les jardins étaient délimités par des rangées de peupliers et de haies.

C'était déjà le soir. Quelques travailleurs rejoignaient de petites maisons qu'on devinait au loin. La scène était si paisible, si bucolique, que Laura en fut émue.

— Vous auriez dû me prévenir, ajouta-t-elle d'un ton accusateur.

Il semblait éreinté. Pendant le voyage, il n'avait pas dormi, tourmenté de devoir quitter sa ville adorée.

— À quoi aurais-je dû vous préparer ? demanda-t-il d'une voix rauque.

— Vous ne vous rendez pas compte des trésors que vous avez ici ? Je croyais que ce genre d'endroit n'existait que dans les toiles de Bellini.

— Tous les patriciens de Venise ont une maison semblable à la campagne, Laura. Vous ne le saviez pas ?

— Je n'avais jamais quitté Venise.

— Pardonnez-moi, j'avais oublié, grommela-t-il en étouffant un bâillement.

Quand ils entrèrent dans la maison, les dernières inquiétudes de Laura s'évanouirent. Les maisons de

Venise, enfermées dans d'étroits espaces le long des canaux, étaient bâties sur le principe de la verticalité. Ici, la demeure se démultipliait en vestibules, salons, salles de bal, pièces diverses et variées dont le seul but semblait être de recevoir les rayons du soleil.

On conduisit les deux femmes dans des chambres d'invités attenantes. Laura ouvrit la double porte communicante et virevolta de joie.

— Dis-moi que je ne rêve pas, Yasmina ! s'exclama-t-elle, enthousiaste.

— Tu ne rêves pas. Nous sommes enfermées ici comme des biches dans un enclos.

— Mais non ! Nous sommes libres. Je vais terminer mes toiles pour l'Académie et…

— Crois-tu vraiment qu'il te donnera la permission ? s'irrita Yasmina. Il est supérieur à beaucoup d'hommes, mais il reste un homme. Il trouvera une excuse pour laisser tes fournitures à Venise, car il ne te prend pas au sérieux.

Laura ne voulait pas la croire, mais son amie connaissait la gent masculine. Sandro essayerait peut-être de la convaincre d'abandonner sa carrière. En acceptant de sacrifier sa liberté, elle s'était mise à sa merci.

— De toute façon, il ne s'agit que de quarante jours. Ensuite, nous serons libres.

— Toi, tu feras ce que tu veux, dit Yasmina en contemplant les collines vertes. Moi, j'appartiendrai encore à Jamal, ce menteur.

— Est-ce si terrible, Yasmina ? demanda Laura en prenant la main de son amie. Au moins, tu ne dois plus supporter les hommes de la maison close.

— Là-bas, au moins, j'avais des heures libres. Désormais, je dois lui obéir à chaque instant du jour et de la nuit.

Laura fronça les sourcils.

— Est-ce qu'il t'a déjà demandé une telle chose ?

— Non, mais ça ne veut pas dire qu'il ne le fera pas... Messire Sandro nous a fait monter un coffre de vêtements. Je vais voir s'il y a des toilettes qui peuvent nous être utiles.

Le soleil s'était couché. Des ombres violettes recouvraient la propriété. Laura réfléchissait à ce qu'elle dirait le lendemain à Sandro : Jamal devait rendre sa liberté à Yasmina.

Elle s'approcha du bureau et écrivit quelques mots. Puis elle appela un valet pour lui demander de porter le message à son maître...

Ensuite, elle se coucha dans le grand lit. Le matelas était délicieusement profond. Elle respira le parfum de lavande qui imprégnait les draps en pure soie. Posant la tête sur un oreiller de plumes de cygne, elle s'endormit.

À huit heures le lendemain matin, Sandro étudiait le mot de Laura. On y décelait le talent de la jeune femme : elle embellissait chaque lettre par des volutes stylisées.

Dommage qu'il n'eût pas l'intention d'accéder à sa requête.

Même le doge n'était pas aussi péremptoire. Il relut son mot : *Retrouvez-moi à neuf heures dans votre bureau. L.* Pas de salutations, pas de remerciements, un ordre pur et simple !

Elle aurait dû savoir qu'un Seigneur de la Nuit, même exilé, n'obéit pas aux ordres d'une jeune artiste...

Alors qu'il allait jeter le mot, quelque chose l'en empêcha. En lui-même, ce message était une œuvre d'art, et c'était la première fois qu'elle lui écrivait. Gêné d'être aussi romantique, il glissa le papier dans son pourpoint. Puis, secouant la tête, il se dirigea vers son bureau.

Les doubles portes étaient ouvertes. Sandro marcha sans bruit sur le tapis turc, confisqué à des pirates quelques années auparavant. Il fut agacé de voir que Laura était déjà là.

Comme lors de leur première rencontre, elle ignorait qu'il fût présent et regardait par la fenêtre. Dieu merci, cette fois-ci, elle était décemment habillée ! Elle portait une ancienne robe de sa fille Adriana.

Dehors, les jardins s'étendaient jusqu'au vignoble. À l'est, il y avait des vergers, leurs arbres couverts de fleurs roses. La faux sur l'épaule, les paysans se dirigeaient vers les champs. Des femmes en tablier, des fichus sur la tête, travaillaient dans le potager.

Laura semblait trouver cette scène absolument merveilleuse.

— Que faites-vous ici ? demanda-t-il.

Elle lui sourit. Son visage était propre, sa tenue modeste, seule sa chevelure noire restait indomptable. Si jeune, si innocente...

— Vous êtes matinal, messire.

— Je n'ai pas l'intention de vous accorder un entretien.

— Je l'avais deviné. C'est pourquoi j'ai pris soin d'arriver avant vous. (Elle tira un petit pain de son tablier.) Avez-vous pris votre petit déjeuner ?

Bien sûr que oui. Il se levait toujours à six heures précises, pour un repas spartiate de vin coupé d'eau et de fromage.

Elle mordilla son pain, laissant des miettes tomber par terre.

— Rangez ça, gronda-t-il. J'ai du travail.

Elle haussa les épaules en riant.

— Vous ne vous débarrasserez pas aussi facilement de moi, messire. Pourrions-nous sortir pour parler ? Il fait si beau, et je ne connais pas la maison.

Il acquiesça, pour éviter qu'elle ne sème encore plus de miettes sur son tapis !

Ils se promenèrent dans les jardins en direction des prairies. Elle marchait trop lentement, obligeant Sandro à ralentir.

Malgré lui, il remarqua qu'elle était pieds nus, que la brise jouait avec ses boucles folles. Agacé, il s'accouda à une barrière, derrière laquelle broutaient un taureau et des vaches.

D'excellente humeur, Laura s'installa sur la barrière, glissant les pieds entre les lattes de bois pour ne pas perdre l'équilibre. Elle laissa sa tête tomber en arrière.

Sandro lui jeta un regard sombre.

— Il s'agit de Yasmina et de Jamal, dit enfin la jeune femme. Yasmina n'est pas heureuse.

— Comment cela ? Nous lui avons permis de quitter la maison close.

— Elle se sent toujours prisonnière.

— Jamal est un homme bon. Il la traitera avec tous les égards.

— Je veux que vous lui demandiez de lui rendre sa liberté.

— Il refusera.

— Pourquoi ?

— Parce qu'il l'aime.

Les yeux de Laura se remplirent de larmes.

— Il l'aime, mais il la retient prisonnière… Je ne comprends pas.

Sandro se demanda ce que dirait son meilleur ami s'il apprenait qu'ils discutaient de sa vie privée.

— Jamal pense que la seule façon d'avoir Yasmina, c'est de la posséder.

— Mon Dieu ! s'écria Laura, exaspérée, en levant les bras au ciel.

Ce faisant, elle bascula dangereusement en arrière. Sandro fit un geste pour la retenir. Ses mains effleurèrent des fesses rondes et fermes.

— Y a-t-il une créature sur Terre qui soit plus bête qu'un homme ! lança-t-elle.

— Oui, une femme, rétorqua-t-il en la lâchant.

Elle le fusilla du regard.

— Est-ce que Jamal croit qu'il fera le bonheur de celle qu'il aime en la gardant prisonnière ? Un homme doit réaliser le désir le plus cher de sa bien-aimée.

— Jamal pense qu'il ne sera jamais heureux, depuis que les Turcs l'ont mutilé.

— Il a tort. Yasmina désire ardemment son amour. Mais elle ne l'acceptera jamais tant qu'elle restera son esclave.

— Ils sont dans une impasse, mais cela ne vous regarde pas.

— N'avez-vous aucune imagination, messire ? Ne croyez-vous pas au pouvoir de l'amour ?

Au contraire, se dit-il. Il pouvait imaginer Laura nue dans l'herbe, ses cheveux éparpillés autour d'elle, ses lèvres gonflées de baisers, ses yeux voilés de désir...

— Je n'ai pas d'imagination, décréta-t-il, posant un pied sur un barreau de la barrière.

On disait que les désirs d'un homme diminuent avec l'âge. Sandro n'en était pas certain.

— Yasmina acceptera Jamal lorsqu'elle sera devenue son égale, insista Laura.

— Jamal pense qu'il lui sera toujours inférieur parce qu'il est muet.

— Elle s'en moque ! Après avoir passé la plupart de sa vie dans une maison close, elle en a assez des bavardages des hommes.

Il soupira.

— Comment pouvons-nous convaincre Jamal ?

— Il suffit de lui donner un ordre comme vous avez l'habitude de le faire, le taquina-t-elle. Voilà, nous avons résolu ce problème, ajouta-t-elle, enchantée, puis son visage s'assombrit. Pourquoi n'y a-t-il pas une solution aussi simple pour nous, messire ?

Surpris, il tressaillit.

— Je ne vous comprends pas.

— Mais si ! Vous refusez seulement de l'admettre... (Elle regarda le bétail qui paissait.) Est-ce que ce taureau ennuie les vaches ?

— Non. Il est trop vieux. Il n'y pense même plus. J'ai l'intention de le faire abattre.

— Je vous l'interdis ! Il est magnifique.

— Il ne sert plus à rien.

Elle admira la peau balafrée de cicatrices, la corne qui lui manquait.

— Il a du caractère. Il est séduisant. Est-ce que vous ne voyez jamais la beauté des choses, messire ?

« Je vois votre beauté », songea-t-il, frustré.

— Il n'y a rien de beau chez un vieux taureau.

Son expression le trahit. Elle lui donna un coup de coude.

— Vous ne parlez pas du taureau, n'est-ce pas ?

Il aurait dû se taire, mais le regard compatissant de Laura l'incita à se confesser.

— J'ai toujours dominé ma vie. J'ai toujours su exactement ce que j'étais : le Seigneur de la Nuit, et que Venise était ma ville.

Soudain, elle fut debout à côté de lui. Elle l'entoura de ses bras, lui offrit ses lèvres.

— Ce n'est pas de cela que j'ai besoin, Laura.

— Mais alors, de quoi avez-vous besoin, messire ?

— De mon travail. C'est la seule chose qui m'apporte le bonheur.

— Moi aussi, mais vous m'en privez. Vous aviez promis de faire chercher mes fournitures, mais je ne vois rien venir, l'accusa-t-elle, les poings sur les hanches.

Sandro retint un sourire. Curieuse comme était Laura, il s'étonnait qu'elle n'eût pas trouvé la pièce que ses serviteurs et lui avaient transformée en atelier pendant la nuit.

Il lui ordonna de le suivre.

Il l'emmena dans une partie de la maison qu'elle ne connaissait pas. Les pièces étaient ornées de marbre. Ils s'arrêtèrent devant une porte fermée.

Sandro souleva le loquet. Laura pénétra dans la salle et resta bouche bée.

Même les plus grands maîtres n'avaient pas un atelier semblable ! La pièce était octogonale, avec de hautes fenêtres. Au-dessus de leurs têtes, un dôme de verre laissait entrer la lumière.

On avait installé trois chevalets. Sur chacun était posée une toile. Les pigments et les huiles étaient disposés sur des tables. Mieux encore : la vue était à couper le souffle. On distinguait les pâturages, les pelouses, et le vieux taureau qui broutait dans son pré.

— Messire, que Dieu vous bénisse ! C'est merveilleux...

Il était plus beau que jamais. Il souriait. Laura comprit qu'il était heureux de voir sa joie. Elle se jeta dans ses bras.

— Sandro, je vous aime ! s'écria-t-elle en couvrant son visage de baisers. Vous ne le voulez pas, mais c'est ainsi. Je sais que vous allez essayer d'y résister, mais je resterai dans votre cœur.

Il la repoussa.

— Ça suffit ! gronda-t-il. J'apprécie votre gratitude. Je veille toujours au bien-être de mes invités. Je suis heureux que l'atelier vous plaise.

— C'est fantastique. Je vais peindre de belles choses ici.

Elle comprenait qu'il avait peur. Il ne fallait pas le brusquer. Elle regarda ses tableaux, mais quand elle se retourna, elle était seule. Avec un soupir, elle se dit qu'il était vraiment exaspérant.

Frustrée, elle verrouilla la porte et enfila une blouse. Elle s'approcha d'une toile enduite d'une couche d'ambre. L'Académie exigeait au moins une nature morte.

La jeune femme se mit à mélanger ses pigments. Elle travailla avec une énergie folle. Curieusement, elle était attirée par des couleurs que d'habitude elle n'aimait pas : du noir, du vermillon, du brun. Elle prit un pinceau et affronta la toile comme si celle-ci était un ennemi. Comme si elle était le Seigneur de la Nuit.

Sandro Cavalli l'avait provoquée. Laura voulait exprimer toutes ses émotions directement sur la toile.

Sans réfléchir, elle utilisa ses pinceaux comme des couteaux, oubliant les tracés délicats dans lesquels elle excellait, négligeant toute esquisse. De rompre ainsi avec la règle lui donnait un immense sentiment de puissance. Elle maniait ses pinceaux comme un sculpteur utilise ses outils. Peu à peu, ses images prenaient vie.

Elle passa des heures à batailler avec sa toile. Quand on frappa à la porte, elle poussa un rugissement qui aurait plu à Titien. Elle avait perdu la notion du temps. Elle ne s'arrêta que lorsque les derniers rayons du soleil vinrent mourir à ses pieds.

Elle avait terminé.

Épuisée, elle reposa les pinceaux et recula pour étudier le résultat.

L'image était puissante, d'une incroyable vivacité. Et profondément troublante.

— Seigneur, qu'ai-je fait ? murmura-t-elle.

Cette œuvre semblait surgie des profondeurs de son âme.

12

Sandro feignait d'ignorer l'absence de Laura. Elle restait enfermée dans son atelier, n'en sortant ni pour manger ni pour dormir. Les serviteurs déclaraient qu'elle n'acceptait qu'un plateau par jour : elle se contentait d'entrebâiller la porte pour le prendre.

Il était taraudé par la déclaration d'amour de la jeune femme.

Un jour, il sortit se promener sous les fenêtres de l'atelier. Il ne voyait pas grand-chose, car la pièce se trouvait au deuxième étage. Il l'imaginait échevelée, le regard impénétrable, l'âme consumée par son travail, le cœur fermé à tout, excepté son œuvre.

Troublé, il revint vers la maison. Laura l'avait prévenu quand il l'avait invitée chez lui. « Je travaille de façon obsessionnelle. » Il avait été prévenu, mais il n'avait pas pensé que ce serait aussi compliqué de supporter son absence.

Voyant qu'on s'activait autour du ponton, il se dirigea vers le fleuve. Jamal revenait de Venise.

— Quelles nouvelles ? lui demanda aussitôt Sandro.

Le secrétaire secoua la tête.

Sandro était à la fois soulagé et agacé. La paix régnait en ville, mais l'enquête sur le complot contre le doge ne progressait pas.

— Pas de meurtres ? Pas de vols ?

Jamal écrivit sur son ardoise : *On n'a rien signalé.*

— Des pistes concernant les tableaux dérobés à Titien ?

Non.

Quelque chose perturbait Jamal. Ses yeux sombres semblaient chercher quelque chose... ou quelqu'un. Sandro lui demanda de le suivre. Ils rejoignirent la maison et s'installèrent dans le salon.

— J'ai eu tort de te donner Yasmina, déclara Sandro de but en blanc.

Une vive colère déforma les traits de Jamal. Un sourire aux lèvres, son ami leva une main apaisante.

— Non, non, je ne la désire pas personnellement. Je veux dire qu'elle ne devrait appartenir à personne. Elle est malheureuse, tu sais.

Jamal semblait décomposé. Il ouvrit les mains dans un geste de désespoir.

— Je veux que tu lui rendes sa liberté.

Non. Je préfère mourir, écrivit le secrétaire.

— Elle veut t'aimer, Jamal, mais elle ne le peut pas tant qu'elle est une esclave.

Jamal resta longtemps immobile. Sa boucle d'oreille accrocha un rayon de soleil. Il reprit son ardoise : *Depuis quand es-tu devenu aussi sage ?*

— Je réfléchis depuis peu aux affaires de cœur, dit Sandro, gêné.

Si je lui rends sa liberté, elle me quittera, écrivit Jamal.

— Si elle part, c'est qu'elle ne t'aura jamais vraiment aimé.

Jamal eut un cri étranglé. Il se leva et quitta la pièce.

On frappa doucement à la porte de Yasmina. Elle se leva, posa la robe qu'elle était en train de coudre et alla ouvrir, pensant trouver son amie. Comme elle n'avait pas vu Laura depuis quelques jours, elle commençait à s'inquiéter. Laura avait l'habitude de s'immerger dans son travail, mais elle ne s'était jamais retirée du monde aussi longtemps...

— Jamal !

Elle étudia son visage austère, son torse musclé sous la veste ouverte, son regard plein d'incertitude.

Il entra dans la chambre et lui donna un parchemin. Elle lisait mal l'italien et pas du tout le latin, mais elle reconnut le nom de Sandro Cavalli et celui de Mme della Rubia.

— C'est l'acte de propriété me concernant, n'est-ce pas ? dit-elle froidement.

Il lui reprit le document. Quand ils s'étaient connus, Yasmina avait parfaitement compris Jamal en lisant dans ses yeux. Un mouvement des mains, un geste des épaules transmettaient une idée aussi clairement que des mots. Mais depuis qu'il était son maître, il était devenu un étranger.

Il fit un bruit étrange avec sa gorge et s'approcha de l'âtre. Froissant le papier entre ses doigts, il le jeta dans les flammes et le regarda se consumer.

Le cœur battant, Yasmina attendit qu'il lui fît à nouveau face.

— Est-ce que ce geste signifie ce que je pense ?

Il acquiesça gravement.

— Libre... murmura-t-elle, goûtant ce mot merveilleux.

« Où vas-tu aller ? » demandaient les yeux de Jamal.

— Je ne vais nulle part, mon amour. Je reste avec toi. Si tu veux bien de moi.

Le beau visage de son bien-aimé s'éclaira d'un lumineux sourire.

Le valet de pied semblait embarrassé.

— Messire ?

— Qu'y a-t-il ? Tu vois bien que je travaille.

Le valet eut un regard dubitatif pour le bureau impeccablement rangé de Sandro. Les affaires de la propriété ne lui avaient pris qu'une heure de travail.

— Il s'agit de votre invitée. La dame artiste. Elle ne répond plus quand on frappe à la porte. Elle n'a pas mangé depuis hier matin et...

Sandro n'en écouta pas davantage. Il se leva d'un bond et quitta la pièce en courant. Il imaginait Laura évanouie, épuisée, morte de faim ! Jamais il n'aurait dû la laisser seule !

Devinant qu'elle avait verrouillé la porte, il donna un grand coup de pied pour l'ouvrir. Il poussa un cri de douleur et trébucha en arrière. La porte resta close. Agacé, il se frotta la jambe. Il devenait trop vieux pour forcer les portes des femmes. Il frappa du pied une nouvelle fois, risquant de se briser la cheville, mais le battant résista.

Furieux, il retira son pourpoint et délaça sa chemise en lin. Il recula de quelques mètres, décidé à abattre cette porte coûte que coûte. Les yeux fermés, il leva son pied. Au même instant, la porte s'ouvrit et Sandro se précipita dans la pièce.

Il dérapa et tomba sur le dos. Il eut la respiration coupée. Des étoiles tournoyaient devant ses yeux. Il cligna plusieurs fois afin d'y voir clair.

Le visage étonné de Laura le contemplait.

— Vous auriez pu frapper, dit-elle d'un ton accusateur.

Elle lui tendit une main couverte de peinture. Il l'ignora et se redressa, les muscles endoloris.

— J'aurais frappé, mais on m'a dit que vous n'ouvriez plus.

— J'étais absorbée par mon travail.

Elle ressemblait aux enfants mendiants devant l'église San Rocco. Deux taches rouges brillaient sur ses pommettes. Ses cheveux étaient encore plus fous que d'habitude. Elle avait essayé de les domestiquer en les attachant avec un vieux chiffon. Sa robe empruntée à Adriana était tachée de peinture. Elle avait maigri.

— Seigneur, on dirait une affamée… murmura Sandro, se retenant de la prendre dans ses bras.

Comment avait-il pu tolérer qu'elle se laisse aller ainsi ?

— Vraiment ? répliqua-t-elle. Pourtant, je ne me suis jamais sentie aussi bien.

Elle bâilla et s'étira.

— Et maintenant, messire, je crois que je vais m'offrir un bain.

Elle se faufila par la porte et descendit l'escalier. Sandro resta abasourdi.

Une forte odeur de peinture flottait dans l'atelier. Peut-être qu'en regardant les toiles, il comprendrait mieux ce qui s'était passé, ces derniers jours.

Les peintures étaient placées sur des chevalets ou posées contre les murs. Laura avait été prolifique. La plupart des peintres mettaient des semaines à réaliser des œuvres de cette taille.

Il eut le cœur serré. Les tableaux retraçaient les derniers mois de la vie de Laura.

Deux *bravi*, habillés comme des oiseaux exotiques, leurs armes à la main, jetaient des regards mauvais au spectateur. Ce n'était pas un portrait ordinaire, mais une expression vibrante de vie. Sandro percevait la terreur et le sentiment d'impuissance de la jeune femme.

Un autre tableau représentait Gaspari, le jeune compositeur dont elle avait découvert le corps. Elle avait peint son visage figé dans un étonnement perpétuel, une main fermée près de sa joue. Encore une fois, la toile allait à l'encontre de toute règle. On y décelait une immense détresse.

Le tableau suivant illustrait la scène effrayante à bord du navire, quand elle avait été enlevée par Marc Antonio et ses amis. Une silhouette blanche était attachée les bras en croix, ses cheveux noirs éparpillés autour d'elle. Les torches éclairaient d'une lumière maléfique les traits des agresseurs. Laura avait parfaitement saisi la perversité de ces hommes. Ému par la qualité du tableau, Sandro se sentait aussi furieux que le soir du drame.

Longtemps, il contempla la scène. Mieux que tout témoignage devant des juges, cette toile était criante de vérité.

Un autre tableau était tourné contre le mur. Au dos, elle avait inscrit une date : le premier jour où elle s'était enfermée dans l'atelier.

Sandro retourna la toile, non sans appréhension.

Il s'agissait du taureau dans son pré. La scène se passait la nuit. Le ciel était sombre, strié de violet. Une lune blafarde éclairait l'animal. Laura n'avait rien épargné au vieux taureau. On voyait chaque cicatrice, chaque ligne de son corps, chaque imperfection, même sa corne brisée.

Et pourtant, cette vision n'inspirait ni pitié ni dégoût. Laura lui avait donné une beauté étrange, une fierté et une dignité qui inspiraient le respect.

C'était un chef-d'œuvre. Le monde de l'art ne serait plus jamais le même lorsque les maîtres auraient vu ce tableau. Qu'est-ce qui avait pu l'inspirer pour transformer une bête aussi commune, aussi modeste, et la transcender pour en faire cette œuvre grandiose ?

Il remarqua une inscription au bas du tableau. Il se pencha pour lire : *Une vision de Sandro.*

Laura bénissait les Romains d'avoir inventé les bains. Elle félicitait Sandro Cavalli d'avoir redonné vie à cette coutume. Sa maison de bains était un bâtiment rond, cerné d'arcades. La piscine était profonde, en marbre semé de mosaïques. Une ouverture au plafond laissait entrer la lumière; une source chaude maintenait l'eau à une température parfaite.

Laura se lava avec un savon parfumé, puis plongea la tête pour rincer ses cheveux.

— Vous appréciez ? demanda une voix sardonique.

Elle se releva brusquement. L'eau savonneuse couvrait à peine ses seins.

— Oui… merci, messire.

Il semblait impatient. Il marchait de long en large, un muscle tressautait sur sa joue. Elle avait envie de le dessiner : sa chemise ouverte, ses bras nus, son visage marqué par la lassitude. Il aurait fait le meilleur des modèles masculins.

— Je suppose que vous ne me donnerez pas d'explications, dit-il, s'appuyant contre une colonne de pierre.

— Je prends un bain. C'est évident, non ?

— Ne fuyez pas la question, Laura. On m'a beaucoup insulté dans ma vie, mais on ne m'a jamais comparé à un taureau vieillissant qui mérite d'être envoyé à l'abattoir !

Il lui semblait si attirant. Elle eut de la peine pour lui.

— Oh, Sandro, je ne sais même pas si je le comprends moi-même… Laissez-moi sortir et tenter de vous expliquer.

Elle se prépara à sortir. Sandro écarquilla les yeux. Il tourna aussitôt les talons.

— Je viendrai vous retrouver tout à l'heure, quand vous serez habillée.

13

— Elle n'est pas dans la bibliothèque non plus, messire, s'excusa le valet. Le cuisinier dit qu'elle a pris du potage et du pain dans la cuisine. Mais ensuite…

Le serviteur ouvrit les mains dans un geste d'impuissance.

Sandro fit une grimace. Il avait toujours respecté un horaire précis. Des gens civilisés ne se promenaient pas n'importe où, à n'importe quelle heure de la journée.

— Vérifiez une nouvelle fois sa chambre et l'atelier, ordonna-t-il.

— Messire, elle ne serait pas restée à l'intérieur par une aussi belle journée, intervint posément Yasmina. Il faut vous habituer à penser comme Laura.

Impossible ! songea Sandro. S'il oubliait ses principes, sa rigueur quotidienne, et s'il devenait insouciant comme la jeune artiste, il courrait le risque de se mettre à rêver…

— C'est moi qui déciderai comment agir, rétorqua-t-il.

— Comme vous le désirez, messire. Mais rappelez-vous qu'elle est restée enfermée pendant des jours dans l'atelier. Elle est sûrement sortie prendre l'air.

Yasmina était plus éblouissante que jamais. Sa beauté altière était rehaussée par une douce sérénité. Elle avait perdu son regard méfiant.

« C'est incroyable, songea Sandro. Laura avait raison… »

Il partit à la recherche de la jeune femme dans les jardins. En cette fin de journée, ils étaient déserts. Non loin, près des maisons des ouvriers, des enfants se pourchassaient avec des bâtons ; leurs rires insouciants lui rappelèrent Laura.

Il marcha entre deux rangées de vigne. Des grappes de raisin poussaient sous les feuilles délicates.

Du haut d'une colline, il remarqua comme la lumière dorée se répandait sur le verger, ravivant les fleurs blanches des arbres. C'était le seul endroit où il n'avait pas encore regardé.

Il s'avança entre les pommiers et les poiriers, avec l'impression de pénétrer dans un monde magique. Les fleurs s'agitaient sous la brise, dégageant un parfum d'une infinie délicatesse…

Elle était allongée sur l'herbe au pied d'un pommier, endormie.

Il détailla à loisir les longs cils noirs, les lèvres vermillon, les cheveux en liberté. Sa joue reposait sur ses mains, où l'on devinait encore quelques traces de peinture. Elle ressemblait à une enfant avec sa jupe bleue et son corsage blanc de paysanne. La farandole des pétales de fleurs dans la lumière du couchant ajoutait un sentiment d'irréalité à la scène.

« Ne voyez-vous jamais la beauté des choses, messire ? » avait-elle demandé.

Désormais, Sandro la voyait. La beauté de Laura lui serrait le cœur. Il n'était pas heureux de l'admettre, car ouvrir son cœur à la beauté signifiait qu'il avait changé et qu'il se consumait de désir pour elle. Laura tirait son bonheur de la beauté, mais Sandro n'y voyait que de la douleur : la douleur de voir ses espoirs anéantis...

Elle soupira. Il vit qu'elle se réveillait lentement. Seigneur, où était passé Titien pour capturer cet instant sur l'une de ses toiles ?

Elle ouvrit les yeux, sourit d'un air vague.

— Messire... On dirait que j'ai passé la journée à dormir, ajouta-t-elle en voyant que le crépuscule s'annonçait.

À contrecœur, il s'assit sur l'herbe. Il se sentait ridicule, comme un patricien prenant la pose dans une scène bucolique. Laura le rendait sentimental. Et cela avivait son malaise.

— Vous vous êtes épuisée, à peindre ainsi.

— C'est vrai, acquiesça-t-elle, buvant au goulot d'une fiasque.

Fasciné, Sandro regarda le mouvement de sa gorge blanche alors qu'elle buvait longuement.

— Du cidre, dit-elle en s'essuyant les lèvres sur sa manche. Vous en voulez ?

Sandro but, conscient que ses lèvres épousaient l'empreinte des siennes. Le cidre frais et doux, avec son arrière-goût amer, soulagea sa gorge sèche.

— Que pensez-vous de mes peintures ?

— Je n'y connais rien.

— Ce n'est pas ce que je vous demande. Je veux savoir ce que vous avez ressenti en les regardant.

— La plupart des toiles sont… perturbantes.

— C'est bien ce que je pense.

— Alors pourquoi les avez-vous peintes ?

— L'art ne doit pas se contenter de nymphes enjouées et de corbeilles de fruits, messire.

— Vos peintures ne sont pas aussi détaillées que celles que j'ai l'habitude de voir.

— Je n'avais pas envie de m'intéresser aux détails. J'avais envie de traduire des émotions… des sensations.

Il acquiesça.

— Vous y êtes parvenue.

— Quelles émotions avez-vous ressenties ? demanda-t-elle, inclinant la tête sur le côté.

— Le désir. La violence. L'enthousiasme.

— Ces peintures me coûteront probablement ma place à l'Académie.

— À moins qu'elles ne vous permettent d'y entrer avec le titre de « maître ».

Son visage s'illumina.

— Vous le pensez ?

— C'est possible.

— Alors, elles vous ont plu ?

— Je vous l'ai déjà dit, et vous savez que je ne mens jamais.

Elle sourit.

— Tant mieux. Je suis désolée que vous soyez en colère pour le taureau, ajouta-t-elle, l'air taquin.

— Êtes-vous sincère ?

Elle entoura ses genoux de ses bras.

— Oui. Je suis désolée de vous avoir fait de la peine, mais pas d'avoir peint cette toile. Il y a une différence, messire.

Sandro s'était assombri. Embarrassée, Laura se mordit la lèvre.

— Laissez-moi vous expliquer…

— Il n'y a rien à expliquer, grommela-t-il. Il suffit de regarder le tableau.

Elle passa sa main dans l'herbe. Décidément, cet homme était un mystère. Comment pouvait-il vivre dans ce paradis et garder un cœur aussi froid ?

— Je n'avais pas l'intention de me moquer de vous. Je voulais seulement exprimer les sentiments que j'éprouve pour vous.

— C'est réussi ! Vous m'avez dépeint comme une vieille carne inutile.

— Est-ce vraiment ce que vous avez vu dans le tableau ? N'avez-vous pas vu la force, la noblesse, la dignité ?

Il toussota, gêné.

— J'ai peut-être réagi de manière trop vive. Mais ce n'est pas tous les jours qu'on découvre un portrait de soi en animal.

— J'aimerais peindre votre véritable portrait, proposa-t-elle, enthousiaste.

— Pas question.

— Je craignais cette réponse, se désola la jeune femme. Vous avez construit un mur autour de vos sentiments, Sandro. Il y a en vous de la passion, du feu, un monde sauvage. Mais vous le cachez si bien que les gens l'ignorent.

— Mais vous, dans votre grande sagesse et avec votre expérience, vous l'avez deviné ? railla-t-il.

— Oui. Ainsi que vos amis l'Arétin et Titien. Et Jamal, bien entendu.

— J'ignorais qu'autant de gens gaspillaient leur temps à s'intéresser à mon âme.

— C'est seulement parce que nous le désirons, dit-elle en s'approchant de lui. Parce que nous vous aimons…

Laura n'en pouvait plus de patienter. Sandro avait déclaré que leur nuit d'amour à la maison close n'avait été qu'une leçon. Mais en étudiant certains de ses regards, certaines inflexions de sa voix, elle percevait tout autre chose. Elle avait l'impression qu'il avait peur de la désirer.

Elle lui caressa la joue. Sa peau était rêche car sa barbe avait poussé depuis le matin. Il se tint parfaitement immobile, mais une lueur craintive avait filtré dans son regard.

— Que faites-vous ? grommela-t-il.

— Vous ne comprenez pas mes paroles. Vous ne comprenez pas mes peintures. Peut-être comprendrez-vous ceci...

Prenant son visage entre ses mains, elle déposa un baiser sur ses lèvres.

Il laissa échapper un gémissement et la serra contre lui. Il goûta ses lèvres pulpeuses avec délice. Elle explora sa bouche, parfumée au cidre qu'ils avaient partagé. Sandro devint plus insistant. La tête de Laura bascula légèrement en arrière, s'offrant à lui comme une fleur au soleil.

Son corps de jeune fille se réveillait peu à peu. Des sensations inconnues parcouraient ses veines. Quand elle gémit, Sandro se redressa et essaya de se détourner.

— Sandro, je vous en prie... supplia-t-elle.

Il ferma les yeux avec un soupir.

— Seigneur, je ne suis pas d'acier ! Je deviens fou, mais ça m'est égal, dit-il en délaçant la chemise de Laura d'une main tremblante. Je ne peux plus m'arrêter...

— Je ne le veux pas.

— Je pourrais vous dévorer tout entière et ne jamais le regretter.

— Faites-le, Sandro.

En riant, elle lui caressa les épaules et le dos. Elle sentit qu'il se détendait. Elle en fut heureuse.

Sandro l'aida à se relever. Il lui prit les mains et les baisa.

— Vous êtes une enfant, protesta-t-il dans un ultime effort pour se maîtriser.

— Décidément, messire, vous ne me connaissez pas !

Dans les bras de Sandro, elle se sentait pleinement femme.

— Je ne peux pas vous épouser, dit-il avec franchise.

Laura était étonnée. Pensait-il vraiment qu'elle comptait sur un mariage ? Les aristocrates n'épousaient pas les roturières. À moins de finir comme Guido Lombardo. Or Sandro était trop orgueilleux pour supporter une vie de pauvreté. Jamais elle n'oserait envisager une union avec le Seigneur de la Nuit.

— Je ne veux pas un mariage, messire. Je veux que vous me fassiez l'amour.

Il sembla soulagé. Des pétales tombèrent sur ses épaules, se logèrent dans les plis de son chapeau. Un rossignol lança quelques trilles.

— Ce n'est pas l'endroit... Il faudrait être dans une chambre.

— Pourquoi ?

— Parce que ! rétorqua-t-il, agacé.

— Ah, le Seigneur de la Nuit a parlé ! se moqua-t-elle.

Il lui offrit le bras. Elle l'ignora. Elle ne voulait pas quitter le verger, lui donner le temps de réfléchir, laisser la magie de ces instants se dissiper. Pour une fois, elle voulait que Sandro perde sa maîtrise de soi.

— Non, nous allons rester ici, décréta-t-elle en montrant l'herbe parsemée de pétales roses et blanches.

— Mais ça ne se fait pas ! s'affola-t-il. N'êtes-vous pas gênée ?

— Je n'ai aucune gêne en ce qui vous concerne.

Elle posa les mains sur son torse et les fit glisser sur la chemise en lin. Elle sentait son cœur battre la chamade.

— Sandro, je veux qu'entre nous ce soit différent. Vous êtes un homme d'expérience, mais pour moi, c'est la première fois. Je veux que quelque chose soit nouveau pour vous aussi.

Il secoua la tête.

— Tout ce qui vous concerne est inattendu. Vous êtes si innocente, je pense que…

— Ne pensez plus ! ordonna-t-elle, posant un doigt sur ses lèvres. Quand vous pensez, vous devenez insupportable. Je vous désire. Alors cessez de chercher des raisons de me fuir.

— Dans ce cas, il faut m'empêcher de penser, soupira-t-il, rendant les armes.

Elle se dressa sur la pointe des pieds, lui enlaça la nuque. Ils s'embrassèrent longuement. Il défit la chemise de Laura. Ses paumes rugueuses glissèrent sur ses mamelons. Il la débarrassa de la chemise, puis de la jupe et de sa lingerie. Elle se retrouva nue, et se sentit curieusement intimidée. Même si le soir tombait, la lumière était encore chatoyante. Elle s'était souvent dénudée devant Titien ; les amis et les apprentis du maître avaient traversé l'atelier alors qu'elle posait. Mais aujourd'hui, c'était différent.

Avec Sandro, elle ne se sentait pas détachée. Un désir enflammé la parcourait et elle voulait lui plaire. Il la dévisageait comme si elle était une apparition céleste. Elle rougit.

— À votre tour, messire.

— Patience, *carissima*.

Il l'attira à lui et la couvrit de caresses.

Laura se rappelait vaguement les conseils de Portia pour dévêtir un gentilhomme, mais elle était trop fébrile pour les suivre. Elle s'attaqua au pourpoint avec rage. Sandro l'aida à retirer le vêtement, puis sa chemise, ses chausses, ses bottes.

Bientôt, le Seigneur de la Nuit se dressa nu devant elle. Il eut un regard hésitant pour ses vêtements.

— Non ! lança Laura.

Elle lui prit la main et recula d'un pas pour l'observer.

Son corps portait des traces de cicatrices, mais il était parfait. Et elle le lui dit. Il l'accusa de le flatter, et elle lui prouva qu'il avait tort en le renversant dans l'herbe avec un fougueux baiser.

Il s'allongea à côté d'elle, une main posée sur la hanche de la jeune femme. Elle s'arqua vers lui. Il caressa ses seins, lécha les mamelons. Sa langue coquine joua avec les pointes jusqu'à ce qu'elle pousse un cri.

Il laissa sa main courir le long de sa cuisse fuselée, puis remonter vers sa féminité. En découvrant comme elle était prête, il gémit, glissa un doigt dans les replis secrets, alors que son pouce la caressait.

Elle effleura les contours de sa virilité. Sandro jura à mi-voix, car il ne pensait pas que son corps réagirait avec une pareille intensité. Il lui mordilla le lobe de l'oreille.

— Laura… ce que vous me faites… Je n'en peux plus, mais j'ai peur de vous faire mal…

— Jamais, Sandro.

« Pas de cette manière », ajouta-t-elle en pensée.

Il se glissa au-dessus d'elle, posant les mains de chaque côté de sa tête. Sans la quitter des yeux, il la pénétra lentement.

Elle sentit son corps lui résister et inclina les hanches pour l'aider. Il y eut une pression lourde, mais aucune douleur, car les caresses de Sandro et son désir pour lui l'avaient préparée.

— Que voyez-vous ? chuchota-t-elle alors qu'il la scrutait intensément.

— Le paradis.

Je vous aime. Elle esquissa les mots, et leva la tête pour l'embrasser. Sandro trouva un rythme qui leur était propre, irradiant Laura jusqu'au tréfonds de son être. Les sensations étaient d'autant plus exquises qu'elle ne s'était pas attendue à vivre un moment aussi merveilleux. De même qu'elle n'avait pas imaginé être amoureuse de son premier amant.

De petits soupirs s'échappaient d'entre les lèvres de la jeune femme. Le rythme s'accéléra. Elle eut le sentiment d'être suspendue dans l'éternité, entre ciel et terre. Brusquement, elle fut projetée dans un monde de lumière étincelante.

À son tour, Sandro sentit son corps se détendre comme un arc. Ensemble, ils s'élancèrent vers les cimes de la jouissance. Plus rien n'existait autour d'eux, excepté le maelström d'étoiles où ils tourbillonnaient, comme s'ils n'avaient vécu que pour ce moment. Doucement, très doucement, ils retombèrent comme les pétales de fleurs qui dansaient autour d'eux.

Sandro resta allongé sur elle, le visage enfoui dans sa chevelure d'ébène. De toute sa vie, jamais il n'avait ressenti une émotion aussi intense.

Elle avait dit qu'elle voulait que ce fût un moment mémorable. Elle avait réussi au-delà de toute espérance.

Sandro, en effet, avait pensé la prendre rapidement, afin d'en finir une bonne fois pour toutes avec ce désir qui le tenaillait. Il s'était lourdement trompé. Il ne pourrait jamais l'oublier.

Il lui baisa les lèvres. À sa stupéfaction, il sentit son désir renaître. Il recommença à onduler, sans la quitter des yeux. Elle avait encore faim de lui. Le corps de velours de Laura se resserra autour de lui, lui arrachant un cri. Confusément, il savait qu'il disait son nom, qu'il prononçait des paroles qu'il aurait dû taire, mais il ne se contrôlait plus. Ses émotions balayaient la raison et la logique. Il l'embrassa pour ne plus parler. Une nouvelle vague de plaisir l'emporta. Il déversa une seconde fois sa semence en elle. Apaisé, il se détendit et s'allongea à son côté.

Laura respirait lentement. Avec ses doigts, elle dessina des arabesques sur son torse.

— Sandro… est-ce qu'on peut parler ?

— Bien sûr, murmura-t-il en la caressant.

— J'ai peur de dire quelque chose de travers. De rompre ce qui se passe entre nous. De casser quelque chose…

Il prit une poignée de pétales et les laissa tomber sur les seins et le ventre de Laura.

— J'écoute, dit-il.

— Je ne pensais pas que ce serait comme ça.

Avec un sourire, il souffla sur les pétales.

— Vous avez habité six mois dans une maison close et on ne vous a pas expliqué les plaisirs de la chair ?

— Bien sûr que si.

Il la couvrit de nouveaux pétales.

— Seigneur, Sandro, que me faites-vous ?

— Je vous fais découvrir les plaisirs de la chair, voyons, Laura.

Elle se mordit la lèvre.

— Je pensais éprouver des sensations agréables, mais j'ignorais que cela me bouleverserait aussi profondément. À un moment, je ne me sentais plus humaine, je me sentais comme une âme qui montait vers les cieux. Est-ce un blasphème ?

— Probablement.

— Suis-je folle, Sandro, ou l'avez-vous ressenti vous aussi ?

Il hésita. Jamais une femme ne lui avait parlé aussi ouvertement. Après avoir fait l'amour, ses maîtresses se rhabillaient en silence, comme si rien ne s'était passé. Laura voulait étudier l'amour comme on étudie une peinture. S'il lui avouait ce qu'il ressentait, il serait perdu, prisonnier du désir à jamais.

— Les jeunes gens ressentent toujours les choses plus intensément, décréta-t-il en se levant pour se rhabiller.

— C'est ridicule !

Coquine, elle effleura sa braguette, qui était une pièce de tissu triangulaire attachée au haut-de-chausses.

— Arrêtez ! s'offusqua-t-il.

— J'ai toujours été intriguée par cette partie du vêtement masculin. Qu'est-ce qu'un homme y met ?

— Cela dépend de l'homme, dit-il en l'aidant à enfiler sa robe de paysanne.

— Et vous ? Que gardez-vous dans la vôtre ? Des bonbons, des pièces d'argent ? Du rembourrage ?

Elle ramassa une poignée de pétales et les lui lança. On aurait dit une fée espiègle.

Il enfila ses hautes bottes en cuir.

— Rien que des ennuis, grommela-t-il.

Ils finirent de se rhabiller en silence. Sandro se sentait totalement désorienté. Illuminée par la lumière du soir, Laura ressemblait à une créature mythique qu'il ne pourrait jamais rejoindre.

— Sandro, je veux dormir avec vous ce soir.
— Non.
— Pourquoi pas ?
— Notre histoire finira par vous faire du mal, Laura. Nous en souffririons tous les deux.
— Comment le savez-vous ?
— Je ne sais pas donner de moi-même comme vous.
Des regrets pour une vie d'occasions ratées jetèrent une ombre sur son visage.
— Quand ma première femme a découvert cette faiblesse, continua-t-il, elle s'est réfugiée dans les bras d'un autre.
— Elle a été stupide de tolérer votre indifférence. Moi, je ne le permettrai pas. (Elle se pressa contre lui.) Vous ne comprenez pas ? Vous êtes mon destin.
— Je croyais que votre destin, c'était de devenir un grand peintre.
Elle sourit.
— Je suis née pour deux destinées. Je vais peindre des toiles superbes, et vous…
— Nous ne sommes pas faits l'un pour l'autre, Laura. Il faut vous y habituer.
— Dans ce cas, pourquoi avez-vous dit ces choses lorsque nous étions en train de nous aimer, alors que nos deux âmes étaient unies ?
— Un homme n'est pas responsable des paroles qu'il prononce dans les moments de passion, rétorqua Sandro.
Sourcils froncés, elle recula pour le dévisager.
— Vous prétendez ne jamais mentir.
— C'est vrai.
— Justement : vous avez dit que vous m'aimiez.
Le cœur serré, l'âme tourmentée, Sandro la saisit par les épaules.

— Laura, sur le moment, je l'ai sûrement pensé. Vous êtes belle, pleine de vie. Vous m'avez donné le sentiment que j'étais jeune et que je pouvais conquérir le monde. Pouvez-vous me reprocher d'avoir été reconnaissant ?

— Les hommes reconnaissants ne parlent pas forcément d'amour.

— Ce n'étaient pas des circonstances normales. Il faut être lucide, Laura. Il y a entre nous une trop grande différence d'âge, nous appartenons à des milieux différents. Un avenir entre nous se révélerait impossible.

Elle lui prit les mains et le regarda d'un air grave.

— Dans ce cas, ne pensons pas à l'avenir, messire. Je vous rends heureux maintenant. N'est-ce pas suffisant ?

À court d'arguments, il la souleva dans ses bras, l'emporta dans sa chambre et lui fit l'amour encore et encore.

Mais il savait qu'il commettait une erreur. Il la ferait souffrir, c'était inévitable...

La passion les avait coupés du reste du monde. Pour Sandro et Laura, l'univers se résumait à leur couple. La nuit, ils faisaient l'amour ; le jour, ils en rêvaient. Ils échangeaient des regards complices pendant le dîner, riaient dans la cave à vin où ils venaient se désaltérer après des heures enflammées.

Sandro en oubliait qu'il était exilé de sa ville, et qu'il ne pouvait plus accomplir son devoir de protéger les citoyens et le doge.

C'était Laura qui était responsable, se dit-il un jour, alors qu'il était couché nu sur son lit. Elle l'avait détourné de son rôle de Seigneur de la Nuit.

Il prit une orange et y enfonça un ongle. Du jus coula sur sa main tandis qu'il pelait lentement le fruit. C'était encore Laura qui lui avait appris le plaisir simple et sensuel de peler une orange sans couteau. Il mordit un quartier, appréciant la saveur piquante.

— Arrêtez, dit-elle en levant le nez de son carnet à dessin. Vous me donnez faim.

Il sourit.

— C'était bien mon intention... Venez ici.

— Ah non ! Il m'a fallu une semaine pour vous convaincre de poser pour moi. Je ne vais pas rater l'occasion.

Concentrée, elle frotta son pouce sur le papier pour atténuer le trait du fusain.

— C'est la meilleure étude que j'aie jamais faite. Je vais peindre un magnifique portrait de vous.

— Je n'en doute pas. Dommage que personne ne le verra.

Elle ajouta des traits plus clairs avec de la craie.

— Comment cela ?

— Vous ne pensez tout de même pas que je vais tolérer qu'on montre un portrait de moi dénudé !

— L'art existe pour être partagé.

— Pas cette fois, Laura.

Elle haussa les épaules et continua à travailler. C'était la première fois de sa vie que Sandro passait une journée au lit, et il savourait ces moments de paresse comme un épicurien. Il sourit à nouveau en voyant l'expression sérieuse de Laura, sa main qui volait sur la feuille de dessin. Il ne comprendrait jamais ce qu'elle trouvait de fascinant à son corps bardé de cicatrices. Il ne voyait rien d'extraordinaire dans son torse musclé, ses longues jambes minces, ses épaules, l'une marquée par un coup de sabre, l'autre portant la trace d'un coup de feu.

Il termina son orange. Il s'était habitué à jouer au modèle. Laura le dévisageait froidement, puis ses yeux se voilaient tandis qu'elle cherchait l'inspiration, avant de griffonner sur le papier. Elle dessinait comme elle vivait : avec une exubérance merveilleuse, une joie de vivre et une énergie communicatives.

Il repensa à leurs nuits d'amour. Jamais il n'avait connu une femme aussi généreuse. Elle était prodigue en baisers et en caresses. Elle le surprenait et l'enchantait. Aucune barrière morale ne venait gâcher son plaisir. Elle était d'une rare sensualité, se moquait des conventions et des règles. Elle était aussi inventive en amour qu'en peinture.

Alors qu'elle continuait à travailler, il prenait plaisir à l'observer. Elle portait l'une de ses longues robes de chambre. Le satin écarlate, trop grand pour elle, s'ouvrait pour montrer la vallée de ses seins. Ses cheveux s'éparpillaient sur ses épaules. Ses pieds nus étaient accrochés aux barreaux de la chaise. La pose peu féminine offrait une vue très intéressante sur l'intérieur de ses cuisses...

— Sandro ! gronda-t-elle.

— Quoi ? Je ne bouge pas.

— Une partie de votre corps a bougé, dit-elle en riant.

Il éclata de rire.

— *Carissima,* il n'y a qu'une façon d'arranger la situation.

Laura leva le carnet comme un bouclier.

— Je devrais vous dessiner comme ça pour montrer que vous êtes un débauché.

— J'étais un parfait gentilhomme, avant de vous rencontrer.

— Heureusement que vous m'avez connue ! Les parfaits gentilshommes sont très ennuyeux.

— Justement, je m'ennuie en ce moment, grommela-t-il en bâillant. On devrait réserver le travail de modèle à des corbeilles de fruits, des épagneuls ou des faisans morts.

— Je vous en prie, Sandro. Encore un peu de patience.

— Venez, dit-il en lui ouvrant les bras.

— Je veux dessiner.

— Vous dessinerez tout à l'heure.

— Non.

— Non ? fit-il en se levant.

— Vous n'êtes pas professionnel.

— Je ne suis pas un modèle, rétorqua-t-il en lui prenant le carnet des mains.

Elle fit un bond de côté.

— Non, je ne veux pas...

En riant, il la prit dans ses bras, la balança sur son épaule et retourna vers le lit. Elle tambourinait sur son dos avec ses poings fermés.

— Espèce de barbare ! Troglodyte ! *Bestiaccio !*

Il la laissa tomber sur le lit et lui emprisonna les poignets au-dessus de sa tête. Elle éclata de rire. Il lui scella les lèvres d'un baiser.

Elle était prête pour le recevoir, ce qui ne l'étonna pas. Il l'embrassa à nouveau, et son baiser avait le goût acidulé de l'orange.

Avec un cri, elle l'enserra de ses cuisses, l'attirant plus profondément en elle.

Il lui mordilla les mamelons, déposa une traînée de feu sur son corps satiné. Le plaisir était si grand que Sandro faillit s'abandonner. Non ! Il n'était pas un adolescent pressé. Il se retira alors qu'elle protestait. Il lui donna l'ordre de ne pas bouger, glissa le long de son corps, ses mains lui cajolant les seins. Il goûta les lèvres salées de sa féminité, jusqu'à ce qu'elle retienne son souffle et le récompense par une onde de douceur.

Il se redressa et la pénétra à nouveau. Les yeux de Laura brillaient de bonheur. Quand Sandro eut pris son plaisir, elle l'embrassa sur les lèvres.

— C'est le goût de l'amour, *carissima*, murmura-t-il.

Lorsqu'ils se séparèrent, elle avait l'air si étonnée, si heureuse qu'il aurait voulu que cet instant ne finisse jamais.

Longtemps, il la tint contre lui, regrettant que leur passion ne pût être davantage qu'une idylle, une fantaisie. Ils étaient loin de la vie réelle et de ses devoirs...

On frappa à la porte. Sandro recouvrit sa compagne avec la robe de chambre et s'enveloppa dans un drap.

Il essaya de ne pas sourire en découvrant le visage stupéfait du domestique. Aucun de ses serviteurs, excepté son valet de chambre, ne l'avait jamais vu ainsi. Et voilà qu'il se tenait devant le jeune homme en toge improvisée, les cheveux en bataille.

— Un message pour vous, messire.

Le valet lui donna un lourd parchemin, avant de s'éclipser.

Sandro brisa le sceau et parcourut les quelques lignes.

— Qu'est-ce que c'est ? demanda Laura.

— Une invitation. Du marquis et de la marquise de Mantoue. Ils donnent une soirée à leur villa de campagne, demain soir. Je suppose qu'ils veulent se faire pardonner le comportement indigne de leur fils.

Comme Sandro, Laura avait presque oublié que le monde continuait à tourner au-dehors.

— Est-ce que vous allez vous y rendre ?

— Nous irons tous les deux, décida-t-il.

— Sandro, je ne peux pas. Je ne suis pas digne de ces gens.

— Balivernes ! Vous êtes parfaite.

— Vous avez de drôles de goûts ! rétorqua-t-elle, ce qui le fit rire. Je ne veux pas les voir, Sandro. Pas après ce que leur fils m'a infligé.

— Mon fils était coupable, lui aussi, mais vous m'avez pardonné. Les hommes qui vous ont tourmentée cette nuit-là ont été condamnés à l'exil. Ne vous cachez jamais à cause de ce qui s'est passé, Laura. Vous étiez innocente.

— Les gens pensent sûrement le contraire. J'ai été vendue dans une maison close, souvenez-vous. Ils diront que je l'avais bien mérité.

— Seulement si vous vous dérobez et les laissez imaginer ce qu'ils veulent.

Elle hésita.

— Êtes-vous certain ?

— *Carissima*... ayez confiance en moi. Vous allez tous les conquérir. Vous avez un talent pour cela, murmura-t-il en la caressant.

Elle lui baisa la joue.

— Vraiment ?

— Oh oui, chuchota-t-il, alors que son désir renaissait.

14

La magnificence de la salle de réception du marquis de Mantoue impressionnait Laura, qui ne pouvait pourtant chasser un mauvais pressentiment.

Au bras de Sandro, à l'entrée du salon, elle admira le plafond voûté décoré par des fresques de Bellini, les marbres, les dorures et le tourbillon d'une aristocratie flamboyante. Mais, comparé à la beauté classique de la maison de Sandro, ce palais était criard.

Ils furent accueillis par le célèbre Triumvirat de Venise : Titien, l'Arétin et l'architecte Sansovino.

— *Divinissimo !* s'écria l'Arétin, grimpant les quelques marches pour les saluer. Quel bonheur de te voir, Sandro ! Regarde, ajouta le poète avec un geste du bras. Puisque tu es loin de Venise, Venise est venue à toi.

Laura reconnaissait en effet une grande partie de la noblesse de la ville.

L'Arétin la serra contre lui.

— Comment va ma *bellissima* ? Est-ce que le Seigneur de la Nuit la traite bien ?

Elle rougit. L'Arétin regarda tour à tour Sandro et Laura, puis se tourna vers ses deux amis.

— *Ecco !* Je ne le crois pas ! Ils sont amants !

La jeune femme garda la tête haute, car leur liaison n'avait rien de déshonorant.

— Bon sang, Pietro, c'est fou ce que tu es discret ! se lamenta Sandro.

Autour d'eux, on leur jetait des regards suspicieux, et les murmures allaient bon train.

Le duc d'Urbino s'approcha en considérant Laura avec mépris.

— Désormais, nous savons pourquoi elle a osé interrompre la séance du conseil. Elle a menti pour protéger son amant.

Sandro eut un mouvement rapide comme l'éclair. Il empoigna la chemise du duc et l'attira à lui.

— Dis encore un mot, Francesco, et tu te retrouveras dans la Brenta.

— Voyons… bégaya Urbino. Mon fils est en prison à cause d'elle !

— Non ! s'indigna la duchesse d'Urbino qui avait observé son mari. Notre fils est à la Gabbia à cause de son propre comportement. Les passions de la jeunesse sont dangereuses. Il est temps qu'Adolfo apprenne à se maîtriser.

Elle entraîna son mari comme s'il n'était qu'un enfant impatient, et le consola en lui donnant un verre de marsala.

— Quelle femme raisonnable, remarqua Sansovino en prenant le bras de Sandro. Cessons de parler de toi. Lançons une rumeur concernant Pietro…

Titien attira Laura à l'écart.

— Je présume que c'est vrai, dit-il.

— Oui, maître. Mais j'aurais préféré que messire Pietro n'alerte pas la moitié des invités.

— Es-tu heureuse, Laura ? C'est ce que tu désirais ?

— Oui.

La jeune femme n'avoua pas toute la vérité à l'artiste. Elle aurait aimé avoir la certitude que Sandro était à elle, et à elle seule. Pour toujours. Hélas, c'était un rêve.

— On dit que Sandro est généreux avec ses maîtresses.

Laura ressentit un choc. Titien lui donna un verre qu'il avait pris sur un plateau.

— Des maîtresses ? répéta-t-elle.

— Tu sais bien que tous les hommes ont une ou deux maîtresses. Parfois même quatre.

Laura prit une gorgée de vin frais, mais elle put à peine avaler.

— Je suppose que Sandro en a plusieurs…

— Il est veuf depuis longtemps, Laura. Un homme comme Sandro Cavalli ne peut pas vivre comme un moine.

Elle pensa à l'amour de Sandro, à son désir insatiable. Titien avait raison.

Une jalousie féroce la prit à la gorge, mais elle refusa de se laisser abattre. Sandro ne lui avait fait aucune promesse. Il ne lui avait rien offert de plus que la passion physique qu'elle réclamait. Elle serait sotte d'espérer davantage.

— Avez-vous appris des choses nouvelles concernant les peintures volées ? demanda-t-elle, changeant de sujet.

— Non. Les hommes de Sandro n'ont aucune piste.

Laura frémit. L'idée qu'un inconnu possédât des portraits d'elle aussi intimes la troublait.

— J'ai travaillé, maître. J'ai un merveilleux atelier.

— Messire Sandro le permet ?

— Vous aviez tort à son sujet, maître. Il comprend mon ambition. J'ai terminé cinq tableaux.

— Cinq ? s'exclama-t-il, estomaqué. Moi, il me faut plus d'une année pour en peindre autant.

— Je sais... mais ceux-ci sont différents. C'est le meilleur travail que j'aie jamais accompli.

Il hocha la tête, sachant qu'elle ne se vantait pas.

— Si tu penses que ton travail est bon, tu dois avoir raison. Tu auras besoin de ces nouvelles toiles.

— Pourquoi ? Les maîtres de l'Académie vous ont-ils parlé ? s'inquiéta-t-elle.

Titien entraîna la jeune femme dehors, où l'air frais permettait de respirer plus aisément.

— Ils ne m'ont pas acceptée, n'est-ce pas ? dit-elle, se préparant à abandonner le rêve d'une vie entière.

— Non, en dépit de tous mes efforts.

— Est-ce parce que mon art est mauvais, ou parce que je suis une femme ?

— Aucun d'entre eux n'a osé remettre en cause la qualité de ton œuvre.

— Peste ! jura Laura en frappant du poing sur la balustrade en pierre. S'il s'agissait de mon métier, je pourrais me corriger, travailler davantage... Mais je ne peux pas changer de sexe. Comment osent-ils me rejeter parce que je suis une femme ?

Titien sourit.

— Je n'ai pas dit qu'ils t'avaient refusée. J'ai dit qu'ils ne t'ont pas encore acceptée.

Avec un cri de joie, elle se mit à virevolter autour de lui.

— Dites-moi ! Dites-moi tout !

— Il nous faut d'autres toiles.

— Elles existent !

Jamais elle ne s'était sentie aussi confiante. Même les maîtresses de Sandro n'assombrissaient pas son bonheur. Une fois que l'Académie l'aurait acceptée, elle pourrait vendre ses tableaux. Elle serait libre et indépendante.

Elle n'aurait plus besoin de Sandro Cavalli... À cette pensée, sa gorge se noua.

— Je vais emporter tes nouvelles peintures avec moi à Venise, dit Titien qui soudain fronça les sourcils.

— Qu'est-ce qu'il y a ? demanda Laura.

— Y a-t-il un nu parmi ces toiles ?

Laura savait que c'était indispensable pour passer l'épreuve d'admission à l'Académie. Elle pensa aux études de Sandro. Elle l'avait dessiné sous tous les angles : allongé sur le lit, debout à la fenêtre lui tournant le dos, levant un verre de vin pour boire à sa santé. Deux jours auparavant, elle avait commencé sa peinture. Elle avait choisi son dessin préféré pour modèle, et l'image qui naissait peu à peu, comme une sculpture émerge de la pierre, était puissante. Son travail prouverait qu'elle savait dessiner le corps humain.

— Je travaille un nu en ce moment, avoua-t-elle à Titien.

Sandro avait été très clair : il ne voulait pas qu'on montre ce portrait de lui. Elle respectait ce point de vue, car il était un homme pudique et discret. Mais ne devait-on pas aussi respecter son art ?

— Tu me l'enverras dès que tu l'auras fini... Tu réussiras, Laura. Je te le jure.

Sandro sortit, alors que Titien rejoignait ses amis.

— Qu'est-ce qu'il vous a promis ? demanda-t-il tandis que Laura se jetait dans ses bras.

— C'est merveilleux ! L'Académie a étudié certaines de mes œuvres. Le maître pense que lorsqu'ils auront vu les dernières toiles, je serai acceptée.

— J'en suis persuadé, dit-il d'un air tendu.

Laura comprit que Sandro souhaitait son bonheur, mais qu'il savait que sa réussite les séparerait.

— J'aurai mon atelier dans Venise... Sandro, est-ce que je vais vous manquer ?

Il l'embrassa avec fougue, l'obligeant à basculer en arrière et à se retenir à ses épaules. Il la souleva de terre en la tenant par les fesses. Elle glissa une jambe autour de sa taille.

— C'est moi qui lui ai appris ça, déclara une voix féminine.

Surprise, Laura se laissa retomber par terre. Quatre femmes splendides les observaient. Celle qui avait parlé était rousse, avec des formes appétissantes. Sa voisine aux cheveux noirs tapotait un éventail fermé contre la paume de sa main.

— C'est possible, Gioia, mais c'est moi qui t'avais dit qu'il l'appréciait.

— Ne sois pas prétentieuse, Barbara, intervint une autre. Ne vois-tu pas que la nouvelle petite de Sandro est une originale ?

— Tu as raison, Arnetta. Elle sort du berceau, conclut la dernière beauté.

— C'est curieux, je croyais que vous respectiez les bonnes manières, dit Sandro. Votre comportement prouve que je m'étais trompé.

Il avait parlé posément, sans élever la voix, mais Laura devinait qu'il était furieux.

— *Madonna* Laura, continua-t-il, je voudrais vous présenter mesdemoiselles Barbara, Gioia, Arnetta, et Alicia. D'anciennes... amies à moi.

Ses maîtresses, songea Laura. Un jour, sans doute, il parlerait d'elle comme étant aussi une « ancienne amie ».

— Quel bonheur de vous connaître ! s'exclama Arnetta, mielleuse, en lui prenant la main.

— Nous avons tant de choses en commun, ajouta Gioia. Venez, il faut trinquer à notre santé.

Sandro voulut retenir Laura, mais la jeune femme lui fit signe de la laisser tranquille. Elle n'avait pas peur de ces vipères. Et elle était très curieuse de connaître les femmes qui avaient séduit Sandro.

— Restez là, messire, dit-elle, imitant leur ton affecté. Je vais bavarder un peu avec vos anciennes amies.

Dès qu'elles eurent quitté Sandro, Gioia se tourna vers elle.

— Pour qui vous prenez-vous ?

— Nous venons d'être présentées, se moqua Laura d'un air compatissant. Mais je sais qu'en vieillissant, on perd souvent la mémoire.

— Nous n'oublierons jamais votre impertinence, gronda Alicia.

Laura eut une pensée atroce : ces femmes avaient-elles su dès le début ? Auraient-elles engagé des *bravi* pour la tuer ?

— Vous vous croyez arrivée pour le moment, mais il vous laissera tomber, siffla Gioia.

— Vous voyez cet homme là-bas ? demanda Arnetta en indiquant un vieil Écossais vêtu d'un tartan, assis sur une chaise isolée. C'est le duc de Dinn. Il est très riche.

— Je suis impressionnée, ironisa Laura. Il est à vous ?

— C'est mon fiancé. (Les quatre femmes frémirent de concert.) C'est Sandro qui a arrangé le mariage. Il est en train de trouver des maris pour les autres.

— Dommage que vous ne puissiez vous trouver des maris toutes seules.

— Écoutez, petite catin, s'enflamma Gioia, outrée par tant d'impudence. Nous savons qui vous êtes, et d'où vous venez.

— Et où vous allez, ajouta Arnetta.

— Le Seigneur de la Nuit est tombé bien bas, renchérit Alicia. Il s'intéresse maintenant à de fausses ingénues pêchées dans les bordels.

— Voilà ce qui vous attend si vous restez avec lui, persista Arnetta en montrant le vieux duc qui regardait tristement son verre vide.

Connaissant les préjugés de Sandro ainsi que ses propres ambitions, Laura ne pensait pas que leur liaison durerait longtemps. Mais elle ne l'admettrait jamais devant ces harpies.

— Contrairement à vous, j'ai une carrière, dit-elle. Je n'ai pas besoin d'un homme pour s'occuper de moi.

— Mais vous aimez les hommes. Il paraît que vous savez tous les satisfaire, susurra Gioia, perfide.

Laura blêmit.

— Il paraît que vous, mesdames, vous ne savez satisfaire personne ! rétorqua-t-elle avec insolence.

Pietro Aretino s'approcha du groupe de femmes.

— Allons ! dit-il en tapant dans les mains. Vous vous êtes enfin rencontrées. J'attendais ce moment depuis longtemps.

— *Bestiaccio !* grommela Alicia.

— Je suis sûr que Sandro vous a présenté ces dames, Laura, poursuivit l'Arétin. Mais je doute qu'il ait chanté leurs louanges. Pourtant, leurs vertus sont admirables… pour des femmes vieillissantes.

Furieuses, les quatre harpies tournèrent les talons et disparurent dans un froufroutement de soie. Laura ferma les yeux.

— Merci, messire Pietro, souffla-t-elle.

— Vous n'aviez pas besoin d'être sauvée, intervint une voix de femme. Vous avez été magnifique.

La nouvelle venue était très belle. Élancée, élégante, ses cheveux châtains retenus dans la nuque. Son visage lui était si familier que Laura oublia ses manières.

— Adriana ? demanda-t-elle.

— La plupart des gens voient aussitôt que je suis la fille de mon père, dit-elle en tendant une main pâle à Laura.

— Je suis désolée, je ne voulais pas…

— Ce n'est rien, continua Adriana en l'emmenant vers un buffet. Même si vous n'aviez pas été vêtue avec l'une de mes anciennes robes, je vous aurais tout de suite reconnue.

Laura rougit. Sa robe à taille haute était en velours de soie bleu saphir. Des grenats ornaient les manches dont les taillades dévoilaient une soie immaculée. Elle n'avait jamais porté une tenue aussi luxueuse.

— Madame, je ne voulais pas prendre cette liberté… bafouilla Laura.

— Ne soyez pas bête ! plaisanta Adriana. Le bleu vous sied mieux qu'à moi. Grâce à Franco et papa, je possède assez de vêtements pour habiller tous les mendiants de Venise. C'est honteux.

Laura comprit la tendresse que Sandro éprouvait pour sa fille. Adriana était tout ce qu'aurait dû être son frère : charmante, intelligente, généreuse et intègre.

— Merci, *madonna*. Je suis heureuse que vous ne soyez pas fâchée.

— Laura, vous ne pourrez jamais me fâcher.

Elle prit sa nouvelle amie par le bras et commença à la présenter aux patriciens qui bavardaient dans la salle de bal. Laura devinait qu'Adriana s'amusait follement des expressions ahuries de ces aristocrates.

Son mari étant l'héritier du président du Conseil des Dix, elle possédait un pouvoir important parmi les nobles vénitiens. En se montrant aussi tolérante envers Laura, Adriana lui conférait une aura de respectabilité.

— J'apprécie ce que vous essayez de faire, murmura Laura, un sourire figé aux lèvres. Mais ça ne marchera pas. Je suis mal née ; j'ai habité une maison close et j'ai été enlevée par les fils de ces gens.

— J'essaye de vous faciliter les choses.

— Pourquoi ? demanda Laura alors qu'elles atteignaient un coin tranquille.

Adriana lui offrit un sourire radieux.

— À cause de ce que vous avez fait pour moi. Vous m'avez donné le père que j'avais toujours rêvé d'avoir.

— Je ne comprends pas.

— Vous l'avez changé. Pendant toute mon enfance, il a été austère et exigeant. Je ne l'ai jamais vu sourire ni rire. Et maintenant, regardez-le !

De l'autre côté de la pièce, Sandro avait posé les bras autour des épaules de ses deux amis, l'Arétin et

Titien. Ils chantaient à tue-tête. Sandro avait les yeux pétillants ; il était parfaitement détendu.

— Je l'ai toujours considéré comme un vieillard, même lorsqu'il était jeune. Vous lui avez redonné sa jeunesse. (Adriana avait les larmes aux yeux.) Tout à l'heure, il a dansé avec moi pour la première fois. Il m'a dit qu'il m'aimait.

Laura esquissa un sourire attendri.

— Bien sûr qu'il vous aime. Depuis toujours.

— Il ne me l'avait jamais dit. Pas une fois. Jusqu'à ce soir...

— Cela lui a fait du bien de s'éloigner de Venise.

Adriana secoua la tête.

— Cessez de chercher des excuses. C'est grâce à vous. Quand il est tombé amoureux de vous, il a changé.

— Il ne m'aime pas ! s'affola Laura. Et c'est mieux ainsi. Si nos cœurs s'en mêlaient, ce serait trop compliqué.

— C'est trop tard. Il vous aime, c'est évident.

— Ses sentiments changeront très vite.

— L'amour véritable ne change jamais. Il se contente de grandir.

Déchirée, Laura lui expliqua qu'elle devait soumettre le nu de Sandro à l'Académie, afin d'avoir une chance d'être admise.

— Est-ce aussi important pour vous ? Vous êtes prête à risquer l'amour de mon père pour obtenir ce statut ?

— Je ne suis que sa maîtresse. N'ai-je pas le droit de poursuivre mes rêves ?

Adriana acquiesça avec un sourire.

— Je comprends, et je vous trouve merveilleuse. Envoyez le tableau, Laura. Ce sera bien pour mon père de placer son amour avant son orgueil.

Laura secoua tristement la tête.

— Je ne suis pas sûre qu'il choisira l'amour au détriment de sa fierté.

Le cœur battant, Laura guidait Sandro vers l'atelier, tout en lui cachant les yeux d'une main. L'atelier semblait vide depuis que Titien avait emporté les cinq tableaux à l'Académie. Il les avait trouvés d'une grande originalité.

— Promettez-moi de vraiment regarder la toile, avant de dire ce que vous en pensez.

— C'est donc si mauvais ? plaisanta-t-il.

— Non, c'est un excellent travail, mais il vous faudra quelques minutes pour l'apprécier.

D'une main tremblante, elle le lâcha et recula, afin de pouvoir scruter son visage. Elle priait pour qu'il comprenne.

Sandro cligna des yeux. La vision de la toile lui fit l'effet d'un coup de poing dans l'estomac. Même s'il se retenait de crier de rage, il devait reconnaître que c'était le meilleur travail de Laura.

Et comme il le détestait !

Elle l'avait peint debout près d'une fenêtre, son épaule appuyée contre le chambranle, un genou remonté, le pied posé sur le rebord. La scène se passait de nuit. Il était éclairé par le clair de lune.

Les détails de la pièce étaient atténués par la pénombre, ce qui forçait le spectateur à se concentrer sur l'homme dénudé.

Laura avait dérogé à la tradition en le peignant exactement comme il était, et non comme il aurait souhaité être. Ses longs cheveux étaient striés de mèches blanches. Elle n'avait pas triché avec son âge. Sans pitié, elle avait dessiné chaque cicatrice.

On voyait son visage de profil. Sa mâchoire sévère trahissait curieusement une certaine douceur, lui donnant à la fois un air de férocité et de rêverie. Le spectateur se demandait pourquoi cet homme était aussi songeur. Venait-il de quitter le lit de sa maîtresse, ou se préparait-il à combattre ? Ses pensées étaient-elles spirituelles ou charnelles ? Était-il un homme ou un dieu ?

Sandro était pétrifié. Laura lui avait volé son âme, elle avait peint l'intimité de son être afin que tous la voient. Et pour dissiper le moindre doute, elle avait ajouté en bas du tableau : *Le Seigneur de la Nuit.*

— Alors ? demanda-t-elle, retenant son souffle.

— C'est... c'est comme le taureau.

— Vous aviez détesté le taureau.

— C'est vrai, soupira-t-il d'un ton las.

— Je ne suis pas étonnée. La plupart des gens n'aiment pas leurs portraits. À vrai dire, je suis soulagée qu'on ait volé les portraits que Titien a peints de moi. C'étaient des chefs-d'œuvre, mais je ne les ai jamais aimés.

— Comment pouviez-vous ne pas les aimer ? Ces peintures étaient radieuses. Elles montraient votre vraie personnalité.

— Comme celle-ci montre la vôtre.

Sandro se rembrunit.

— Rappelez-vous votre promesse, dit-elle. Ne décidez pas trop vite si vous l'aimez ou pas.

— Quand pourrai-je décider ?

— Dès que j'aurai eu le temps de regagner votre affection, s'amusa-t-elle en nettoyant un pinceau.

— Comment allez-vous y parvenir ?

Elle vint vers lui et commença à déboutonner son pourpoint.

— De la même façon que j'ai peint le portrait. (Elle glissa une main sous sa chemise.) Vous avez des traits durs, messire. Pour les évoquer, j'ai utilisé un pinceau en poils de marcassin et j'ai sculpté votre visage autant que je l'ai dessiné.

Elle défit ses hauts-de-chausses. Il se débarrassa de ses bottes et de ses vêtements, comme dans un rêve.

— Et pourtant, reprit-elle, il y a une tendresse en vous que je ne pouvais montrer qu'avec ceci. (Elle effleura son estomac avec le pinceau, descendant lentement, de manière érotique.) Ce pinceau est fait du vison le plus doux.

Il serra les dents pendant qu'elle dessinait des arabesques sur son corps, autour de sa virilité, sur ses hanches, ses reins.

Comment résister à une femme armée d'un pinceau de vison ? Comment résister à ces étranges et délicieuses caresses ?

— Vous réfléchissez encore, dit-elle. Je le sais parce que vous avez une ride juste là, entre vos sourcils. Ne pensez pas à ce que vous allez faire ensuite. Laissez votre cœur vous guider, pour une fois dans votre vie.

Il l'attira à lui. C'était si facile de succomber à la séduction de Laura : elle l'avait envoûté.

Il la déshabilla, lui prit le pinceau et la taquina à son tour, jusqu'à ce qu'ils s'étendent sur leurs vêtements.

Il l'aima avec une passion effrénée. Leurs corps luisants de sueur, ils s'élancèrent vers l'horizon de jouissance qu'ils découvraient toujours comme si c'était la première fois.

Bientôt, ils reposèrent dans les bras l'un de l'autre, comblés…

Laura lui demanda à brûle-pourpoint ce qu'il pensait du tableau. Sandro réfléchit. La peinture l'effrayait, car la jeune femme le connaissait trop bien. Il craignait ce pouvoir qu'elle détenait sur lui.

— Vous m'avez donné une certaine… puissance.
— C'est le plus beau portrait que j'aie jamais peint, Sandro. Les autres toiles ont été un immense progrès, mais celle-ci prouve que je possède le don.
— Quel don ?
— Le don de la magie. Celui de pouvoir transcender la réalité.
— C'est vrai, Laura.
— C'est suffisant pour que l'Académie m'accepte.
Sandro prit peur. Il la repoussa et se rhabilla en hâte.
— Qu'est-ce qui ne va pas, Sandro ?
— Désormais, je comprends votre petit jeu de séduction… C'était pour endormir ma méfiance.
— Pas du tout ! Mais je dois soumettre cette toile à l'Académie. Sinon, ils ne m'accepteront pas.
— Peignez-en une autre.
— Impossible.
— Alors, changez le visage du personnage.
— Impensable. Il n'y a qu'un visage possible pour ce corps. Le vôtre. Ce serait mentir que de peindre autre chose, et je ne peins que la vérité.
Elle contemplait le portrait avec un tel amour que Sandro tressaillit. L'aimait-elle vraiment, ou s'était-elle servi de lui pour réaliser son ambition ?
— Je ne le permettrai pas, Laura. De quoi aurai-je l'air devant tout Venise, si l'on me voit ainsi ? demanda-t-il, furieux.
— C'est un portrait honnête. Les gens auront du respect pour vous.
Sandro était hors de lui. Laura l'avait séduit pour obtenir ce qu'elle voulait. Il avait envie de la punir, parce qu'elle avait feint de l'aimer. Et qu'il avait fini par la croire…
— Il ne me manquait plus que cela ! s'écria-t-il avec amertume. Décidément, j'ai tout perdu. J'ai été banni

de Venise, et je vis en exil avec une misérable courtisane...

Il s'interrompit devant l'expression horrifiée de la jeune femme. Le sang se retira d'un seul coup de son visage. Aussitôt, Sandro comprit que ses paroles avaient dépassé sa pensée. En animal blessé, il avait donné des coups de griffes sans réfléchir.

— Laura, ce n'est pas ce que j'ai voulu dire... s'excusa-t-il d'une voix rauque.

Ses yeux n'étaient plus que d'immenses trous noirs au milieu de son visage. Elle chancela, saisit un couteau de peintre sur une table...

« Seigneur ! pensa-t-il. Elle va essayer de me tuer... »

Il fit un pas en avant, se préparant à dévier le premier coup. Avec un cri de douleur, Laura s'élança vers la peinture. Le couteau pointé vers le centre de la toile.

— Non ! s'écria-t-il en lui saisissant la main. Que faites-vous, Laura ?

— Je n'aurais jamais dû le peindre, sanglota-t-elle.

Il la prit dans ses bras.

— Lâchez ce couteau, Laura. Nous sommes tous les deux excédés...

Elle ouvrit les doigts et le couteau tomba sur le sol.

— Très bien, murmura-t-elle avec une immense lassitude. Bonne nuit, Sandro. Dormez bien.

Il la relâcha. Le cœur serré, il la regarda quitter l'atelier à pas lents. Il aurait voulu la consoler, mais ses paroles cruelles l'avaient marquée profondément.

Il se mordit la lèvre. Ce portrait était un chef-d'œuvre ! L'Académie ne pourrait pas rejeter la jeune femme après l'avoir examiné.

Mais pour cela, Sandro Cavalli devait lui permettre de montrer la toile. Le Seigneur de la Nuit devait s'humilier, s'offrir nu aux regards des Vénitiens. Pourquoi était-ce aussi important pour elle ? N'étaient-ils pas heureux, tous les deux, faisant l'amour ou partageant des repas détendus avec Jamal et Yasmina ? Cette vie sereine ne lui suffisait-elle pas ?

Non, s'avoua Sandro. Laura désirait davantage. Son bonheur était factice, comme celui d'un oiseau en cage, et il voulait à tout prix la garder prisonnière, parce qu'il ne savait pas comment la retenir autrement.

Cette vérité le frappa de plein fouet. Sa peur de la perdre était au cœur du dilemme. Si Laura envoyait la toile, elle le quitterait pour le monde fermé des grands artistes. On lui passerait de nombreuses commandes ; elle n'aurait plus de temps à lui consacrer. Tant qu'elle restait une apprentie, elle n'avait pas les moyens de subsister et dépendait de lui.

Les paroles qu'il avait dites à Jamal revinrent le hanter : « Si tu lui rends sa liberté et si elle part ensuite, c'est qu'elle ne t'aura jamais vraiment aimé… »

Comme il s'était cru sage ! Désormais, il comprenait la panique de Jamal à l'idée de rendre la liberté à la femme qu'il aimait.

Sandro contempla longuement le tableau. Rendre à Laura sa liberté ? Ouvrir les portes de la cage, au risque de la perdre… ou la retenir prisonnière à jamais ?

Laura se réveilla au milieu de la nuit. Après avoir quitté Sandro, il lui avait fallu longtemps pour pouvoir s'endormir. À son réveil, elle ne ressentait aucun soulagement. Les paroles amères et féroces la déchiraient encore.

La pièce lui semblait étrangère, car elle n'y avait pas dormi depuis des jours. Sandro l'avait accueillie dans son lit. Elle s'était trompée en pensant qu'il l'avait aussi accueillie dans sa vie…

Elle enfila un peignoir de soie jaune et marcha pieds nus jusqu'à l'atelier. Le clair de lune diffusait sa lueur argentée dans la vaste pièce.

Elle s'approcha du portrait, pour essayer de comprendre pourquoi Sandro le détestait. Elle avait pourtant mis toute son âme dans cette toile…

Le tableau avait disparu ! Horrifiée, elle se mordit la lèvre.

« Comment a-t-il pu ? » se demanda-t-elle, brisée. Il lui avait pris son avenir. Il lui avait dérobé sa chance d'être indépendante.

Avait-il détruit le tableau, ou l'avait-il caché ?

Parcourant la maison, elle ouvrit les placards, fouilla les armoires. En vain. En désespoir de cause, elle se rendit dans la chambre de son amant.

L'affreuse vérité la fit chanceler : Sandro et le tableau avaient disparu.

Je sais où il est parti.

La jeune femme lut le message inscrit sur l'ardoise de Jamal, puis se tourna vers Yasmina. Elle les avait tirés de leur sommeil d'amoureux.

— Il prétend savoir où est Sandro, sanglota-t-elle alors que Yasmina essuyait les larmes sur ses joues.

— Jamal le sait sûrement. Ils sont comme des frères tous les deux.

— Où est-il allé détruire mon tableau ? s'écria Laura en agrippant la caftan de Jamal.

Il ne va pas le détruire.

— Pourquoi en es-tu aussi certain ?

— Parce que Jamal connaît Sandro, affirma Yasmina.

Jamal montra l'ardoise. *Il est allé à Venise. L'imbécile !*

Laura ne comprenait plus.

Pour apporter ta peinture à l'Académie.

— Ce n'est pas vrai, murmura la jeune femme.

Elle scruta un instant le visage grave de Jamal.

— Mais il n'a pas le droit d'entrer à Venise ! s'affola-t-elle.

Jamal montra à nouveau son ardoise : *Qu'Allah le protège s'il est arrêté.*

Sandro priait pour ne pas être arrêté. C'était déjà assez humiliant d'exposer la peinture à l'Académie.

Il releva le col de sa cape et se dit qu'il y avait peu de chances qu'on le reconnût. Une brume matinale recouvrait la ville. Comme un voleur, il pénétra dans les sous-sols de l'Académie, puis il trouva la galerie où étaient exposées les toiles de Laura. Même dans la pénombre, il fut ému par la qualité de son travail. Elle avait du génie, c'était indiscutable. Les mains tremblantes, il accrocha la toile pour que les maîtres puissent l'examiner.

Quelques minutes plus tard, il traversait le quartier de Pescaria, où les pêcheurs commençaient leur journée.

Des gardes débouchèrent sur la place, ivres morts après une nuit de débauche. Sandro baissa la tête. L'un des soldats lui jeta un regard soupçonneux.

Alors qu'il passait devant l'église San Rocco, la cloche se mit à sonner. Autour de lui, des femmes en noir se hâtaient afin d'assister à la première messe de la journée.

Sa barque était amarrée au bord de la place. Des colombes s'envolèrent. En apportant cette toile à

Venise, Sandro avait transgressé toutes les règles de conduite qu'il s'était fixées dans la vie. Il avait rompu les conditions de son exil; il avait offert son corps et son âme aux regards des Vénitiens.

Son geste avait été une pure folie. Une preuve d'amour, la plus grande qu'il eût jamais consentie.

Lorsque les gardes l'empoignèrent au moment où il allait monter à bord de son bateau, il se dit que ce serait sa première et dernière folie.

15

— Jamal pense qu'on devrait commencer nos recherches ici, place Saint-Marc, déclara Yasmina.

Laura attendait impatiemment que le bateau accoste le long du quai. Le campanile élancé et les lions ailés de Saint-Marc dominaient une foule bigarrée. Une procession était en cours. La jeune femme apercevait le dais rouge à pompons, tenu par des laquais, qui abritait toujours le doge lorsqu'il sortait en public.

Elle sauta sur le quai alors que les marins n'avaient pas encore arrimé le bateau. Jouant des coudes, elle approcha du doge. Deux rangées de gardes entouraient le chef de la République. Des inquisiteurs de l'État le suivaient. Ainsi que les neuf membres du Conseil des Dix. Le dixième membre marchait à leur suite, ses mains ligotées devant lui.

— Sandro! murmura Laura.

Le cœur serré, elle détailla son visage hagard, son regard éteint, le sang qui imbibait la chemise sur son dos.

— Mon Dieu, que lui est-il arrivé ? demanda-t-elle à mi-voix en essayant d'approcher, mais un garde la repoussa sans ménagement.

— Vous venez d'arriver ? l'apostropha son voisin, qui portait le tablier des bouchers. Trop tard ! La partie intéressante est finie. On l'a fouetté. Le Seigneur de la Nuit n'a pas protesté. Il est resté droit comme une statue. Les citoyens sont désolés, car c'est un homme juste. Parfois, il a été le seul à prendre la défense des pauvres contre les patriciens.

— Si les gens étaient choqués, ils auraient pu le défendre ! s'enflamma Laura.

— Contre eux ? ironisa le boucher en montrant les gardes armés.

Éperdue, elle voulut à nouveau rejoindre Sandro, mais le boucher la retint par le bras.

— Ne vous mettez pas en danger, ma chère. Ils vont l'enfermer à la Gabbia.

La nausée la prit à la gorge. Elle se rappelait encore son court séjour dans la cellule noire et humide.

— Non ! cria-t-elle.

Avec une force décuplée par le désespoir, elle franchit la ligne des gardes. Elle ne pouvait pas rester inactive, alors qu'on humiliait Sandro devant sa ville adorée. Elle se planta devant le doge.

— Arrêtez ça ! hurla-t-elle.

Andrea Gritti la considéra, furieux. Sandro poussa un juron. Deux gardes s'approchèrent pour la chasser.

— Lâchez-moi ! Vous ne vous rappelez pas de moi ? demanda-t-elle au doge. J'ai déjà protesté la dernière fois, quand vous avez commis une injustice à l'encontre de Sandro Cavalli. Cet homme a dévoué sa vie à Venise. Comment pouvez-vous lui infliger un tel traitement ?

— Elle a raison ! cria quelqu'un, et Laura reconnut la voix du boucher.

D'autres protestèrent à leur tour. La foule mécontente oscillait comme une mer agitée.

La jeune femme dévisageait Sandro. Elle avait oublié les paroles cruelles qu'il lui avait dites la veille.

— Laura, ne vous mêlez pas de cette histoire, dit-il d'un ton rauque.

— Jeune femme, vous paierez cher votre insolence, s'offusqua le doge. Messire Sandro a désobéi à la loi.

— Votre Éminence ! appela la voix de stentor de Pietro Aretino.

Flanqué par Titien, Sansovino, et le directeur de l'Académie, il s'avança parmi la foule.

Derrière eux, des laquais portaient la litière drapée de rouge de l'épouse du doge. Adriana marchait à côté. Lorsqu'elle vit son père, elle éclata en sanglots.

— Bienveillant prince, dit Titien, faisant preuve de l'humilité qui plaisait toujours aux seigneurs. Vous n'allez tout de même pas incarcérer le nouveau membre de l'Académie.

Laura sentit ses jambes se dérober sous elle.

— Vous voulez dire que je...

— Oui, maître, lui répondit Titien d'un air triomphant. C'est le dernier tableau qui a convaincu tous les sceptiques. Ton portrait du Seigneur de la Nuit.

— Mais personne n'a vu ce tableau, s'étonna Laura.

— La moitié de Venise l'a déjà admiré, intervint Sansovino. L'autre moitié attend son tour.

— C'est une œuvre splendide ! s'exclama la dogaresse en descendant de sa litière.

Benedetta Gritti posa un regard admiratif sur Laura.

— Vous ne lèverez pas la main contre cette femme, Andrea, dit-elle à son mari. Je veux lui commander mon portrait dès aujourd'hui.

La tête de Laura lui tournait. Jamal avait donc eu raison. Sandro avait risqué sa fierté et sa liberté pour permettre son élection à l'Académie...

L'Arétin demanda au doge la permission de lui dire quelques mots à l'oreille. En l'écoutant, Andrea Gritti se décomposa.

— Relâchez messire Sandro tout de suite! ordonna-t-il.

Alors qu'il se trouvait dans le quartier de la Merceria, Sandro se sentait aussi maladroit qu'un amoureux transi. Huit jours longs et pénibles s'étaient écoulés depuis la mésaventure sur la place Saint-Marc.

Le doge l'avait emmené au palais, l'avait félicité puis couvert de cadeaux, et l'avait supplié de reprendre sa place de Seigneur de la Nuit.

Sachant qu'Andrea Gritti n'était motivé ni par la compassion ni par l'amitié, Sandro lui avait demandé la raison de ce revirement.

C'était la peur qui avait incité le doge à lever la sentence de bannissement.

Il était terrorisé, car, pendant l'absence de Sandro, il s'était convaincu de la culpabilité d'Adolfo qui résidait en prison. Or voilà que l'Arétin lui annonçait qu'il avait eu tort. Un autre meurtre venait d'être commis. La victime était un marchand de fournitures pour bateaux.

« Il a fallu un assassinat pour que le doge revienne sur sa décision », pensa Sandro avec amertume.

Il n'avait pas vu Laura pendant une semaine. Elle avait envoyé de nombreuses lettres, elle s'était présentée à ses bureaux, mais il ne l'avait pas reçue. Il ne voulait pas de sa gratitude.

Cette folle liaison était terminée. Laura avait atteint son but, en étant admise à l'Académie. Quant à lui, il avait retrouvé un rôle qui lui était aussi familier qu'une paire de vieilles bottes.

Avec une différence essentielle.

Sandro n'était plus le même homme, efficace et intransigeant. Désormais, il ressentait la douleur, la passion, la joie et la peine. Laura l'avait éveillé à un monde d'émotions, et il ne pouvait pas l'oublier, même après avoir renoué avec son existence ordonnée.

Pendant huit jours, il avait essayé de se convaincre qu'il pouvait vivre sans elle. Puis, tôt ce matin-là, il avait regardé des oiseaux s'envoler sur la lagune, leurs ailes dorées par le soleil levant. Il avait regardé son repas frugal de pain et de fromage, et s'était souvenu comment Laura et lui paressaient au lit, se délectant de miel et de dattes de Smyrne pour leur petit déjeuner.

C'est alors qu'il avait compris : rien ne l'obligeait à vivre sans elle...

Le bouquet pesait dans sa main. Il n'arrivait pas à croire qu'il lui apportait des fleurs ! Depuis qu'il connaissait cette jeune femme, il n'était plus lui-même.

Il frappa à la porte et retint son souffle. Le battant s'ouvrit, et une domestique le pria d'entrer.

Bon sang, Laura n'avait pas perdu de temps pour monter sa maisonnée ! songea-t-il, dépité.

— Le maître se trouve dans son atelier. Elle ne désire pas recevoir de visiteurs.

— Moi, elle me recevra, lança Sandro.

Au fond du corridor, il apercevait une pièce lumineuse.

Laura se tenait devant un chevalet. Autour d'elle se trouvaient des études de la dogaresse. Elle se dandinait sur ses pieds nus, chantonnant à mi-voix.

Le cœur de Sandro se gonfla d'une immense tendresse, puis il ressentit une crainte terrible. Elle semblait parfaitement heureuse sans lui, alors que ces huit derniers jours, il avait cru devenir fou...

Il se racla la gorge. Au même moment, le petit chien brun déboula dans la pièce en jappant. Il se jeta sur sa cible favorite : la botte de Sandro.

— Fortunato ! s'écria Laura en prenant le chien sous le bras. Vraiment, messire, il faut cesser de le provoquer.

— Je suis venu vous dire que j'avais reçu vos lettres, déclara-t-il d'un ton formel.

Elle porta le chien dans le jardin et referma la porte. Puis elle courut vers Sandro, comme une enfant surexcitée. Son visage et ses mains portaient des traces de peinture, ses cheveux étaient attachés avec un morceau de ficelle. Elle ne lui avait jamais semblé aussi belle. Il ne s'était jamais senti aussi hagard.

Elle se jeta à son cou, s'accrocha à lui, le dévorant de baisers. Quelques semaines auparavant, il se serait inquiété pour ses vêtements, mais il n'y pensa même pas.

Doucement, essayant de retenir l'immense joie qu'il éprouvait à la revoir, il la repoussa et lui donna le bouquet.

— Elles sont pour vous. Malheureusement, j'en ai flétri quelques-unes...

— Vous plaisantez ? s'amusa-t-elle en plongeant son nez dans le bouquet.

— Je ne plaisante jamais.

Elle éclata de rire.

— Vous m'avez apporté des fleurs… C'est vraiment gentil.

— Je suppose qu'il faut vous féliciter…

— Je me félicite depuis une semaine, lança-t-elle en virevoltant. Regardez cet endroit, Sandro ! L'épouse du doge l'a loué pour moi. Elle a engagé trois domestiques, et elle m'a donné assez d'argent pour acheter mes fournitures. Elle veut que je sois à mon aise pour peindre son portrait.

Il acquiesça.

— C'est un endroit idéal.

— C'est grâce à vous. Après notre dispute, quand j'ai découvert que le tableau avait disparu, j'ai soupçonné le pire. Je pensais que vous l'aviez détruit. Je n'avais pas osé imaginer un sacrifice pareil.

« Je ferais n'importe quoi pour vous », pensa-t-il.

— Être montré tout nu sur un tableau n'est pas aussi terrible qu'on le croit. J'ai enduré quelques plaisanteries, mais elles me laissent indifférent.

Il décida de ne pas parler des dizaines d'invitations qu'il avait reçues de dames vénitiennes.

— Vous avez obtenu ce dont vous rêviez, ajouta-t-il.

— Oui, concéda-t-elle sans enthousiasme. Pourquoi avoir attendu jusqu'à aujourd'hui pour venir ?

« Parce que j'avais peur. »

— J'étais occupé.

— Il y a eu un autre meurtre, n'est-ce pas ?

Sandro se raidit.

— Comment le savez-vous ?

— Comme je ne peux même pas éternuer sans que Guido Lombardo s'en préoccupe, j'ai présumé que vous aviez rouvert l'enquête… Était-il comme les autres ? ajouta-t-elle, se frottant les bras d'un air inquiet.

Il hocha la tête. Au grand étonnement de ses hommes, il était allé annoncer personnellement la triste nouvelle à la famille. Il avait enduré les pleurs de la jeune veuve, les cris des deux orphelins. Avant de connaître Laura, il avait toujours évité d'être confronté à la douleur des familles.

— Qui était la victime ? demanda-t-elle.

— Il s'appelait Solonni. Il était marchand à l'Arsenal. Lorsqu'il a été tué, il préparait des torches pour éclairer le navire du doge, en prévision de la cérémonie de la semaine prochaine.

Sandro était convaincu que ce n'était pas une coïncidence. Chaque victime avait un lien avec le doge. En ce moment même, ses hommes fouillaient le navire de la proue à la poupe.

— Ainsi, Adolfo n'est pas le meurtrier, conclut-elle.

— Non. Il était enfermé à la Gabbia quand l'assassinat a eu lieu.

— Vous n'avez aucune idée du coupable ?

— Non.

Mais Sandro se rapprochait, il le sentait. Il commençait à comprendre l'assassin, à deviner la satisfaction glaciale qu'il éprouvait après ses crimes…

— Pourrais-je vous aider ?

— Certainement pas ! Restez en dehors de tout cela… je vous en supplie.

Elle le considéra avec amusement.

— Tiens ! Vous ne donnez plus des ordres, mais vous suppliez. C'est bien.

— Je veux vous offrir davantage qu'une simple protection.

Elle le regarda d'un air étonné.

— Laura, continua-t-il avant de perdre courage. J'ai une proposition à vous faire. (Il lui prit la main et la baisa.) Je veux que vous deveniez ma maîtresse.

— Votre maîtresse ?
— Je vous achèterai la maison de votre choix, avec un atelier et une armée de serviteurs...
— Non ! refusa-t-elle, consternée, en lui arrachant sa main. Je n'ai pas besoin que vous m'offriez une maison, des bijoux ou des domestiques... J'ai besoin de plus encore.
— Je ne comprends pas.
— J'ai besoin de *vous,* Sandro, et si vous ne pouvez pas le comprendre, alors je préfère ne rien avoir.
Sandro était décomposé.
— Vous ne pouvez pas me repousser ! Vous étiez heureuse à la villa. Vous aimiez faire l'amour avec moi, partager nos repas, passer du temps ensemble.
— C'est vrai, avoua-t-elle, désolée. Mais je ne pensais pas que notre séparation serait aussi... dévastatrice.
— Nous n'avons pas besoin d'être séparés, Laura, insista-t-il en la prenant par les épaules.
— Je ne peux pas accepter votre proposition.
— Pourquoi pas ? Ce serait la solution idéale.
— Pour vous, peut-être. Je suis très occupée. Quand les gens ont appris que la dogaresse voulait son portrait, ils m'ont passé des commandes. J'ai du travail pour des années.
— Vous ne pouvez pas passer tout votre temps à travailler.
— Je devrais me mettre à votre service ? railla-t-elle, ses cheveux noirs virevoltant autour de son visage. Et quand vous serez fatigué de moi, vous me marierez à un vieux lord comme vos autres maîtresses ? Tout vous semble si facile, Sandro. Mais ce n'est pas la même chose pour moi.
— Pourquoi êtes-vous vexée ? Il y a quelques semaines, vous vouliez devenir une courtisane.

— En effet, mais aucun homme ne m'a jamais humiliée comme vous venez de le faire. (Elle se détourna.) Partez maintenant, messire. J'ai du travail.

— Ta décision était sage, dit Magdalena. Tu as eu raison de refuser. Je suis fière de toi.

Laura poussa un soupir. Elle marchait de long en large dans la chambre de son amie.

— Moi aussi, je suis contente de moi. Quand je repense à la manière dont il m'a traitée !

Magdalena se leva de son bureau pour embrasser la joue de Laura.

— C'est douloureux de perdre quelqu'un qu'on aime… Quand tu es partie, j'étais très triste. Mais je savais que tu me reviendrais.

— Seule la peinture m'empêche de devenir folle, ces jours-ci.

— J'ai appris qu'on t'avait acceptée à l'Académie. À quoi travailles-tu ?

— Une commande très importante. C'est pourquoi je suis venue au couvent aujourd'hui. Je voudrais que ta mère me fabrique un pigment particulier. Tu ne vas pas me croire, Magdalena, mais la dogaresse m'a demandé un portrait.

Magdalena retint son souffle.

— Non ! Tu dois rester loin du doge et de sa famille. C'est trop dangereux.

— Pourquoi est-ce dangereux de peindre une dame illustre ? s'étonna Laura.

— Je suis au courant pour les meurtres, répliqua Magdalena en triturant son chapelet d'une main nerveuse. Toutes les victimes étaient proches du doge. Attends au moins que le danger soit passé, Laura…

— Qu'est-ce que tu racontes ? intervint Célestina en entrant dans la pièce.

— Maman, Laura peint l'épouse du doge, expliqua Magdalena.

La bouche de Célestina se crispa. Elle eut un regard furibond pour sa fille.

— En quoi est-ce que cela te regarde ? demanda-t-elle sèchement.

— Ce n'est pas une bonne idée, répondit Magdalena, qui semblait effrayée.

— Laura reçoit les commandes qu'elle mérite. N'es-tu pas heureuse pour elle ?

— Non, j'en mourrais s'il lui arrivait malheur ! insista Magdalena, montrant une attitude rebelle qui étonna son amie.

Célestina gifla sa fille.

— Ça suffit ! cria-t-elle. Ton devoir est d'aimer le Seigneur, pas de te mêler de la vie de Laura !

Affolée, celle-ci entoura Magdalena de ses bras.

— Magdalena ne mérite pas votre colère, ma sœur, dit-elle d'un air mécontent. Elle a tort de croire que je suis en danger, mais je ne veux pas que vous lui fassiez du mal.

Célestina inspira profondément, et son visage reprit son masque impassible.

— Tu as raison, bien sûr. (Elle embrassa sa fille.) Pardonne-moi, mon enfant, j'ai mal agi. Ce n'est pas mon genre de faire souffrir les innocents.

Elle partit, et Laura regagna sa maison. Elle se passerait du nouveau pigment.

La veille du jour de l'Ascension, Laura quitta le palais des Doges sur un nuage. Guido Lombardo la suivait à une distance respectueuse. Dans son esprit, elle revivait chaque instant de l'entrevue dans les appartements privés.

Le doge et son épouse l'avaient reçue comme une invitée de marque. Ses trois serviteurs avaient placé devant eux le portrait dissimulé sous un drap. Puis, le cœur battant, Laura avait dévoilé la toile, sur laquelle elle avait travaillé pendant des jours.

Le doge et sa femme avaient détaillé la peinture.

Laura avait cru mourir en attendant leur réaction. Avait-elle été trop audacieuse, trop novatrice ? Les peintres conventionnels reproduisaient chaque cheveu, chaque détail vestimentaire. S'inspirant du style de Titien, Laura avait préféré s'intéresser à la nature profonde de la dogaresse. Pendant les heures de pose, elle avait découvert une femme belle et énergique. En peignant, elle ne s'était pas attardée sur les somptueux bijoux ou la dentelle incrustée de perles. Elle s'était concentrée sur le cœur de son sujet, et le résultat était une peinture vigoureuse et originale.

— C'est magnifique, avait déclaré Benedetta.

Son mari avait approuvé. Spontanément, Benedetta avait proposé que l'inauguration officielle du tableau se fît sur le *Bucentaure*, pendant la cérémonie des noces de la ville avec la mer.

Demain ! songea Laura en hâtant le pas. Elle devait parler à quelqu'un. Guido ne lui suffisait pas comme confident. Il ne comprenait pas sa passion pour la peinture. Elle aurait pu aller trouver Titien. Le maître avait toujours eu confiance en elle.

Mais elle savait que sa réaction serait purement professionnelle. Elle avait besoin d'émotion – de joie, d'étonnement – pour couronner son triomphe. Il n'y avait qu'une personne au monde, capable de les lui donner.

Mais lorsqu'elle s'annonça au domestique chez Sandro, elle fut envahie par le doute. Ils s'étaient disputés lors de leur dernière rencontre, deux semaines plus tôt ; ils s'étaient fait mal.

« C'est différent aujourd'hui », songea-t-elle. Sandro voulait qu'elle réussisse dans sa profession.

Elle frappa à la porte et entra. Son cœur se serra quand elle vit Sandro assis à sa table de travail, sa tenue impeccable, comme lors de leur première rencontre. Il avait même retrouvé son expression de mécontentement.

Elle avait presque oublié ce Sandro Cavalli, cette âme austère et retenue. Visiblement, il avait tiré un trait sur la liberté, les rires et l'intimité qu'ils avaient partagés.

Mais quand il leva la tête, son regard s'illumina d'espoir.

— Messire, je ne suis pas venue parce que j'ai changé d'avis...

Il se renfrogna.

— Dans ce cas, que désirez-vous ?

Elle aurait voulu se blottir dans ses bras. Mais c'était désormais impossible.

— J'ai... des nouvelles, messire. Le doge et son épouse ont aimé mon tableau.

— Excellent, dit-il en redressant une pile de papiers parfaitement ordonnés. Je ne suis pas surpris, Laura. Je n'ai jamais douté de votre talent.

— Non, mais vous ne vouliez pas que je continue à travailler, lança-t-elle, agacée, car on aurait dit que leur passion n'avait jamais existé.

— Vous vous trompez. Ma proposition n'exigeait pas que vous abandonniez votre art.

— Je devrais vous être reconnaissante, railla-t-elle. La plupart des femmes de ma condition seraient flattées.

« Mais je veux davantage, Sandro. Je veux faire partie de votre vie. Ne pas être seulement la femme à qui vous rendrez visite quand vous aurez envie de faire l'amour… » La fierté l'empêcha de prononcer ces paroles.

Il faisait tourner une plume d'oie entre ses doigts. Elle se rappela ces mains merveilleuses qui parcouraient son corps.

— Où sont Jamal et Yasmina ? demanda-t-elle.

Sandro esquissa un sourire.

— Je les vois peu. Ils vivent sur l'un de mes navires. Ils ont prévu un voyage. À Alger, puis dans la famille de Jamal.

— Je croyais que Jamal avait juré de ne pas y retourner.

— Yasmina l'a fait changer d'avis. Vous voyez, Laura, c'est étonnant ce qu'une femme peut faire à un homme…

L'avait-elle changé ? Non, la vie de Sandro avait repris sa rigidité. Avec une seule différence. À cause d'elle, il avait été fouetté, humilié.

— Yasmina me manquera, dit-elle. J'ai trop peu d'amis pour en perdre.

— Quand les gens auront vu le portrait, vous aurez une foule d'amis.

— Ce n'est pas pareil. À partir de maintenant, je ne saurai plus si les gens m'aiment pour ce que je suis, ou pour ce que je peux créer sur une toile.

Il l'observa un instant.

— Laura, il y a longtemps, je vous ai demandé si vous pourriez endurer la solitude, la lutte, le désarroi d'être une artiste…

— Ma réponse n'a pas varié. Je n'ai pas trouvé de désarroi en peignant, mais en devenant votre maîtresse.

Sandro se leva et vint vers elle. Il la serra brutalement contre lui.

— Ne dites pas ça, Laura, implora-t-il. Je n'ai jamais voulu vous faire du mal.

Elle avait oublié comme elle était réceptive à son contact. En quelques secondes, elle s'embrasa comme une torche. Il releva sa jupe, et elle l'accueillit avec bonheur.

Ils aimèrent de manière sauvage, explosèrent à l'unisson.

Enfin, ils se sentirent apaisés.

— Je suis désolé, murmura-t-il.

— Ne le soyez pas, dit-elle en posant son front contre le sien et en l'embrassant. Je vous désire.

— Mais alors, pourquoi n'acceptez-vous pas mon offre ?

— Parce que cela ne me suffit pas, Sandro.

Il rajusta ses hauts-de-chausses.

— Venez, je veux vous montrer quelque chose...

Elle le suivit le long de la galerie aux fenêtres en arcades. Comme son palais était magnifique, avec ses pièces en marbre, ses chambres lumineuses, son jardin privé qui dominait le Grand Canal !

Elle n'habiterait jamais cette maison. La maîtresse d'un gentilhomme devait vivre ailleurs, parmi les ombres, car elle-même n'était qu'un fantôme.

Il s'arrêta devant un petit tableau accroché entre deux piliers.

— Il est nouveau. Il vient d'arriver de Vérone.

C'était un petit bijou de lumière douce. Il représentait une famille. Six enfants jouaient sur une pelouse. Un couple les observait, leurs visages indistincts, mais on percevait l'immense amour qui les unissait.

— C'est merveilleux, souffla-t-elle. Plein de sensibilité. Je n'ai jamais vu un artiste capturer ainsi l'essence des enfants. Les chérubins de Raphaël ont l'air compassés en comparaison.

— Vous l'aimez ?

— Beaucoup.

— Moi aussi. L'Arétin m'a parlé de l'artiste et j'ai acheté cette toile sur un coup de tête.

— Qui en est le peintre ?

— Maître Catalina Bolla.

— Titien m'en a parlé, mais je sais peu de choses sur elle.

— Elle peint des toiles décoratives. Elle ne s'aventure pas dans les grands tableaux.

— Je me demande pourquoi. Elle a beaucoup de talent.

— Tous ces enfants sont les siens. Elle en a six, et son talent n'en a pas pâti…

— Que voulez-vous insinuer, messire ?

— Elle n'a pas permis à sa carrière de lui voler sa vie.

Laura secoua la tête et répliqua :

— Vous oubliez un détail, messire. Elle a l'amour d'un mari.

Tandis que Laura s'enfuyait en courant de chez Sandro, elle l'entendit crier son nom, mais elle ne se retourna pas. C'était trop cruel de le regarder dans les yeux, et de savoir qu'il ne lui appartiendrait jamais…

Guido la suivait, l'air embarrassé. La jeune femme s'en fichait. Elle avait besoin de parler à une amie.

Au couvent, elle monta dans la chambre de Magdalena. Elle fut désespérée de ne pas la trouver.

Bouleversée, elle s'assit sur le lit, enfouit son visage entre ses mains. Comment osait-il lui montrer ce tableau ? Qu'essayait-il de lui dire ?

Ces petits tableaux décoratifs correspondaient à Catalina Bolla. Elle trouvait l'épanouissement dans sa famille. Laura n'avait que son art. Sandro lui proposait d'être un amant occasionnel. Mais la jeune femme ne pouvait pas s'en contenter.

Essuyant son visage avec le bas de sa belle robe d'apparat, elle s'approcha du bureau de Magdalena pour lui laisser un message. Elle trouva un crayon, mais pas de papier.

Elle ouvrit l'armoire. Un court instant, elle crut voir un éclat de lumière. Elle saisit un morceau de papier, s'assit au bureau, et écrivit à Magdalena qu'elle serait à bord du *Bucentaure* le lendemain. Comme son amie serait heureuse pour elle !

Alors qu'elle refermait la porte de l'armoire, la lumière l'éblouit une nouvelle fois. Curieuse, elle écarta l'habit de rechange de la postulante. Elle fronça les sourcils en découvrant une tenue de garçon : un pourpoint, des chausses, des bottines... Qu'est-ce que Magdalena faisait de ces vêtements ? Sans doute les avait-elle ramassés pour les donner aux pauvres.

Derrière les vêtements, Laura aperçut le coin d'une toile. Il n'y avait qu'un seul artiste qui maniait ainsi le pinceau... C'était l'un des tableaux volés de Titien.

Elle sortit la peinture et poussa un cri horrifié. C'était elle, en Danaé... mais le visage, les seins, le pubis avaient été sauvagement mutilés avec un poignard.

Les mains tremblantes, Laura sortit les autres toiles volées. Toutes avaient été lacérées avec une sauvagerie qui lui donnait la nausée.

Elle resta immobile, les mains autour de la gorge. Magdalena avait dérobé les toiles dans la maison de Titien. Elle les avait détruites...

Pourquoi ?

Ces peintures exaltaient la beauté féminine. Une qualité que Magdalena ne posséderait jamais. C'était probablement la jalousie, la frustration d'une femme difforme qui l'avaient poussée à commettre un tel acte. À moins qu'elle n'en veuille à Laura d'avoir choisi une autre vie que celle du couvent.

Elle aurait dû appeler Guido, qui patientait dehors. Magdalena serait arrêtée, et accusée. La cour de justice se montrerait peut-être clémente, en lui permettant de subir sa condamnation au couvent.

À moins que la jeune fille ne soit jetée en prison...

Laura se sentit soudain très calme. Elle replaça les toiles dans l'armoire. Puis, posant un presse-papiers en verre sur son message, elle quitta tranquillement la chambre.

Jamais elle ne trahirait son amie d'enfance.

16

Le jour de l'Ascension, Sandro était assis seul dans la salle du Grand Conseil du palais des Doges. Il regardait d'un air furibond la gueule de lion sur le mur. Il y avait trouvé de nouveaux messages, mais aucun ne concernait le complot contre le doge. Il feuilleta les rapports qu'on venait de lui transmettre : un vol de poudre, probablement pour des feux d'artifice ; une querelle domestique dans le quartier de la Merceria ; un souffleur de verre de Murano qui vendait des secrets commerciaux aux Allemands.

Sandro poussa un soupir de lassitude. Il n'arrivait pas à percer le secret du complot. Ses hommes avaient fouillé en vain le navire du doge. Les dignitaires invités avaient été interrogés plusieurs fois. Aucun, pas même parmi les amis du père défunt d'Andrea Gritti, ne semblait suspect.

De nombreux Seigneurs de la Nuit étaient postés dans la flottille de la cérémonie. Bientôt, Sandro les rejoindrait. Il était mal à l'aise. La série de meurtres devait nécessairement trouver son aboutissement lors de cette journée de fête.

Pendant la belle cérémonie des noces de la ville avec la mer, des bateaux de gentilshommes, de marchands et de religieux accompagneraient le *Bucentaure* sur la lagune. Parmi la musique, les chansons, les feux d'artifice, les tirs d'artillerie, Venise répéterait ses vœux à la mer qui lui assureraient la prospérité.

Sandro ne voulait pas vraiment participer aux festivités. L'idée de ce mariage symbolique remuait le couteau dans la plaie…

Il l'avait perdue.

À moins que…

Du plus profond de son être naquit une idée. Mais bien sûr, c'était la seule solution !

Il devait épouser Laura.

Il frémit. En l'épousant, il serait forcé d'abandonner les principes qui l'avaient guidé depuis sa naissance.

Mais l'épouser lui apporterait une autre sorte d'honneur : celui de vivre et d'aimer en toute sincérité, et non par devoir. Il la désirait avec une passion qui avait balayé ses anciennes convictions.

Si toutefois elle voulait bien de lui…

Le doute le tirailla soudain. « Je ne veux pas un mariage, messire, je veux seulement que vous me fassiez l'amour », avait-elle dit.

Le pensait-elle ?

Désormais, avec son entrée à l'Académie, une existence de rêve s'offrait à elle. Bien qu'elle eût apprécié leur liaison, elle pouvait espérer trouver un jour un homme plus jeune.

À cette pensée, Sandro frémit. Rien, même pas une armée d'ennemis, ne l'aurait autant effrayé.

Laura l'aimait, il en était sûr. Mais accepterait-elle de partager sa vie ?

Il devait en avoir le cœur net. Il était prêt à oublier son orgueil, à s'humilier, à la supplier…

Une grande sérénité l'envahit. Toute sa vie, il avait reçu des ordres, ceux de sa famille, des généraux dans l'armée, ou encore ceux que lui dictait son devoir envers la République. On lui avait choisi une épouse, un travail, une carrière de Seigneur de la Nuit. Personne ne lui avait jamais demandé ce qu'il désirait. Il n'avait jamais rien fait par simple envie.

Mais aujourd'hui, les choses avaient changé. Il voulait épouser Laura, au risque de perdre son statut. Son rang élevé dans la société, sa fortune, le respect des autres ne signifiaient plus rien, s'il ne pouvait vivre avec la jeune femme.

Il décida d'aller la voir après la cérémonie. Dieu soit loué, elle resterait tranquillement chez elle !

Il se leva, mais un murmure lui fit tendre l'oreille. Autour de lui, il n'y avait personne. Les sens en alerte, il s'approcha de la gueule du lion, d'où il retira un papier plié.

Lorsqu'il lut le message, ses mains se mirent à trembler.

Laura sera à bord du Bucentaure *pour la cérémonie. Empêchez-la d'y aller, sinon elle va mourir.*

La panique lui glaça le sang dans les veines. Il sortit en courant par une porte annexe, et dévala des escaliers. Alors qu'il émergeait dans la rue, quelque chose de lourd s'abattit sur sa tête. Il vit des étoiles. Il poussa un cri de rage et de douleur, essaya de dégainer son poignard, mais on le frappa une nouvelle fois. Il tomba sur les marches.

— Non… pas maintenant… gémit-il en sentant les ténèbres l'engloutir.

Laura regardait Venise s'éloigner. La ville était magnifique avec ses balcons ornés de fleurs, ses bannières de soie claquant au vent, des guirlandes entourant chaque ponton.

Autour du *Bucentaure* naviguait une flottille de barques, de galères, de gondoles et d'autres esquifs. La lumière du soleil se réfléchissait sur la mer. C'était une fin d'après-midi idéale.

Ou presque.

Laura s'appuya au bastingage rehaussé à la feuille d'or. L'absence de Sandro pesait comme une pierre sur sa poitrine.

— Courage, petite, murmura une voix douce derrière elle.

Elle sourit à Florio. Il était splendide dans sa tenue de velours bleu bordée de galons dorés, une broche de deuil sur l'épaule. Sous son chapeau orné de plumes de paon, ses cheveux flottaient dans la brise.

— Qu'est-ce qui ne va pas, Laura ? On dirait que tu envisages de te jeter par-dessus bord.

— Ne crains rien, mon ami ! protesta-t-elle en riant. J'ai suffisamment de commandes pour m'occuper jusqu'à la vieillesse.

— Alors pourquoi ce visage si triste ?

Elle se mordit la lèvre.

— Je suis tombée amoureuse de Sandro Cavalli, avoua-t-elle.

— Le Seigneur de la Nuit ? s'étonna Florio. Mais cet homme austère est beaucoup trop conformiste pour toi !

Elle eut un rire sans joie, car elle seule savait combien Sandro pouvait être séducteur et inventif.

— Il est parfait pour moi, mais il refuse de l'admettre.

— Alors, il faut le convaincre.

— Comment ?

— Tu as passé six mois dans une maison close et tu ne sais pas comment t'y prendre ? la taquina Florio.

— Ce n'est pas l'amour physique qui pose problème. Nous appartenons à deux mondes différents.

Florio s'écarta pour laisser passer deux gardes en livrée.

— Bon sang ! Ce bateau regorge de Seigneurs de la Nuit, grommela-t-il. Je suppose que Sandro Cavalli protège ce qui lui appartient, ajouta-t-il en effleurant la main de Laura pour la réconforter.

— Je ne lui appartiens pas...

Des trompettes résonnèrent. On alluma les centaines de torches.

— Je dois chanter maintenant, dit Florio, les yeux brillants d'excitation. Ensuite, on dévoilera ta peinture. (Il l'embrassa sur la joue.) Peut-être qu'un jour tu feras mon portrait...

Avec un sourire, elle gagna la poupe du navire où s'étaient regroupés les officiels. Andrea Gritti et son épouse étaient installés sur des fauteuils en velours cramoisi, sous un magnifique dais. De chaque côté, des chandelles épaisses comme le bras d'un homme brûlaient dans des vasques d'or. Le chevalet et sa toile recouverte d'un drap se trouvaient à quelques mètres du couple.

Lorsque le doge se mit à vanter les mérites de la nouvelle artiste de Venise, Laura se sentit oppressée. Ce moment aurait dû être celui de son triomphe. Or, elle était profondément triste. Cette journée marquait le commencement de sa vie sans Sandro.

Un secrétaire du doge attendait pour dévoiler le tableau. La voix limpide de Florio se fit entendre au-dessus des murmures des invités. Laura retint son souffle.

D'un geste théâtral, le secrétaire retira le voile.

La foule poussa un cri.

Tétanisée, Laura fixait le portrait. Alors que des voix furieuses s'élevaient autour d'elle, la jeune femme porta les mains à son ventre et recula de quelques pas jusqu'au bastingage.

Le portrait de la dogaresse avait été sauvagement lacéré de coups de couteau.

L'épouse du doge fit signe à Laura d'approcher.

— Étiez-vous au courant ? demanda-t-elle.

— Je vous jure que non, murmura Laura, frissonnant d'effroi.

— Les hommes d'Andrea tireront cette affaire au clair, promit Benedetta, alors qu'un laquais emportait le tableau déchiré dans la soute. Je suis désolée, Laura. Désormais, tous vos portraits seront placés sous surveillance.

Laura la remercia et fit une révérence.

Elle était consternée. Pourquoi Magdalena avait-elle détruit ce portrait comme les autres ? Qu'est-ce qui expliquait la haine de la jeune fille ?

Elles avaient été amies depuis l'enfance. Mais depuis peu, leurs chemins avaient divergé. Cependant, au nom de leur ancienne amitié, Laura voulait donner une chance à Magdalena de s'expliquer. Peut-être lui enviait-elle son succès à l'Académie ? Ou son amant ?

Elle étouffait, dans sa robe de velours d'apparat. Elle repensa avec envie aux journées à la villa, quand elle courait dans les prés vêtue comme une paysanne, quand les bras de Sandro étaient toujours ouverts pour la recevoir...

Florio entama une nouvelle barcarolle. Les invités admiraient sa voix divine.

— S'il y avait assez de place sur ce pont, je vous inviterais à danser, *madonna*, dit un homme.

Laura esquissa un sourire. Il avait de petits yeux cruels et des dents jaunes. Sa cape de velours n'était pas de première jeunesse.

— Je vous en prie, ne laissez pas cette mésaventure vous gâcher la fête, insista-t-il en retirant son chapeau pour s'incliner.

— Je ne pensais pas au portrait.

— Tant mieux. J'ai l'intention de m'amuser. J'étais au service du père d'Andrea, il y a vingt ans. J'ai été surpris de recevoir son invitation et de retrouver autant de mes compagnons d'autrefois.

Laura ne l'écoutait pas. Des enfants s'agitaient sur les bateaux autour d'eux, espérant que les patriciens leur jetteraient quelques pièces. L'odeur des torches qui se consumaient était portée par la brise ; bientôt, on tirerait les coups de feu et on allumerait les feux d'artifice. La nuit approchait. L'heure de Sandro...

Sandro suppliait le Ciel de lui permettre d'arriver à temps. Une migraine lui martelait la tête, et ses épaules étaient ankylosées. Lorsqu'il avait repris conscience, il n'avait pas réfléchi. Il avait sauté dans un bateau et avait commencé à ramer.

Le *Bucentaure* se dressait comme un bijou sur l'horizon, décoré d'or et de rouge, rempli de dignitaires.

Aucun d'entre eux ne réalisait que c'était un piège mortel.

Sandro se maudissait de ne pas avoir deviné la vérité plus vite.

Des ampoules se formaient sur ses mains. Il continuait à ramer. Les rayons du soleil couchant chauffaient sa nuque.

Le navire n'était plus qu'à une centaine de mètres. Les torches dégageaient une fumée noire.

Sandro heurta une gondole. Il ne répondit pas aux jurons du gondolier et reprit sa progression, aiguillonné par la peur.

Il repensait aux preuves qui auraient dû lui sauter aux yeux. Le programme modifié de l'imprimeur, avec des noms de personnages que le doge ne se rappelait pas avoir invités ; ils avaient été appelés pour mourir. Les derniers mots de l'assassin à l'hôpital, qui avait essayé de le prévenir du complot qui visait à faire sauter le Bucentaure. Et enfin, le vol de la poudre, quelques heures auparavant.

Lorsqu'il avait reçu le message par la gueule du lion, il avait tout compris.

Il aurait dû deviner ce sinistre complot, mais il avait été obsédé par son amour compliqué pour Laura.

Plus que cinquante mètres… Une pensée le harcelait sans répit : quelqu'un allait faire sauter le *Bucentaure* avec tous ses passagers.

Plus tard, il essaierait de savoir qui avait fomenté ce complot et l'avait agressé sur les marches. Pour l'instant, il espérait seulement arriver à temps.

Des feux d'artifice éclatèrent dans le ciel. À chaque explosion, Sandro sursautait. Une magnifique voix chantait une barcarolle.

Enfin, son esquif heurta la coque du navire. Il agrippa une rame du *Bucentaure,* sans prêter attention à la colère du rameur. Mais celui-ci agita sa rame et le fit basculer dans la mer.

L'eau froide se referma au-dessus de sa tête. Sandro revint à la surface, essayant de ne pas étouffer. Au grand amusement des gens sur les petits bateaux, il s'accrocha une nouvelle fois à la rame. Il réussit à se hisser, posa un pied sur le rebord, et grimpa jusqu'au bastingage. Enfin, il se retrouva sur le pont.

On poussa des cris outragés. Il hurla :

— Quittez le navire ! Ça va exploser !

Personne ne bougea.

— Avez-vous perdu la tête ? gronda le doge.

Sandro cherchait Laura des yeux. Le crépuscule tombait doucement sur la lagune. Des centaines d'invités se pressaient sur le pont. Il ne la trouverait jamais !

— On a caché des explosifs sur ce bateau. Il faut le quitter avant qu'il n'explose.

— Où sont donc ces fameux explosifs, messire ? le nargua le doge.

— Je ne sais pas...

Il s'interrompit. Il perdait son temps. Ces nobles empesés n'allaient pas se jeter à l'eau à cause d'une rumeur. Son seul espoir était de trouver les explosifs et de les lancer par-dessus bord.

Il respira la fumée âcre d'une torche. Et se rappela soudain que Solonni, le marchand de l'Arsenal qui avait été tué, préparait des torches pour le navire du doge...

— Les torches ! s'écria-t-il en courant vers celle qui était la plus proche.

Il l'arracha de son support et la jeta dans la mer. Dans l'espace où s'était trouvée la torche, un morceau de corde se consumait lentement. Le socle de l'installation semblait être en bois, mais ce n'était que du plâtre. Il donna un coup de pied. La base s'effrita et une poudre noire se répandit sur le pont.

Les passagers poussèrent des exclamations stupéfaites.

— Bravo, messire, vous avez trouvé l'explosif... commença le doge.

— Ce n'est pas fini, l'interrompit Sandro en jetant une deuxième torche à la mer, avant de détruire son socle. Aidez-moi ! cria-t-il d'un air désespéré.

Les patriciens et les Seigneurs de la Nuit se précipitèrent sur les flambeaux pour imiter Sandro. Celui-ci ordonna à quelques-uns de ses hommes de fouiller la coque du navire.

Voyant Laura à la proue, il courut vers elle. La jeune femme portait une magnifique robe de velours écarlate, et une résille dorée enserrait ses cheveux. Il tomba à nouveau amoureux, comme au premier jour.

— Je veux que vous quittiez ce bateau, lui ordonna-t-il.

— Non, dit-elle en démantelant une torche, les mains noires de poudre. Vous ne pouvez pas me forcer à partir.

À côté d'elle, Florio se démenait avec un autre socle. Jamal, qui était jusqu'alors dans un autre bateau, se hissa sur le pont et se mit à aider les passagers.

Enfin, tous les flambeaux furent éteints. Sandro commençait à se détendre, quand Laura lui agrippa le bras :

— Sandro, le doge !

De chaque côté du couple, les immenses chandelles dans leurs vasques d'or s'étaient presque entièrement consumées.

La gorge nouée, Sandro bouscula les invités pour s'approcher d'Andrea Gritti. Une comtesse, qui ne s'écarta pas assez vite, tomba à la renverse.

Personne n'écoutait les cris d'alarme du Seigneur de la Nuit alors qu'il s'approchait du dais. Jamal et Florio le suivaient.

Les chandelles lancèrent de petites étincelles. Sandro saisit une coupe de vin dans la main d'un invité et la jeta sur la mèche. Celle-ci siffla, mais continua à se consumer.

Avec un juron, il empoigna la vasque. Il s'attendait à exploser avec la bombe à tout instant.

Jamal et Florio poussaient des grognements en traînant l'autre vasque vers le bastingage.

— Aidez-moi, pour l'amour du Ciel ! hurla Sandro qui n'arrivait pas à soulever l'immense vase tout seul.

Le doge était pétrifié sur son fauteuil. Toussotant, l'odeur de soufre lui attaquant les narines, Sandro était aveuglé par les larmes car la poudre lui piquait les yeux. Avec un dernier effort surhumain, il poussa la vasque par-dessus le bastingage.

Elle explosa en touchant l'eau. Une colonne d'eau de mer se souleva sous l'impact, et retomba sur le pont. Sandro tomba à genoux. Le navire tangua comme s'il avait été touché par une tempête. Puis les flots s'apaisèrent.

Les hurlements effrayés firent place à un silence de mort. Une mouette lança son cri strident dans le ciel.

Épuisé, le corps meurtri, Sandro se redressa lentement. Laura se précipita vers lui, enjambant des cordages, écartant les invités ahuris.

Elle se jeta dans ses bras. Sa résille tomba, laissant ses magnifiques cheveux se déployer sur ses épaules. Il enfouit les mains dans sa chevelure et inclina son visage vers le sien.

— Laura... Seigneur, j'ai failli te perdre !

— Mon amour, tu aurais pu... J'aurais pu te perdre, toi !

Il sourit.

— Aurais-tu été triste ?

— Tu connais la réponse, dit-elle en posant les mains sur ses joues.

— Je suis venu te demander quelque chose...

— Ici ? Maintenant ? s'étonna-t-elle alors qu'on les dévisageait.

— Qu'ils regardent, je m'en moque ! rétorqua Sandro.

Un portrait de lui, nu, était accroché à l'Académie. Pourquoi ne dénuderait-il pas aussi son âme devant les Vénitiens ? Il poursuivit :

— J'aimerais que tu deviennes ma femme. Je sais que je suis un vieux guerrier, mais je te promets de respecter ta carrière et...

— Tais-toi ! lança-t-elle d'un air boudeur.

Le cœur de Sandro se serra.

— Ce ne sont pas les paroles que je veux entendre, ajouta-t-elle.

— Si tu refuses, Laura, je...

— Tu m'aimes, oui ou non ? (Elle éclata de rire en voyant son expression abasourdie.) J'aurais dû le deviner ! Pourquoi as-tu attendu si longtemps pour me le dire ?

Le baiser brûlant de Sandro avait le goût salé de la mer, et celui du désespoir qui l'avait taraudé pendant des jours.

Quelques dames qui les entouraient poussèrent des soupirs envieux.

— Peut-être que je ne te l'ai pas dit, *carissima*, parce que tu ne m'en as pas laissé le temps...

Il mit un genou en terre. D'autres soupirs féminins se firent entendre, mais Sandro n'avait d'yeux que pour Laura, ses cheveux auréolant son visage lumineux.

— Laura, c'est vrai. Je t'aime.

Le visage de la jeune femme s'éclaira comme un soleil. Puis, elle éclata en sanglots. Sandro se releva, l'enveloppa dans ses bras.

— Est-ce tellement affreux ?

— Non. Je veux dire, oui. Oh, Sandro, je ne sais plus... J'ai essayé de ne pas trop exiger de toi. Mais c'était plus fort que moi. Je voulais que tu me donnes tout.

Il baisa une larme qui coulait sur sa joue.

— Je t'offre mon cœur. Je te donnerai des enfants, si Dieu le veut. Je te promets des journées paresseuses à l'ombre d'un olivier, et de longues nuits d'hiver devant un feu de bois. Si tu le désires, je glisserai des fleurs dans tes cheveux et je danserai dans un tonneau pour te faire rire.

— Tu vas devoir abandonner tout ce qui te tient à cœur, Sandro. Ton titre de noblesse, ta position au Conseil...

Il posa un doigt sur ses lèvres.

— Pour toi, j'abandonnerais mon âme.

Il se sentait fou, exalté. Il voulait crier sa joie, commettre toutes les folies qu'il avait méprisées jusqu'à maintenant.

— Sandro, peux-tu envisager un avenir sans toutes ces choses ?

— Mon amour, je veux t'épouser ce soir.

Lorsque ses lèvres touchèrent celles de Laura, Sandro sentit une lame de fond l'emporter. Elle s'agrippait à lui et ses lèvres douces étaient pleines de promesses.

Au loin, il entendit de la musique, et une voix merveilleuse qui chantait. Florio rendait hommage à leur amour, un amour si puissant que Sandro l'avait déclaré devant des dizaines de personnes.

Laura le repoussa timidement.

— J'aimerais pouvoir saisir ce moment et l'enfermer dans un coffre à jamais, murmura-t-elle.

Il eut un sourire taquin. Les gens recommençaient à bavarder, riant et se réjouissant.

— Cette journée, personne ne l'oubliera jamais.

Ivre de joie et de bonheur, Laura lui rendit son sourire. Puis elle remarqua le doge qui leur faisait signe d'approcher. Lorsque Sandro arriva au pied du dais, le doge et son épouse se levèrent – ce qui était un honneur très rare.

— Messire, les mots me manquent pour vous exprimer toute ma gratitude, dit le doge.

— Le pire est passé, mais nous devons trouver le coupable, répondit Sandro.

— Vous y parviendrez, ajouta Benedetta. Nous avons toute confiance en vous.

Le doge fit approcher Jamal et Florio. À Jamal, il offrit un rubis d'une valeur inestimable, retirant le bijou de la chaîne qu'il portait autour du cou. Jamal accepta le cadeau en s'inclinant. À Florio, la dogaresse offrit une broche en saphirs. Elle l'accrocha à sa tenue d'apparat et lui baisa la joue.

— Daniele aurait été fier de vous, aujourd'hui.

Florio avait les larmes aux yeux.

— J'aurais aimé le sauver lui aussi, murmura le jeune chanteur.

Gritti caressa sa barbe en regardant Sandro.

— Votre récompense… commença-t-il.

— Votre Sérénité, je n'ai nullement besoin d'être récompensé pour avoir fait mon devoir.

Il déposa un baiser sur la joue de Laura, avant de descendre dans la cale du navire, vérifier qu'il n'y avait plus aucun danger.

Laura fit une révérence et s'excusa. La cacophonie de la musique et des feux d'artifice résonnait à ses oreilles. En se retournant, elle vit Magdalena.

Elle allait appeler son amie quand elle vit que la jeune fille tenait un stylet de verre dans chaque main.

Magdalena était accroupie comme un lutteur. Sa bosse était encore plus proéminente. Ses yeux lançaient des éclairs. Elle semblait ne pas voir Laura, son regard était fixé sur le doge.

Laura voulut crier, mais le son resta accroché dans sa gorge.

Au milieu des réjouissances, personne ne remarqua la silhouette noire qui s'élançait vers le doge Andrea Gritti.

Sans réfléchir, Laura se jeta sur Magdalena. Un verre se brisa et elle sentit le liquide couler sur son bras. Le bruit attira l'attention de Jamal, qui se planta devant le doge pour le protéger.

— Gardes ! hurla quelqu'un.

Des gardes accoururent afin d'appréhender la meurtrière. Laura regardait d'un air consterné son amie de toujours. Les gardes encerclaient la jeune fille avec précaution, car elle brandissait encore un stylet. Son visage blême était dur comme la pierre. Avec ses deux mains, sans trembler, elle leva le stylet et l'orienta vers sa poitrine.

— Non ! s'écria Laura en s'élançant.

Trop tard. La pointe empoisonnée traversa l'habit de Magdalena et se ficha dans son cœur. Du sang gicla. La guimpe glissa, dévoilant les cheveux courts de la jeune fille.

— Seigneur, Magdalena, qu'as-tu fait ? murmura Laura à travers ses larmes.

— C'est fini... balbutia la malheureuse. Je n'ai

jamais voulu te faire du mal… Je t'ai toujours aimée…

— Mais alors, pourquoi ? Je t'en prie, je dois savoir ! insista Laura, qui tenait la tête de son amie dans ses bras.

— Je devais… le tuer.

— Le doge Gritti ?

Magdalena cligna des yeux.

— Mon… père.

Laura n'entendit pas les spectateurs pousser des exclamations stupéfaites. Elle sentait la présence de Sandro derrière elle, mais elle se concentra sur son amie. Magdalena émit un dernier râle, puis sa tête retomba.

Choquée, la jeune femme resta un instant pétrifiée. Lentement, elle leva les yeux vers le doge.

— Est-ce vrai ? Êtes-vous le père de l'enfant de sœur Célestina ?

— Célestina ? répéta-t-il, des larmes embuant ses yeux. Alors, c'est probablement vrai…

Benedetta enfouit son visage entre ses mains.

— C'était avant que Célestina ne prenne le voile, précisa son époux. Je jure devant Dieu que je ne savais pas qu'elle avait eu un enfant de moi.

Sandro aida Laura à se relever.

— Comment pouviez-vous l'ignorer, Andrea ?

Gritti eut un regard douloureux pour le corps difforme de sa fille.

— À l'époque, j'étais un condottiere. Rappelez-vous, Sandro, vous combattiez à mes côtés. Je passais de longs mois loin de Venise, à batailler à Chypre, à Corfou, à Ravenne… Mais pourquoi m'a-t-elle attaqué maintenant, après toutes ces années ?

— C'est bien ce que j'ai l'intention de découvrir, dit Sandro.

Un prêtre ferma les yeux de Magdalena.

— C'est terminé, murmura Florio, fou de rage.

Il pensait à ce que Magdalena avait fait subir à Daniele.

— Oui, c'est terminé, acquiesça Laura en levant son regard baigné de larmes vers Sandro. Mais il faut encore prévenir Célestina...

17

Tard dans la nuit, ils se marièrent dans l'église San Rocco, lors d'une cérémonie sobre. Sandro avait contourné les lois qui régissaient les bans et s'était fait délivrer une permission spéciale. Personne ne s'était opposé au Seigneur de la Nuit.

Il ressentit un grand bonheur en prononçant ses vœux, et glissa une bague de famille au doigt de Laura. Les lumières des bougies firent scintiller les précieux saphirs et les diamants de l'anneau. Lorsqu'elle lui offrit ses lèvres, il perçut l'amour et la sérénité qui irradiaient de sa jeune épouse.

Titien, Pietro, Jamal et Yasmina les entouraient. Leurs sourires et leurs félicitations leur firent chaud au cœur.

Dehors, l'Arétin se frappa le ventre.

— Je n'avais pas vécu une journée aussi divertissante depuis le sac de Rome.

— Et Dieu merci, tu as peu de chances de revivre une chose semblable, lança Titien.

— Êtes-vous sûrs que vous ne voulez pas que je décrive votre mariage ? demanda Pietro au nouveau couple. C'était magnifique ! Le puissant Seigneur de la Nuit dénudant son âme devant les princes de Venise…

— Non, décréta Sandro avec un sourire.

Yasmina embrassa Laura.

— Nous partons pour Alger demain, dit-elle.

— Je regrette que ce soit si tôt.

— Le moment est venu de retrouver nos familles, n'est-ce pas, Jamal ? lança la belle Orientale.

Il hocha la tête. En dépit de l'appréhension qu'on devinait dans son regard, il se tenait droit et fier. Son handicap ne lui posait plus de problème.

Sandro serra la main de son vieil ami.

— J'ai pensé confier ta place à Guido Lombardo.

Jamal acquiesça. Les deux hommes se donnèrent l'accolade.

Tandis que leurs témoins se dispersaient, Laura s'appuya contre Sandro qui l'entourait de ses bras. Il n'y aurait pas de repas de mariage, pas de longues semaines de fêtes pour célébrer leur union. Ils n'avaient pas besoin de discours ou de félicitations pour affirmer leur amour.

— Ce fut une journée de tristesse et de joie, murmura-t-il dans ses cheveux parfumés.

Elle se tourna pour lui faire face.

— Il me reste quelque chose à faire avant de rentrer.

— Célestina ?

— Oui. Malgré les actes horribles de Magdalena, sa mère souffrira.

— Je vais t'accompagner.

— Non, elle désire me voir seule. Elle a toujours redouté la présence des hommes, et maintenant nous savons pourquoi.

— Très bien. J'ai du travail à finir au palais des Doges.

Laura frissonna, sachant qu'il devait lire le rapport d'autopsie.

— Je t'attendrai au couvent.

Il fit quelques pas, avant de se retourner vers elle avec un large sourire.

— Je viens d'y penser... Nous allons partager le même lit jusqu'à la fin de nos jours. Je ne me souviens pas d'avoir jamais été aussi heureux.

La chambre de Célestina était plongée dans la pénombre. Des relents chimiques empestaient. Laura s'arrêta sur le seuil. Une silhouette tremblante était assise devant la fenêtre.

— Sœur Célestina ? murmura la jeune femme en venant s'agenouiller auprès d'elle.

— Laura, dit-elle en serrant ses mains à les broyer. J'espérais que tu viendrais...

— Magdalena était mon amie.

— Et mon enfant.

— Elle est avec le Seigneur, désormais.

— Je sais. Ma fille n'était pas folle. Seulement... impatiente. Magdalena voulait que justice soit faite. Quand le plan a échoué, elle a pris les choses en main.

— Vous étiez au courant ? demanda Laura qui ne comprenait plus.

Célestina se leva et l'obligea à s'asseoir.

— On m'a dit que tu avais été blessée.

— Ce n'est rien. Le verre ne s'est pas brisé. Le poison ne m'a pas pénétrée.

— Laisse-moi quand même te faire un pansement.

Laura resta silencieuse pendant que Célestina allumait une lampe à huile. Lorsque la sœur leva la lampe allumée, elle aperçut un porte-documents en cuir sous une table. On y voyait le sceau du doge. C'était la sacoche que portait Daniele Moro le soir où on l'avait assassiné…

Un frisson parcourut l'échine de Laura.

— Et maintenant, concernant ta blessure…

Célestina se retourna. Elle tenait un couteau aiguisé à la main.

Seul dans un bureau, Sandro travaillait à la lumière d'une bougie. Il n'éprouvait pas la satisfaction habituelle qu'il ressentait après avoir résolu un crime. Trois hommes étaient morts, et une fille s'était suicidée. Le doge de Venise avait manqué d'être assassiné, avant d'être humilié devant les patriciens.

Il essayait de comprendre. Magdalena avait tué et mutilé trois hommes pour cacher des explosifs sur le navire…

Pourquoi ? Pourquoi anéantir des centaines de personnes innocentes pour se venger d'un père qu'elle haïssait ? Pourquoi ne pas s'en prendre seulement au doge ?

Il savait que Magdalena lui avait fait parvenir les messages par la gueule du lion. Les deux messages avaient concerné Laura.

Mais pourquoi aurait-elle payé des *bravi* pour agresser son amie, si elle ne lui voulait aucun mal ? Pourquoi alerter Sandro et risquer de faire échouer le complot, pour ensuite l'assommer ?

Cela n'avait pas de sens.

Peut-être était-ce le fonctionnement absurde d'un esprit dérangé ? Hélas, Magdalena avait emporté ses secrets dans la tombe…

Un bruit de pas lui fit lever la tête.

— Docteur Marino, dit-il en se levant pour saluer le médecin légiste.

Carlo Marino s'inclina. Il semblait perturbé.

— Messire, au sujet du corps... il y a quelque chose que vous devez savoir. Ce n'était pas une femme.

Sandro parut estomaqué.

— Magdalena était un garçon. Après avoir examiné le corps, je dirais qu'on a châtré l'enfant à sa naissance.

Horrifié, Sandro ne put prononcer un mot. Le médecin continua :

— Magdalena semble avoir été élevée comme une fille. La castration explique sa peau imberbe, sa musculature peu développée.

— Cette mutilation a été faite à la naissance ?

— Ou peu de temps après.

Le sang de Sandro ne fit qu'un tour. Magdalena n'avait pas agi seule, mais avec l'aide de sa mère.

Célestina, qui en ce moment même se trouvait avec Laura...

Célestina tourna la clé dans la serrure.

— Afin qu'on ne nous dérange pas, expliqua-t-elle. Je sais que tu as des questions à me poser.

— Vous étiez au courant du complot, dit Laura, la gorge nouée en regardant la lame du couteau. Pourquoi tenir le doge pour responsable, si vous ne lui aviez jamais parlé de Magdalena ?

— On aurait pu lui pardonner sa négligence. Mais il y avait autre chose.

— Il a semblé triste quand il a évoqué votre liaison.

Laura espérait gagner du temps. Sandro se lasserait peut-être d'attendre et viendrait la chercher.

— Quand j'ai compris que j'attendais l'enfant d'Andrea, il était déjà parti au combat. Alors, je suis allée voir son père.

— Il n'a pas proposé de vous aider ?

— Il m'a donné rendez-vous sur son bateau, sur la Brenta. J'y suis allée en toute confiance. Lui n'y était pas. Mais il y avait trente et un de ses proches...

— Ô mon Dieu, non ! se désola Laura.

— Oui. Le *trentuno*. Ma punition pour avoir aimé son fils... Aujourd'hui, ils étaient tous présents sur le *Bucentaure,* ces monstres qui autrefois m'ont violée.

Laura commençait à comprendre. Célestina avait modifié la liste des dignitaires invités. Elle s'était assurée que tous ses tortionnaires recevraient une invitation.

— Je les aurais volontiers tués un par un, mais c'était trop risqué. On aurait pu m'arrêter avant que j'aie fini.

— C'est vous qui avez tué les autres ?

— Oui.

— Et vous les avez... mutilés ?

— Comme on devrait mutiler tous les hommes. Même Gaspari, ce jeune compositeur. Il n'était pas l'un de mes bourreaux, mais il a essuyé néanmoins ma colère. Imagine, Laura : ils étaient trente et un, et moi, j'étais enceinte. Il est évident que la difformité de mon enfant a été le résultat de ce cauchemar.

Laura avait pitié de Célestina car elle avait ressenti la même terreur, le même sentiment d'impuissance, d'humiliation et de rage.

— Pourquoi avez-vous envoyé les *bravi* pour me tuer ?

— Tu refusais d'utiliser les potions et les cosmétiques que je te donnais.

— Ils étaient empoisonnés ? s'exclama Laura, effrayée.

— Oui.

— Mais pourquoi ? Célestina, vous avez été comme une mère pour moi…

— Tu te mêlais de ce qui ne te regardait pas, Laura. J'avais planifié tout cela depuis des années, et tu posais des questions, tu allais en discuter avec messire Cavalli. Et puis… il y avait Magdalena. Elle était en train de tomber amoureuse de toi.

— C'était de l'amitié, Célestina…

La jeune femme s'interrompit en voyant que la religieuse ne l'écoutait pas.

— Un si beau bébé… dit-elle en laissant son pouce courir le long de la lame. À la naissance, on ne devinait rien de la bosse. Il était un ange venu adoucir ma souffrance.

— Il ?

— Mon fils. Mais je ne voulais pas un garçon, je voulais une fille. Alors, je me suis arrangée pour le transformer…

Laura contempla le couteau, pensa aux victimes de Célestina et comprit la vérité. Elle était bouleversée, et désespérément triste en pensant à la terrible vie de Magdalena.

— Il t'aimait, continua Célestina. Je lui avais enlevé sa virilité, mais je ne pouvais pas lui retirer les sentiments qu'il éprouvait pour toi.

Laura pensa aux tableaux lacérés… Ce n'était pas le geste désespéré d'une jeune fille jalouse, mais celui d'un amoureux frustré.

— Célestina, je dois partir, murmura-t-elle.

— Mon but n'a pas encore été atteint. Je suis désolée, je ne peux pas te laisser m'en empêcher maintenant.

Elle avança vers Laura, le couteau levé.

La peur au ventre, Sandro courait dans les ruelles de Venise. Toute sa vie, il avait aimé cette ville pour sa splendeur. Ce soir, la Sérénissime était un lieu sinistre. Un endroit qui avait donné vie à une démente.

Une démente qui allait tuer sa bien-aimée...

Seigneur ! Laura était peut-être déjà morte.

« Pas encore, priait-il en accélérant. Je Vous en prie, pas encore ! »

Arrivé au couvent, il franchit le portail et déboula dans la cour, effrayant quelques religieuses qui s'apprêtaient à se rendre à la chapelle pour leurs prières de la nuit. Il gravit les marches deux par deux.

La porte de Célestina était bien sûr fermée à clé. Il entendit du verre brisé, et les bruits d'une lutte.

— Laura ! rugit-il.

— Je suis là ! Au secours !

Sandro se jeta contre la porte. Une fois, deux fois, trois fois. Impossible de la faire céder.

Il redescendit l'escalier, sortit dans la cour et se mit à escalader la façade. Ses doigts se déchiraient sur les pierres irrégulières. Sur le toit, il se pencha pour regarder où se trouvait la fenêtre.

Il ne pouvait pas l'atteindre.

Fermant les yeux, il se laissa pendre par les mains, se balança pour prendre de l'élan, et atterrit dans la pièce en faisant éclater la fenêtre. Célestina avait acculé Laura contre le mur. La jeune femme retenait des deux mains le poignet de Célestina qui brandissait un couteau.

Il se jeta en avant. La lampe se renversa et des flammes coururent sur le plancher. Sandro saisit le poignet de Célestina. Elle lâcha le couteau. Le soufre prit feu, des étincelles jaillirent.

Sandro serra son épouse dans ses bras.

— Je vais bien, le rassura-t-elle. Célestina, non !

La religieuse portait un flacon de liquide jaune à ses lèvres. Les flammes léchaient l'ourlet de son habit. Elle vida le flacon.

— Vous pouvez me laisser, maintenant, dit-elle calmement alors que la fumée l'encerclait. Je me suis occupée de tout…

Sandro ramassa le flacon qui avait roulé à ses pieds et le renifla. Elle avait avalé assez d'aconit pour tuer un taureau.

Une semaine plus tard, Laura sourit timidement à son mari et esquissa les paroles « Je t'aime ».

Sandro lui pressa la main. Le Conseil siégeait dans la grande salle du palais des Doges. Les dignitaires, les ambassadeurs, leurs amis : tous étaient présents.

Laura s'avança vers le dais au bras de son époux, pensant à leur lune de miel. Était-ce seulement la veille qu'ils avaient fait l'amour ? Seulement la veille qu'il l'avait tenue dans ses bras, qu'il avait pleuré avec elle, qu'ils s'étaient aimés avec toute la tendresse du monde ?

Elle avait l'impression qu'ils étaient ensemble depuis des siècles.

Mais en dépit de la force de Sandro, de ses promesses et de l'amour qui brillait dans son regard, elle redoutait cette audience avec le doge.

La convocation lui avait semblé menaçante. Laura savait que Sandro allait tout perdre, aujourd'hui. Même son amour, si puissant fût-il, ne pouvait le protéger de la punition d'Andrea Gritti. Pour avoir commis le crime d'épouser une roturière, il allait être déchu de son titre de noblesse et de ses fonctions.

Il ne lui resterait que sa femme.

Adriana était là ; elle sourit à Laura. La jeune femme regretta de ne pas partager l'optimisme de la fille de Sandro. Elle était persuadée qu'un jour son mari lui en voudrait d'avoir causé sa disgrâce.

Florio lui adressa un clin d'œil pour l'encourager. Guido Lombardo et les *zaffi* tenaient leurs chapeaux sur leurs poitrines. Les ambassadeurs et les princes ne perdaient pas une miette du spectacle.

Quand Laura et Sandro atteignirent le dais, ils s'inclinèrent devant le doge.

— J'ai lu votre rapport, messire, dit Andrea Gritti.

— Une histoire tragique, acquiesça Sandro.

— Je vous jure que je ne savais rien de ce que mon père avait infligé à cette malheureuse, reprit Gritti, la voix brisée par le chagrin. Quand je suis revenu de la guerre, on m'a dit que Célestina avait pris le voile et qu'elle refusait de me voir. J'envoyais de l'argent tous les mois au couvent, mais je n'ai jamais eu le droit de lui parler.

Il se racla la gorge, reprit contenance.

— Pour leurs crimes commis à l'encontre d'une jeune femme innocente, les trente et un coupables ont été condamnés à l'exil. Par ailleurs, j'ai confisqué leurs fortunes, et créé une fondation pour venir en aide aux courtisanes de Venise. Je sais que cela ne suffit pas, et que je suis en retard de vingt ans, mais je ne peux rien faire d'autre.

— Je comprends, Votre Excellence, dit Sandro.

— Quant à vous, messire, et à ce mariage d'amour que vous avez conclu... Nous savons tous que c'est un vrai mariage d'amour, car vous l'avez dit devant nous.

Il y eut des rires et des applaudissements. Sandro rougit.

— J'ai sacrifié ma dignité et ma vie privée. Mais je le redirai encore et toujours : j'aime ma femme.

— Hélas, messire, la loi exige que vous soyez déchu de votre titre de noblesse. Cela ne se fait pas d'épouser une roturière.

Laura se raidit. « Ne me hais pas, Sandro, je t'en supplie... »

— Dans la guerre entre l'amour et le devoir, je suis le vainqueur, déclara fermement Sandro, qui devinait les craintes de son épouse.

Le doge sourit.

— Plus encore que vous ne le pensez, messire. Car Laura Bandello n'est plus une roturière. Pour la remercier de son courage et de ses actes de bravoure, je lui décerne un titre de noblesse en la proclamant solennellement Digne Fille de la République.

Il y eut des cris d'allégresse parmi l'assistance. Tout le monde applaudissait. Le visage illuminé de bonheur, Sandro se pencha pour embrasser Laura.

L'Arétin joua des coudes pour fendre la foule en délire.

— C'est ta dernière chance, mon cher : je pourrais composer un poème épique intitulé *Le Seigneur de la Nuit*.

Sandro éclata de rire.

— Ne te fatigue pas, mon vieil ami. Personne ne le croirait.

Il entraîna Laura vers une alcôve.

— Comme c'est facile de rire avec toi, *carissima.*

Le cœur de la jeune femme débordait d'amour et de joie. Sa gorge était nouée. Pour la première fois de sa vie, elle était bouche bée. Mais quelle importance ! De longues années s'offraient à eux, de merveilleux étés dans la propriété sur la Brenta, des mois de fête à Venise...

Sandro et elle avaient pénétré au cœur des ténèbres, parmi la démence, la vengeance et la mort, mais désormais, à l'aube d'un avenir lumineux, elle était saine et sauve dans les bras de son Seigneur de la Nuit !

5582

Composition Chesteroc International Graphics
Achevé d'imprimer en Europe (France)
par Maury-Eurolivres – 45300 Manchecourt
le 29 mai 2000.
Dépôt légal mai 2000. ISBN 2-290-30325-9

Éditions J'ai lu
84, rue de Grenelle, 75007 Paris
Diffusion France et étranger : Flammarion